风鹏正举

滕贞甫　主编

北方联合出版传媒（集团）股份有限公司
春风文艺出版社
·沈阳·

图书在版编目（CIP）数据

风鹏正举 / 滕贞甫主编. —沈阳：春风文艺出版社，2022.7（2023.8重印）

ISBN 978 - 7 - 5313 - 6238 - 8

Ⅰ．①风… Ⅱ．①滕… Ⅲ．①报告文学 — 作品集 — 中国 — 当代 Ⅳ．①I125

中国版本图书馆CIP数据核字（2022）第066478号

北方联合出版传媒（集团）股份有限公司

春风文艺出版社出版发行

沈阳市和平区十一纬路25号　邮编：110003

永清县新盛亚胶印有限公司印刷

责任编辑：崔　丹		助理编辑：孟芳芳	
责任校对：赵丹彤		封面设计：鼎籍文化　王天娇	
印制统筹：刘　成		幅面尺寸：155mm × 230mm	
字　　数：266千字		印　　张：19.5	
版　　次：2022年7月第1版		印　　次：2023年8月第2次	
书　　号：ISBN 978-7-5313-6238-8			
定　　价：65.00元			

书写新时代恢宏史诗

滕贞甫

歌唱"百年华诞"的乐曲绕梁依然，迎接党的二十大的锣鼓已经敲响。这是中国人民政治生活中的两桩大事，也是关乎祖国大踏步前进、应对世界百年未有之大变局的经纬运筹。站在新的历史节点上，面对第二个百年梦想，迈开新步伐，开启新征程，各行各业中华儿女都箭在弦上，期盼着有更加骄人的作为。

辽宁省作家协会以深情的文字迎接党的二十大胜利召开，编辑这套反映党的十八大以来辽宁振兴发展的报告文学作品，为祖国放歌，为时代放歌，为人民放歌。

《大爱无边》，为省作协副主席、著名小说家周建新的报告文学集。作者用饱蘸深情的笔墨、生动的描绘、感人的情节、曲折的故事，书写了7个典型人物对党的忠诚，对祖国的热爱，对职业的敬重，对人民的深情。

《用理想剪裁天下》，为著名报告文学作家刘国强的报告文学集。作品以赞美大工匠和弘扬工匠精神为主题，塑造百折不挠、坚忍不拔、勇攀新峰的人物形象，讲述8个情理之中又意料之外的故事。8篇文章若8朵滴鲜带露的花，各有华姿，各具神韵。

《风鹏正举》，为辽宁18位作家的报告文学作品集。展现了全省近年来在脱贫攻坚、乡村振兴、生态文明、工业振兴、军民情深、抗击疫情等方面做出突出贡献的先进集体，或各条战线获得省级以上荣誉称号先进个人的优秀事迹。尽管作家们手法不一，题材选择各异，却共同展现了辽宁老工业基地全面振兴、全方位振兴和高质量发展的生动画面和宏大场景。

三本书若三个取景框，联袂描绘时代风采，展现时代风貌，各有千秋。三本书的内容合起来，则是一轴长长的手卷，让各具风采的闪光人物登场，让活色生香的系列故事温暖人、启迪人、鼓舞人。这些人物虽职业各异、性格有别，但他们有着共同的精神特质：对党和祖国满怀深情，对事业孜孜以求、百折不挠，把吃苦耐劳、奋力打拼和不懈追求当成人生常态，谱写一首又一首时代壮歌。

作品付梓之际恰逢读书节款款而来，这套书在引发读者兴趣、凝聚改革力量上，将成为报告文学枝头上闪亮、抢眼的三粒红果。

期待这三本书发挥不俗的作用，成为读者精神世界的三朵温暖之花，成为振兴激情中的三叶扁舟，成为逐梦、圆梦路上的三颗启明之星。

记录新时代赶考之路，书写新时代恢宏史诗。辽宁作协将继续在"建一流队伍、出一流作品、创一流品牌、做一流贡献"上发力，继续秉持"脚踏坚实大地，眼望浩瀚星空，头顶复兴使命，书写时代华章"的作协文化理念，引领全省广大文学工作者高举旗帜，贴近时代，深入生活，扎根人民，以走心入情的妙笔，续写好民族复兴中国梦的辽宁篇章。

目录 Contents ▶

1

（按作品发表时间先后排序）

青青子衿　悠悠我心

李大葆

瞬间，许多人都在动，喧哗，慌乱，里出外进，行色匆匆；而他，却是静的，在救护车上，担架上，抢救室里，他似乎早已了无声息。

王勇华出事了！

刚刚，他还和几位战友在整理卫生队的仓库，突然就蹲下来。"我好难受"，他的声音明显轻了许多，接着开始呕吐。战友叫来了急救车，他迟疑着，摆手，他的意思是：自己凉快一会儿就没事了。不行！队里的战友们急了，专业知识告诉他们，这绝不是中暑。他被拥着，但还是自己走上了救护车。他是他们的头儿，副队长，可不是懦弱的孩子。他的嘴角，向战友们挤出一丝微笑。军人的字典里，时刻都写满了刚强。

在救护车里，他昏厥了，上吐下泻，不省人事，生命垂危。

一切都突如其来！

"王勇华头晕，在医院呢！"孙欣接到了部队打来的电话。此刻，儿子正值暑假，去参加市里一个特长班。中午，她送完孩子，回到家，做了晚饭，盛出来，晾着，为了嘴急的孩子回来就能吃

1

上。突然，就来了这样一个电话。丈夫王勇华的身体一直很好，不胖，但属于"挺壮"的那一种，今早出操不是还跑了5公里，怕不是晒着了吧？这是孙欣的第一反应，她寻思着是骑车去，还是打车去呢？但这个念头刚闪过，她就感到了问题的严重性。勇华自己就是医生，如果只是头晕用些药不就得了，怎么还会去住院？电话怎么是战友打来的？不祥之感潮水一样涌起来。

孙欣打车来到医院。走廊里，人影幢幢，有跑着去挂号的，有联系病房的，有人还抱回一大堆卫生纸，在勇华身上擦这擦那的……孙欣蒙了，大脑一片空白，不敢相信这是真的。

王勇华颅内大面积出血。多亏战友们送医迅速，医院也抢救及时，王勇华的命保住了。

他却被确诊为"植物人"。

虽然时值酷暑，但孙欣的心一下子凉了半截。她说，她永远记住了那个时刻：2008年7月28日下午2时许。

一

又是一个暑气熏蒸的夏日，我去采访孙欣。此时，距王勇华得病已经整整9年。时间过得快也罢，慢也罢，虽说它对每一个人的给予都是等速的，但是，承载在时间之上的每个人的命运又千差万别。9年了，王勇华、孙欣这一对夫妻，有着怎样的相守？他们给这漫长的时间，填充了些什么内容？

在王勇华病房的窗台上，我看见了两盆花。叶片是心形的，微微卷曲着向上收拢，做箭与鞘的耳鬓厮磨之态，又好像在敞开眉目，翘首以待。我知道这种花的名字，叫马蹄莲。

孙欣说，这是从家里搬过来的。自从勇华有病，病房就是他们的"家"了。

身为部队的一员干将，王勇华多次被集团军以上单位评为各类先进个人，立过三等功两次、二等功一次，在各种刊物上发表了10多篇文章，被提升为卫生队副队长。部队首长对爱将的忽然"折翅"，心疼不已。他们和医院领导商量，一定要给勇华提供最好的治疗。医院领导也早就默默点头，尽全力为每一个病人服务是医院的本分，何况这个医院又是部队的医院，勇华当普通军医的时候还在这里实习过呢。得，既然这样，就没有什么不放心的了，双方的手握在一起，好半天才松开。

我环视着病房，孙欣告诉我，这病房就住着勇华一个病人，是医院特意安排的；这充气床垫，这轮椅，都是部队给买的。

说着说着，孙欣哽咽了。她扯了一张面巾纸，擦拭着眼窝，说："勇华是我的丈夫，我要担起家人的责任，不能老给部队和领导添麻烦。勇华虽然躺在病房里，但是我要让他有'家'的感觉！"

感觉？"植物人"还有感觉吗？

这种病人，以"植物"比喻，可能是找到了一个最为贴切的镜像。他们有体温，却没有知觉；有呼吸，却没有思维。他们醒着，但没有欲望；他们睡着，但没有梦境。他们饥肠辘辘，却排斥食物；他们双目圆睁，却无所捕捉。植物，谁能感知植物的悲戚和尴尬？

王勇华躺在床上，丧失了常人的喜怒哀乐，生命在"零度"委顿，脑电图上呈现着杂散的波形。

而孙欣对"植物人"三个字是排斥的，至少它不能用在勇华身上。孙欣与我的讨论，明显地情感大于理智。她一再申明：勇华不是"植物人"，不是！语言坚定，不容置疑。

她说，他在她走近身边的时候，会立即张开嘴，像是说"你来了"。而在她出门的时候，他会眼睑低垂，一副很委屈的样子。孙欣说到这儿，让我看勇华的表情："你快看，我一说，他还不好意思了。"我迎合着孙欣，看过去，茫然地点点头。其实，我一点儿也没发现勇华有什么表情，如果说有，那就是依旧的木然。

勇华的肩膀露在外面，孙欣把手伸进他的腋窝，试了试："他不冷，出汗了。"

孙欣给勇华往下撤了撤被子。贴着他的耳朵跟他说："刚才我说你呢，你知道啦？"

王勇华的身子压住了被角，孙欣哄着，扳开他的身子："你别使劲，你一使劲，又会出汗了。"天热了，孙欣担心他得褥疮。

他们夫妇本来有一处宽敞的住房，可是现在只能叫它库房了，孙欣只是在换洗衣服的时候才回去一趟，不一会儿又得匆匆离开，她对勇华放心不下。

孙欣觉得，勇华在哪儿，哪儿就是她的家；她在勇华的身边，勇华也会有家的感觉。住宅跟"家"，是两个概念！

"爱人们散发着彼此的信息，不需要语言就能思考同一的思想，不需要思想就能诉说同样的语言。"（T·S·艾略特）也许如此，勇华的病房似乎永远都是静谧的，又似乎永远有一种声音在喁喁私语。孙欣停下对我的讲述，俯下身，看着勇华，那样专注，那样长久，完全忘记了还有我这样一个外人存在。

是孙欣走神了吗？

也许，是我的闯入，成了这个"家"的不速之客，打扰了他们的交流。

二

孙欣选一个军人做丈夫，可能源于她父亲对解放军官兵的好感。父亲主持微波网络传输工程时，得到了当地驻军的大力配合。小伙子们生龙活虎，吃苦耐劳，处处表现出阳刚、整饬、利落的劲头，让他心有所思。他单位的司机小张就是当兵出身，他从小张身上也切实地感受到了军人的特殊素质：守纪律，听指挥，不怕困难，这些优点可能都出自军营的锻炼吧？因此，在一次交谈中，小张问起女儿未来的婚事，父亲坚定地说："从部队里找一个最好！"

由小张牵线搭桥，孙欣结识了在辽阳培训的军医王勇华。

孙欣当时21岁，师范学校毕业，刚参加工作。在知识分子家庭中长大的她，生活对她是宽厚的，在对父母的依赖中，无忧无虑地享受着岁月的厚待，她还没有碰到令她必须深思的问题。

勇华的父母都是农民，又远在千里之外的河南，各方面条件与孙家都不算门当户对，但孙欣的父母就是看好了勇华：这年轻人淳朴、懂事，更主要的是爱学习，上进心强……

好一个"父母之命，媒妁之言"！

此刻，孙欣对爱情的向往，是朦胧的。再说本姑娘刚刚21岁，跟婚姻还远着呢！在孙欣与勇华有一搭没一搭地谈着的同时，勇华也没抱有多少成功的希望，一是在辽阳的培训就那么两三个月时间，结业后还要回到大连亮甲店那个小镇去；二是一旦转业，落在哪儿还是个未知数：别让人家跟咱遭罪了。

谁知，王勇华回到大连后，两人却有了频繁的书信来往。在你言我语中，他们走向对方的脚步都变得急切了——

　　欣，自和你认识以来，通过一段的交往，彼此之间有了一定的了解，我觉得我俩很合得来，真是心有灵犀一点通。不怕你见怪，我俩真是心心相印。你有着朴实纯真的本性，重视友情，待人处世热诚直率，事业心强，不甘落人后，和你处朋友真是我的福气，你正是我信仰的女性，真是众里寻他千百度，蓦然回首，那人却在灯火阑珊处。

　　华，我不相信一见钟情（尽管世上有一见钟情的事），但你给我的第一印象不错，不像别的男孩子那样老于世故；你淳朴、热情、厚道，没有城市男孩子的"娇气"；你的事业心强，有一种务实精神，正如你所说：我们合得来，有一些共同爱好，共同语言。

欣，我当然也有很多不足之处，已经二十三四的人了，性格还不太稳定，有时也过于自信，做事也有心血来潮之时，欠深思熟虑。

华，我没有你说的那么好，在我身上也存在着很多缺点。不错，我为人直率，但有时也直率犯傻，令自己都有些吃惊；我有事业心、上进心，但我没有一定的毅力和能力；我不肯落人之后，但又不会出人头地。

…………

真诚的交流，切实的关怀，对对方的欣赏，对自己的解剖，感情经过3年的升华，使他们由朋友成为夫妻。

伴随着岁月的流逝，作为"军嫂"，孙欣对军人的使命有了甚至超出父亲的理解。军人的口令是服从；军人的肩头是责任；军人的行囊，永远准备出发；军人眼中，哨位再小，也大于家庭。因而，勇华不单单属于自己，更属于国家。

更令人感佩的是，作为一名军人妻子肩头所要承受的超常的负担，虽然沉重，虽然未知，但是，勇于担当的孙欣，对自己是有信心的。

因为爱着勇华，所以，孙欣愿意为他承担一切。

孙欣多么希望与勇华朝朝暮暮厮守在一起，然而，孙欣告诉我，在勇华有病之前的17年里，他们夫妻在一起的日子，加起来也不到一年。虽说勇华后来从大连调到了辽阳，然而，在不执行任务时，每周也只能在家里待上一天，第二天早晨6点前又要回到部队，若是有任务，那一天假期也就泡汤了，以至于很长一段时间儿子对勇华都是陌生的。"就是休假在家，他也是坐在电脑前研究他的论文。我要是让他陪我上街，他就说自己去吧。再逼他，他就说钱不都给你了吗？你爱买啥买啥吧。"孙欣说。

此刻，孙欣终于可以与勇华日夜厮守了，但是，竟以如此的代价和方式，谁能料到？

有人怜悯她命苦，孙欣说，那需要怎么看。人这一辈子，什么事情都可能遇到，唉声叹气是一天，坦然面对也是一天。对苦难和变故的从容接受，对未来的信心，在支撑着孙欣。

孙欣对我说，现在，她与勇华好像回到了从前，回到了初恋岁月，回到了新婚的时刻，回到别后的相见，他们的爱，一点儿都没有变，只是勇华更加纯粹了，纯粹得像个婴儿，婴儿般沉睡，婴儿般微笑。

孙欣像对待孩子一样关怀着勇华。

孩子是脆弱的，所以，更需要呵护！

"小孩儿小孩儿你莫馋，过了腊八就是年。"春节快到了，勇华不也需要年气吗？护士贾瑞雪介绍说，她参加工作9年了，差不多每个除夕夜都轮到她值班。那时，按照风俗习惯，许多患者都回家了，而勇华哥不走。勇华嫂说，折腾什么呀，可别把咱勇华弄感冒了，冰天雪地的。再说，她家住三楼，勇华哥要上去，得别人抬，大过年的，兴师动众的，勇华嫂不想麻烦别人。勇华嫂说在哪儿过年不都一样，只要她和勇华在一起，哪儿都是家。于是，勇华嫂把病房悉心布置一番，窗子上贴上"福"字，塑料薄膜那种的，静电贴；把特意选好的对联贴在门上；灯光晃得屋里亮堂堂的。勇华嫂把勇华哥抱到轮椅上，给他指窗外的焰火，贴着脸告诉他什么是"钻天猴"，什么是"五朵金花"，什么是"孔雀开屏"，细声细气地说个没完。勇华嫂还做了许多菜，年夜饭嘛，一点儿也不马虎。勇华哥虽然吃不了什么，可值班的人尽管享受！

孙欣也跟我说起这几年在医院过春节的情景："每到春节，部队首长和医院领导都来慰问，咱自己也不能死气沉沉的呀。"

有记者采访说，王勇华入院后，有人建议给他剃光头，可孙欣死活不接受，她说宁可自己麻烦一点儿，也要让丈夫还像原来那么帅。孙欣专门买来电推子，自己给丈夫理发，但每一次理发，碎头发都飞得满床都是，收拾起来非常麻烦。就这样，坚持了两年，孙欣不得不听从建议，给丈夫剃成光头。

孙欣说，她前面总有一盏灯，亮着，那就是爱。

说起这些，孙欣再一次哽咽了，阳光镀亮了她潮湿的眼睑，但没有掉下来。她不愿意让旁人看见她的眼泪，忙转过身，给窗台上的马蹄莲浇水。

水珠在叶子上滚动，滑落。

三

孙欣是辽阳市白塔区实验小学的一名优秀教师。如果不是丈夫得病，她还会继续当班主任，把一帮孩子从入学一直带到毕业；日子还会一如既往，既平静又热闹的校园，给予她事业的成就感和人生的满足感。

然而，此刻，孙欣必须调整自己的时间和精力。

校长来看望她了。校长知道孙欣遭受的打击有多大，但她更了解自己这个同事强烈的工作热情。校长说："你放心，眼下最要紧的是全力护理勇华，不管多长时间，班主任的职位给你留着。"孙欣懂得，这是领导在宽慰自己。做班主任要全天候地把精力用在班级上，而自己现在这个样子怎么能顾及得上？还是做科任老师吧，时间毕竟可以灵活些。还是自己主动说出来吧，别让校长为难啦！"那就负责四个班的德育课，每天下午上课好了；至于备课的时间呢，你自己掌握吧！"校长把早就想妥的办法，顺势说给了孙欣。

孙欣以往按部就班的作息时间来了个大调整：每天下午在学校，晚上和第二天上午在病房，两点一线，两不耽搁！

话虽这么说，这"两点一线"却被具体的操劳充斥着。

凌晨三四点钟的时候，走廊里出现了轻微的脚步声，不用问，值班护士就知道，这个起来最早的人肯定是孙欣。她开始去卫生间给丈夫倒大小便了。收拾停当，她可能会眯一会儿。6点钟左右，正式起床，准备早餐。8点钟，给勇华擦身子，喂早饭，穿衣服。9点钟，让勇华坐进轮椅里，推他到另外的一家医院做理疗。11点钟，返回病房，给勇华用午饭。下午1点20分之前，赶到学校上课。

有人总结说，孙欣的每日起居是三段式的，这是第一段。

第二段是整个下午。这下午又分为两部分，4点30分前在学校，集中精力把课上好；4点30分后下班，孙欣回家换换衣服，再到父母家陪老人吃晚饭，之后带上饭菜回医院。

回到医院，是孙欣一天之中的第三段。给勇华喂晚饭，做全身按摩，再擦洗一遍身子，让他舒服地躺在床上睡觉。夜里12点左右，王勇华会有一次小便，接完这次小便，打开勇华头顶的小电视。至此，一天完活，自己才能躺到另一张床上。

周而复始，常年大致如此。习惯了，孙欣平静地说。

四

教书，是孙欣的专业；而护理病号，她却要从头学起。

孙欣走进书店，在一排排书架上搜寻，神经方面的，骨骼方面的，按摩方面的，膳食方面的，只要对护理勇华有用，就拣出来，满满的一大包，像新学期的教案一样被她小心地捧在怀里。

一个长期卧床的人，最怕的就是出现肌肉萎缩等不良反应。孙欣摊开书本，一个穴位一个穴位地找，一种手法一种手法地练。医护人员告诉我，孙欣坚持每天给王勇华做90分钟的全身按摩，夏天汗珠子把她的头发湿成了绺儿，顺着脸颊往下滴，冬天也是浑身热汗。护士心疼她："孙姐，你不用花这么大力气，只要按过了，肌肉就不会萎缩的。"孙欣却说："书上说，刺激穴位对恢复知觉有好处，反正除了按摩也没有更好的办法，就试一试吧。"

除了按摩，孙欣还要隔一会儿就给勇华翻一次身。我在采访过

9

程中，看到了她多次给丈夫翻身的动作。她把双手伸进丈夫的身下，轻轻地托起，再慢慢地斜着放下，过一会儿再放平。孙欣固执地认为，勇华是有知觉的，重了，快了，他都会痛的。我在她轻抱慢放的动作中，既看到了专业的手法，也看到了亲情的注入。

王勇华每天的伸展运动是必不可少的。孙欣说，得"折腾"他。孙欣除了跟勇华说话，给勇华唱歌外，还让勇华坐着，跪着，趴着，让他的胳膊腿动起来，每天至少一次。一张病床，成了王勇华的运动场，孙欣是陪练。

主治医生嘱咐孙欣："让勇华经常呼吸新鲜空气、晒太阳，对他的身体恢复会有好处。"孙欣在护理学的著作中，也读到过康复理疗的学说。可是，怎么能让勇华从床上坐到轮椅上呢？这需要技巧，也需要力气。孙欣对我说："别人都在减肥，可我必须增肥。""为什么呀？"我问。她说："为了能把勇华顺利地抱进轮椅里呀！"

出病房得靠轮椅，如何把丈夫从床上扶到轮椅上，对孙欣来说，刚开始确实是个难题。孙欣个头儿不矮，但瘦弱。王勇华总是容易从她的双臂间脱落到地上。这时王勇华就会双眼紧闭，孙欣的眼泪也每每扑簌簌掉下来……这眼泪中，有对自己的谴责，也有对丈夫的怜悯。护士贾瑞雪对我说，王勇华入院时，孙欣的体重不足60公斤，想要把90公斤的王勇华送到轮椅里，孙欣哪有那个劲儿，只能靠护士们帮忙。后来，孙欣觉得总麻烦别人不好意思，就强制自己在两个月的时间里增重15公斤，给自己加"劲儿"。

孙欣说："只要能让勇华舒服一点儿，我付出什么都心甘情愿，胖瘦美丑无所谓。"

每天上午，王勇华坐在轮椅里，孙欣推着他到另一家医院去做康复理疗。勇华的仰卧起坐，都是在孙欣的推拉托举中完成的，一个程序下来，孙欣气喘吁吁，其劳累的程度可想而知。但是，对勇华来说，这样做对延缓肌肉萎缩，效果极好。

孙欣在营养学理论的指导下，又结合勇华的饮食习惯，给他编制食谱。孙欣说，辣的不行，咸的不行，过甜不行，不甜的也不行。遇到丈夫不爱吃饭时，孙欣就拌上点儿草莓酱，勇华就把食物咽下去了，勇华平时愿意吃甜食。自家熬制的草莓酱、橘子酱，成了勇华床头柜上的常备之物。

孙欣充分考虑到勇华较弱的消化功能。我采访的时候，看见了王勇华用餐的全过程。孙欣把食物用榨汁机打碎，用汤调成干稀适度的糊糊状，一小勺一小勺地喂进勇华的嘴里。王勇华没有咀嚼功能，嘴也不受控制，食物从嘴角流下来，孙欣就一手拿勺一手托着纸巾，不断地喂也不断地擦，一顿饭要吃一个多小时。

王勇华"吃"过饭，孙欣还要给他"刷牙"。一把牙刷，不用牙膏，只是在清水里涤净，伸进丈夫的口腔，摩擦他的牙齿、牙床。王勇华常常是咬住牙刷不松口，孙欣就喃喃地说："听话！听话呀，你是好孩子！"王勇华好像听懂了，果然松开了口，孙欣拿出牙刷给我看："一支牙刷，才几天就没模样了。"

孙欣每天都三四次地给丈夫擦身子，一条湿毛巾，把王勇华前前后后擦个遍。我看见王勇华身下还藏着一些"暗器"，诸如支撑他侧卧的三角垫，避免他脚跟着力的脚垫，屁股下变了形的睡枕，这些都是孙欣有意为之。

在处理勇华大便时，孙欣一直给他搓揉腹部，一两个小时过去了，王勇华无法排出大便，而病房里的气味开始有些难闻了，孙欣甩甩手腕，坚持着。

孙欣说："坚持，坚持到'胜利'。"

说完，冲我笑了一下。

五

孙欣虽然不愿意提及"植物人"三个字，但她还是主动接触了大量相关"植物人"治疗方面的材料。除了物理因子疗法、运动疗法、高压氧疗法之外，她还看到了"亲情疗法"几个字。

"亲情疗法"，几乎成了孙欣的医学信仰。

于是，与勇华"聊天"，成了孙欣每天的必修课。

都聊些什么？

她首先想到了他们的情书。热恋中的他们，除了打电话，就是写信。起初，勇华的文字是频繁而迅猛的，而孙欣按兵不动，以守为攻；后来，有时他们又都在同一天给对方写信，他们收到信后，又不觉感到蹊跷，难道是心心相印？

孙欣做过统计，在与勇华相识、恋爱的那段时间，他们几乎周周通信，共有70封。它们之中，不见山盟海誓，却有金玉良言。

如今，当年甜蜜、欢快飞翔的两地书，经过柴米油盐的人间烟火，经过日月如梭的生计奔波，突然以鸟儿折返般的姿势，回落到孙欣的面前。孙欣把它们翻拣出来，字迹鲜嫩如初，情感依然波澜汹涌，令放飞它的人心弦颤抖。

孙欣伏在床头，贴在勇华的耳边，开始念信了——

欣，你说你喜欢逛书店，而我也有此爱好。每到一处，总到书店一逛，每每都不空手，多少也要买上一本，认为书是知识的宝库，是教人自新上进的良友。你说喜欢科幻小说，我也是一捧起来就不肯放手，被那些深邃而又富有逻辑性的故事情节所吸引；你说爱看纪实、历史片，我亦有此嗜好，认为前人之事，后人之师，不可不看。

华，向你提供一个信息。前些日子，我们上心理课，教师说西方的医院里，由心理不健康造成疾病的患者，要比病毒感染成病的多得多。我不懂医，也不知这个信息对你有没有用。

欣，今天给岛上的战士巡诊，有名男兵居然也叫孙欣，我觉得很好笑，后来想想，可能是因为想你了。

华，今天外面下了一天的雪，好美。雪花纷纷扬扬的，树上也结了厚厚一层树挂。如果，能在街上漫步，同你在林中嬉戏，或许会更美。

....

王勇华静静地躺在床上，似乎在听。

"医生说让他听一些印象深刻或者喜欢的东西，能促进脑皮层的兴奋，我就给他读当年的信，希望他能在哪一天睁开眼看看我。"孙欣相信"爱"的力量。

孙欣还把每天发生的大事小情说给勇华："我去上班啦，你先睡一觉，你睡醒了，我就回来了。""儿子来电话了。儿子还行，还知道祝我母亲节快乐。你怎么没表示呢，怎么不祝我节日快乐呢？""儿子明天要上大学了。你这当爸的，怎么不帮儿子张罗张罗呀？"……

孙欣把一本书大小的平板电脑悬挂在勇华面前。他们的结婚现场录像片，《雍正王朝》之类的历史剧，军事频道的节目，反反复复地播放，这些都是勇华的最爱。孙欣读完信，就让它们登场，孙欣相信：说不定哪天，播着播着，奇迹就会出现。

孙欣说，勇华很依赖自己，只要一听到她的开门声，勇华就睁开眼睛，冲着她"乐"。

夫妻之情，在度过青涩岁月之后，在困苦猛烈袭击之时，依然如胶似漆，并且可以让它成为拯救生命的一剂良药，为何？

是孙欣坚韧的守护，给爱情以尊严，给婚姻以礼敬。在孙欣那里，爱情和婚姻是炽热而纯洁的，是深刻而崇高的，是顽强而悲悯的，是甘甜而晶莹的，还有对美好的期待，对困苦的无惧，还有磨砺和坚持，承担和忘我，责任和义务。热恋时的浪漫和憧憬，随着岁月的延展和冲击，可能会变得平淡和平常，而她，对对方的体贴与呵护，却更加现实和细致。

我看到，王勇华病房中的马蹄莲，开出一朵小花，虽然娇嫩，却洁白！

六

王勇华在医院观察室的样子，让儿子惊呆了。

白纱布包裹了父亲的整个头部；胸前背后，连着数不清的管子，各种各样的仪器围着他。这是爸爸吗？儿子转身跑出去，俯在病房的门框上号啕大哭。此后，他最纠结的事情，就是去看望爸爸。他说，想看又不想看。

"你知道为什么吗？"孙欣问我。"孩子一定是给吓坏了。"我说。"不，他是心疼啊，心疼他爸爸遭的罪。"孙欣说。

孙欣说到儿子，脸上露出既歉疚又自豪的表情。

王勇华发病时，儿子正念小学五年级。孙欣拿不出精力照顾他，只好把他送到姥姥家。孙欣说，不知不觉，儿子就上了初中，可是，学习成绩一向名列前茅的儿子，却是以倒数第一的名次进入初中的。孙欣顿时惊醒了：这两年里，她哪里问过孩子的学业？

她认真地和儿子进行了一次谈话。她说："咱不能因家里出了困难，学习就水下来了，那叫啥出息，也让人笑话呀！听说上课时你还爱搞点儿小动作，与邻座同学交头接耳什么的，不能那样啊，孩子！"母亲的话，深深触动了儿子。

期中考试的时候，儿子的成绩一下子跃上了中等，小毛病也改了。开家长会，是姥爷去的，老师表扬了儿子，但也流露出不理解：他的父母怎么一直不跟班主任沟通呢？会后，姥爷等别的家长都走了，跟班主任说了实情，班主任"哦哦"地感慨了好一阵子。

9年了，孙欣每天忙着照顾丈夫，而儿子学会了照顾自己。儿子在姥姥家，每天都学习到很晚，考上了市里的重点高中。高考的时候，成绩超出了一本线，但他没有选择离家远的一本大学，而是留在父母身边，就读沈阳一所二本院校的临床医学专业。他对孙欣说："妈，我不能走那么远。爸有你照顾，那你又有谁来照顾？我去学医，既能照顾你，还能照顾爸爸……"

班主任老师评价说，孩子懂事，与家庭影响有关。我说，孙欣与儿子的那次谈话，使孩子得到了正能量。

孙欣的确拥有一颗强大的内心，正像有人赞扬她的那样：在生活的种种磨难和压力面前，她都能柔肩扛起，独当一面！

2010年，孙欣父亲因脑血栓住院；父亲刚出院不久，母亲又因风湿性心脏病、心梗、心衰3次送往急救中心抢救。她本来可以告诉两个妹妹，可是妹妹们都远嫁外地，她说，她们来回一趟不容易，折腾她们干啥？一边是老人，一边是丈夫，都是自己的亲人，哪边都不能亏欠！

儿子的大学录取通知书下来了，勇华、孙欣的双方父母、各路亲戚要聚一下，为孩子庆祝。孙欣把丈夫推到饭店，勇华衣服整洁得体，戴了个网球帽，坐在轮椅里，像刚从运动场上比赛归来，坐下来小憩。亲人们的掌声随之而起。孙欣说："虽然他坐在轮椅上什么都做不了，甚至头都抬不起来，但有他在这个家就是完整的。"在去往酒店的路上，孙欣告诉勇华："我带你出去喝酒，喝你儿子考上大学的喜酒！"从酒店回来，孙欣又告诉勇华："你要好好地活着，一定要看到儿子结婚！"

我问孙欣，哪来的这么大的承受力？

她笑笑，没有回答，也许是"军嫂"的角色培养了她的独立和自信吧。

我想，如果把军人比作长城的砖石，那么军嫂就是簇拥着长城的小草，她们虽然平凡，甚至无名，但无论阳光还是风雨，都能以柔软的内心和挺立的身姿为长城增色，质朴而坚定。因为她们在长期分担甚至独撑家庭重任的时间里，越发地认清了命运对自己的托付；困难甚至困苦不断磨砺着她们的意志，她们也就会用百折不回的执着走向梦想。

孙欣不就是这样的女性吗？

七

2010年12月，王勇华因大量脑出血又一次被推进急救室。死神这次派出了更为凶恶的杀手。许多医护人员都让孙欣为丈夫准备后事，他们知道这样的患者将面临什么，何况王勇华又属于卧床两年的植物人，身体的各项机能早就打出了"白旗"，他守不住自己了。

难道连一点儿希望都没有了吗？孙欣问。

百分之一都不到！科主任回答。

有的朋友也暗示她，就此收手，放弃治疗，各寻方便吧！

孙欣知道他们话里有话，然而，她不能接受。

不求一万，只求万一。孙欣也知道勇华这次的病情甚于上次，何况上次就是从鬼门关中逃出一劫，但是，她更抱有希望，尽管它十分渺茫。她坚决要求医生为勇华做手术，如果做了手术有可能是死，那么，不做手术就是必死。

"有一丁点儿希望，我也要争取。"她说。结果，王勇华又一次出现了奇迹。这奇迹出于孙欣对他的不抛弃、不放弃。

王勇华又活过来了，而孙欣的"苦难"就得继续，并且，此后，勇华站起来的可能越发渺茫了。

但是，勇华活着就好。孙欣说。

早年就认识孙欣的人说："这个美丽女子，近几年老得太快了。""这样下去，很可能要把一辈子都搭在一个植物人身上。"他们替孙欣的命运抱憾，而孙欣一笑而过："如果你爱过，你就知道，很值！"她甩出的话，让人家半天转不出个个儿来。

著名作家迟子建曾说："如果苦难里有柔软的光影浮动，苦难就不是深渊，它会散发着湿漉漉的动人光泽。"希望之光，在孙欣的信念中游弋，因而，她每天都会及时发现勇华的好转，哪怕那进步十分微小，常人难以察觉，而孙欣却深有感知。她从勇华的"肢体语言"上，感知了丈夫的诉求。正像有人说的那样，王勇华发出什么声音是要伸懒腰，发出什么声音是想喝水，什么时间会小便，身体怎么使劲是要大便，孙欣都了如指掌。

"当发现勇华排斥一些食物时，汤汤水水的，喷到你脸上、身上。你不抱怨他？"我问。"抱怨啥？我高兴还来不及呢，你看他知道挑食，这说明他的意识还在。"

"他长时间躺在那儿，皮肤绷得特别难受，特别愿意让我碰碰他，每次给他按摩，我感觉他都知道，眼睛眨得可勤了。"孙欣说。

2011年7月的一天，在只有孙欣自己喃喃自语的病房，孙欣给勇华翻身的时候，突然多了"啊"的一声，像隐约的春雷，划过漫长的冬季，打破了太久太久的沉寂，这声音真真切切，是从勇华的喉咙里发出的。"当时浑身就像被电了一下，一股暖流涌遍全身，眼泪控制不住地往下流……勇华的眼睛虽没那么有神，但能直勾勾地瞅着你，像在跟你说话，我心里别提多高兴了。"孙欣兴奋极了。

后来，孙欣还发现王勇华睁开了双眼，手也轻微动了一下。

孙欣告诉我，如今，若抬起勇华的左臂，他的右臂也会跟着动一下；他能用眼睛对孙欣出入病房表达出不同的情感，孙欣关门上班，他的眼神就黯淡得很，他舍不得她走；更可喜的是，孙欣跟他聊天，他能发出一串"啊啊"的长音去回应。

有多少岁月就有多少坎坷，一场爱的马拉松已经历时9年。3000多个日夜，月华盈亏，阳光明晦，孙欣用温暖的手抚平了艰辛的分分秒秒，用坚毅的嘴角催放了美德之花，用春去春回的坚持、不离不弃的深情创造了王勇华生命的一个又一个奇迹。

在给王勇华进行全面检查后，主治医生感叹地说："在王勇华成为植物人多年之后还能恢复知觉，长期瘫痪却没有肌肉萎缩，也没得上褥疮，他的妻子付出了太多太多！"

部队和地方给了孙欣很多荣誉：2011年"感动炮旅"十大人物评选中，获"倾情奉献标兵"；2012年集团军感动军营活动中，被授予"模范家庭"称号；2013年被炮兵旅授予"优秀军人家属"称号；2013年被沈阳军区政治部授予"军区优秀军人妻子"称号；2016年3月集团军双先锋表彰中被评为"最美军嫂"；2016年5月获得全国妇联"全国最美家庭奖"；2016年获辽阳市第七届道德模范称号；2017年1月荣登中国文明网中国好人榜；2018年5月荣获第十一届全国"五好家庭"称号。

荣誉是对孙欣的肯定和鼓励，但孙欣觉得自己的努力还没有到位，她的心底始终藏着不灭的希望——

华，亲爱的，给我一个答复吧，你深情的目光辉映着我曾经苍白的青春，我将回报你最倾心的微笑，和任何风浪都无法剥落的温柔。等你醒来后，我将在白山黑水间筑起一座小小的城堡，让我俩相偎守着炉火倾听那杜鹃清啼的声音，轻嗅那茉莉花开的香气……

从某种意义上说，王勇华何尝不是也在为孙欣而顽强地活着？孙欣在勇华与她对视的目光里，看到了泪汪汪的两个字：是的！

撼山易，撼钢铁长城难。何况，巍然耸立的钢铁长城是以许许多多亲人的挚爱为依托。

在采访结束的时候，我突然想到了马蹄莲的花语。也许它是一种微不足道的花卉，资料上的说法却令我眼前一亮：在这个世界的一些地方，它常被用作新娘的捧花，出现在婚礼现场。

马蹄莲象征着爱情的纯洁和尊严，孙欣，想必早就知道。

啊！青青子衿，悠悠我心……

0.01毫米，国与国的距离

王　开

一　铁棒的记忆

1985年，徐宝军还是个蹦蹦跶跶的愣头青，入了职工技校，先学理论课，再学操作，后来到实习厂实习，跟着师傅学技术。实习厂分大小，大实习厂带他们的师傅姓刘，小实习厂带他们的师傅姓吴。那时候他还小，不太专心学，玩一玩，闹一闹，一天就过去了。后来，细心的徐宝军发现，在小实习厂，吴师傅干重要活的时候，不让徐宝军和同学进去，他心里十分纳闷儿。再后来，吴师傅闲暇时给徐宝军抛出一个问题："我有个活，你们会干不？把圆料车成方料。"徐宝军一下蒙了，方料车成圆料好办，圆料怎么车成方的呢？便回去问刘师傅，刘师傅笑而不答。

三年技校，徐宝军一直没弄明白这个问题。技校毕业后，徐宝军带着这个问题进了沈阳机床厂十二车间当正式工人。彼时，徐宝军的父母都在机床厂，响当当的国营工，牛气得很。徐宝军下了车间，学什么也遵照父亲的主张，父亲说我一辈子干车工，你也接着干吧。那时候，沈阳流行一句话："车钳铣，没法比。"这是时代对技术工人最大的尊敬和褒奖，于是，徐宝军就当了车工。

车工这个活可不容易，先别说干好，能坚持干就需要毅力。刚到车间，徐宝军看什么都好奇，但作为学徒，他只能站在师傅身边看师傅干活，师傅让借工具就借工具，让拿图纸就拿图纸，让打扫卫生就打扫卫生，这一站，整整一年半。但徐宝军是有心人，虽然不能上手，眼睛看着，心里记着，把师傅的一招一式都记准了。之后，徐宝军被安排到机床单干。

机床是操作，车刀才是关键。车工活好不好，全在一把刀。可徐宝军对磨刀一无所知，每次干活的时候，都是师傅先把车刀磨好，徐宝军用现成的。时间久了，徐宝军心里想，能不能自己磨刀呢？等师傅磨刀的时候，他就凑过去看。俗话说教会徒弟，饿死师傅。做师傅的难免保守些，徐宝军一去，就停下正磨的刀，等徐宝军走了，再继续自己的活。徐宝军看不见师傅怎么干活，翻来覆去看师傅磨好的刀，羡慕不已，下决心自己磨。

为了磨好刀，徐宝军没少吃苦。

在徐宝军眼里，师傅磨刀简直像耍魔术一样，一上手才知道，原来这魔术不是那么好耍的——铁棒和砂轮摩擦产生热力，由车刀传导到徐宝军的手上，烫得他不敢握，手直往后躲。师傅在一边看见，没言语，走到跟前，手把手做示范。一把运动中的车刀，师傅的手在前，徐宝军的手在后，摩擦产生的热量烫得人握不住，师傅却稳如泰山，好像他的手感受不到灼热的温度。

这一个动作，征服了徐宝军，发誓要像师傅那样，对一把刀掌握自如。

初学的困难，远不止这一点，因为手底下没深浅，高速旋转的砂轮经常磨伤手指关节、指甲、手指肚，甚至磨露骨头。

"砂轮高速旋转，磨着手一滴血不出。"

在徐宝军的记忆中，他实在数不出有多少次这样的经历。他说，机床砂轮磨穿软组织你根本没知觉，甚至磨得露了骨头都不疼。白森森的骨头裸在外面，不出血，必须尽快挤出血，然后去医院包扎。不然，有毒的砂轮末子成分渗入，会造成潜在的危险。

即使吃苦头，刀磨得也不尽如人意。刚开始，不懂磨刀的规律，刀安上车床，车东西时铁屑子到处迸，落到鞋窠里，烫得把鞋甩出去，落入衣服里，烫破肚皮结痂。这些还是小事，若铁屑子迸进眼睛里，事情更可怕。有一回，徐宝军车零部件时，一粒铁屑子迸进眼里，扎在眼球上，去医院手术才取出来。事后，徐宝军眼睛疼得睁不开，眼眶红肿，在家休息了10多天。

上班后，徐宝军天天站在机床前合计，怎么样拿刀，手垫在砂轮的什么部位才能把刀刃磨直，刀槽磨得一样深，前倾后倾的角度才对呢。师傅们被徐宝军的韧劲感动，这个教一点儿，那个教一点儿，加上他自己勤琢磨，勤动手，慢慢地，徐宝军磨出的刀像样子了。

过了头道关，还有难度更大的关。给你一根铁棒，怎么把它加工出图纸画的形状？为此，徐宝军可没少吃苦。因为经验少，想快点儿成长起来的唯一办法就是勤练，但徐宝军手底下没深浅，三天两头儿地吃回亏。

而和皮肉之苦相比，学技术才是最难的。那时候的师傅，技术不爱外传，哪怕对自己的徒弟也是防备的，每次干到关键处，师傅便停下来，喝点儿水，休息休息，要么打发徐宝军去别处干点儿什么，等他回来时，活已经干完了。几回以后，徐宝军看出门道，暗地里长了心眼：不教，我偷着学。有事没事挨个师傅的机床转悠，这里偷一点儿，那里偷一点儿，慢慢积累，慢慢琢磨。

偷艺的同时，徐宝军深感自己底子薄，基础知识不扎实，便报名参加了职工技校。那些日子，徐宝军白天上班，晚上回家继续学，每天忙到深夜才休息。凭着好学、上进、爱动脑的钻劲儿，徐宝军努力理解、消化陌生的知识，《机械制造工艺学》《机械原理》

《高级车工辅导丛书》等，一本一本地啃，不懂就问老师，问同学，笔记写了一本又一本。把平时的实践与课堂理论结合起来，消化理解后，变成自己的东西。

正应了"功夫不负有心人"的老话，徐宝军通过自我提升，终于可以独立上机床操作，并且越干越精，直至掌握着车间难度最高的一台机床。

二 单板时代

徐宝军受父母影响，对工厂感情很深，依赖性也很重，但是到了20世纪90年代中后期，全国范围内的工厂大面积亏损，常常几个月开不出工资，工人老大哥的骄傲地位不复存在。许多人动摇了，纷纷离开工厂，另谋生路。徐宝军也动摇过，最终，他还是留下来了。

熬过寒冬，国企改制，机床厂和其他几个相关厂重组为机床集团公司。到20世纪90年代初中期，机床新技术——单板数控引进到沈阳机床集团公司，也就是业内人常说的半智能机床。这种新设备一下子吸引了徐宝军的注意，好奇心再次驱使他要看个究竟。

此时，徐宝军在普车车间已经是顶梁柱，深得车间主任倚重。

对单板机床兴趣浓厚的徐宝军，琢磨着怎么弄明白这个新生事物，可是，单板机床是独立车间，与自己的普机不挨边，要去得寻个恰当理由。想来想去，徐宝军想到自己的技校同学，刚巧他在单板机床车间。于是，每次干完自己的活，徐宝军就借口找同学，往单板车间跑。

单板机床是宝贝，哪能允许徐宝军随便碰，再说，他又不是本车间的，能看清单板机床长啥样，摸下机床的边已经很不容易了。但徐宝军实在太喜欢单板机床，想学，又没别的办法，再次使出当年偷艺的招数，发扬蚂蚁啃骨头的精神，开始他的学习方式。为记住那一块电子屏上的按键盘，他就费了不少脑筋：用脑了记住每个键的位置，记准了，跑到车间外用事先备好的纸画下来，再进去记，再画。晚上回到家，再把纸上画的图原样挪到大纸上，死记硬背。一块电子屏，就这么零零星星记下来，刻在脑子里。记住键盘也不行，徐宝军还犯愁，因为按键下面的英文单词，他一个也不认识，更不知道表示什么，管什么用。没别的，还得用笨办法，一个字母一个字母记，凑几个单词，回家查英文书，查资料，找懂英文的人问，总算记熟了。

其实，徐宝军一趟趟往单板车间跑，早引起车间主任的注意，背地里一打听，原来这个年轻人就是以好钻研闻名的徐宝军，悄悄动了心思。一天，徐宝军又借故去单板车间的时候，车间主任把他拉到一边，问他，愿意来单板车间不。徐宝军喜出望外，不敢相信车间主任的话。车间主任一脸郑重的表情。徐宝军明白了，车间主任没开玩笑，用力点头，表达自己的渴望。

谁知，回原车间和主任一说，主任脸一绷，指着徐宝军平时操作的那台机床说："不行，宝军你走了，谁会用它？"徐宝军也愣了，他真没想过这个问题。主任是开明人，想了想，说："宝军，要不你两头跑一段，那边你照常去，这边你一年之内带出个人，剩下的就不用你管了。"

徐宝军闻听，明知主任这是绕着弯儿允许他走，欣然应诺："主任，你放心，我肯定给你带出来一个像样的新人。"

当时，厂里和徐宝军工龄差不多的工友每月拿3000多块钱的工资，而徐宝军因为在单板车间学习，拿的还是学徒工资，比别人少了1000多块钱。有人说他傻，有的笑话他："学那玩意儿干啥，多耽误挣钱。月月1000多块白扔。"徐宝军听了，不以为然，也不反驳，可他心里终究起了涟漪："是呀，工资少这么多，影响生活，妻子的意见自己没考虑过，太武断了。"于是，徐宝军回家问妻子："我学徒挣钱少，你乐意吗？"妻子笑了："人往高处走，水往低处流。这都是暂时的，没别人工资高，咱就少花点儿，我会精打细算的。"

妻子的一番安慰，感动了徐宝军，动情地说："有你这么善解人意的老婆，我知足了。你放心，我一定学好技术，给你一个满意的结果。"

就这样，那一年里，徐宝军在单板车间当徒弟，在普车车间当师傅，尽心尽力地扮演着双重角色。

中国科技的发展速度惊人，它的能量投射到机械领域，徐宝军亲历的是，半智能半人工的单板机床过渡了一阵，一下飞跃到全智能时代。全智能时代的到来，使得许许多多工人无法适应，遭到淘汰，其中包括一大批徐宝军当年的技校同学及同龄人。与此相反的情形是，徐宝军不仅没被淘汰，反而作为主力直接进入全智能机床车间，逐渐挑起大梁。此时的徐宝军，心里萦绕着一种自豪感，深刻理解了"机遇都给了有准备的人"这句俗语。

从普车到单板再到全智能，徐宝军完成了自我跨越，也在实践中熟练了高科技产品的应用，学会编程和制图，虽然这期间他曾有过忐忑，有过错误，但每一次心路历程都是收获，让他更加成熟坚定。

至今，徐宝军还清楚地记得，由于自己心生浮躁，发生撞车事故的情景，他为此感到后怕和庆幸。

2003年，徐宝军调入数控机床车间，他自以为熟练了数控机床的操作，心生大意，一次操控机床时，他输入的参数不对，瞬间发生撞车，他一着急，又输入新数据，试图让设备接受命令返回原位，不料输入的数据再次错误，眨眼之间，又发生撞车。连续的严重错误，狠狠打击了徐宝军，当晚回家，立即发烧病倒，一个星期上不了班。

这件事给徐宝军留下的教训非常之大，他牢记在心，不敢再生骄妄，变得更加谨慎、踏实。

半年后，2004年，哈尔滨订购了一批机床，公司派徐宝军去负责安装调试。接到任务，徐宝军喜忧参半，喜的是终于能够独立出门工作，忧的是生怕出什么差错，丢了公司的脸，丢自己的脸。心情复杂的徐宝军坐上火车，去哈尔滨的一路上，他一直回想着车间主任的叮嘱，反复在脑子里回想机床的各项技术参数，暗暗告诫自己不管遇到什么情况，都不要急躁，不能乱了方寸。

结果，哈尔滨之行，徐宝军干净利落地把活干完了，客户方面非常满意，公司领导也对徐宝军多有赞誉。这一次的成功，坚定了徐宝军的信心。

三　0.01 毫米的距离

机床是一切工业装备制造的母床，宏观上讲，海陆空的尖端制造离不开它，微观地说，小到某个汽车零部件、手机壳，哪一项都依赖机床做基础。改革开放 30 年来，特别是国企改组之后，中国机床的加工制造水平可谓从量到质发生巨大变化，但这是自身跟自身比，若将目光放到全球，中国机床和美国、德国、日本等老牌资本主义国家的产品比较，尚存在三四十年的差距。旁的不说，单是德国与日本对所产机床质量要求的严苛程度，我们就难以匹敌。

一个简单的例子是，机床制造的公差在正负零点零几毫米，在此区间内，皆为合格。但是德国和日本遵循公差最小的理念，即使没有人要求他们这么做，工程师和技术人员也对自己发起挑战。高标准的定位，一方面体现他们精湛的工艺水平；另一方面，就是对所产机床设备的高度自信，保证他们击败对手。与之相反，中国机床行业的普遍认知，是"差不多"，只要不超过正负公差，或者稍差一点儿，都不影响使用。

表面看，的确是这样，可一落到实处，到紧要关节时，0.01 毫米公差就决定了国与国之间的工业制造水平，0.01 毫米，就是一道分割线，左右了价值几十万甚至上百万元的机床订单谁能拿到。谁拿到订单，谁就能存活下去。拿不到，技术得不到及时更新，工业产品不够精细，只能被人越甩越远，越来越没有话语权。

说到底，是民族工业和文化差异所带来的后果。

这一点，在机床行业摸爬滚打30年的徐宝军感触极深。依他亲眼所见，德国同行做事情慢一些，但更加专注，加工件、装床子时的研磨、清洗、擦拭特别干净，机床安装后一次成型，绝不返工。徐宝军讲了一个非常实际的事例，来强调德国机床制造水平与国内机床制造水平的差距。他说，与德国工人在一起的时候，他们的工作场地非常整洁，工具从不乱扔。机床安装时，需用吊装设备和吊绳配合。那天用完吊绳之后，吊绳放在地上，到了下班收工时，大家收拾工具，徐宝军看见那堆吊绳，拎起来欲装车。他体格小，不能完全抱起绳子，拖着一部分在地上走，德国工人发现了，一把推开他，卷起绳子，抱在怀里装上车。徐宝军见状，问翻译："说我帮他干活，他为什么还不高兴啊？"翻译说："他不是不高兴，是爱护工具，你这样拖拽，时间久了吊绳会拉起毛刺，或者拉伤吊绳，以后启动设备时造成安全隐患。"徐宝军豁然开朗，折服于德国工人的认真。

还有一次，徐宝军在山东遇到一个德国工程师，安装调试机床时，他已经将公差调到标准之内。但德国工程师不放弃，继续调，他说，他可以将公差压缩在0.01毫米之内。德国工程师一遍遍地调试，果真达到了0.01毫米公差。这件事情再次震动了徐宝军。他想，几十年的追赶，我们的普通机床与先进国家的差距不再是造不造得出来，而是专注与执着精神。如果我们也培养和发扬这种专注与执着，就不必仰视人家了。

见得多了，思考多了，善于钻研的徐宝军越发注重机床工艺，但凡公司有什么难活重活，都派他前去解决。2013年年底，公司卖给山东一家单位7套设备，总值高达七八百万元。可是安装调试后，怎么也达不到标准，气得客户要退货。公司着急了，陆续打发几拨人，仍旧达不到效果。最后，公司换上徐宝军出马。

徐宝军到了客户那里，首先听到的是对自己公司的骂声和不信任的抱怨，他没有解释，也没还嘴，只轻轻地说："你们别急，让我试试。"说完，徐宝军一头扎在机床堆里，尝试着按自己的方法调整，调好一套机床后，徐宝军跟客户说："现在请你们再看看吧。"客户半信半疑，试探着启动机床，加工几个样件，果然和之前不同了，缓和了对徐宝军的态度。最终，经徐宝军的调试，7套设备全部正常使用。到此时，山东客户的态度彻底转变了，为先前的不敬向徐宝军道歉。徐宝军微笑道："机床令客户不满意，是我们的责任。我以人格担保，这批机床质量没什么毛病，只不过在调试的方式上不太对路，请你们相信我们公司。"

同样在2013年，沈阳机床公司承接了东北某集团定制的机床设备，这种设备用来加工特殊传动轴，材质是铝镁合金，筒壁的要求非常苛刻——特殊传动轴零部件的机床设备直径110毫米，但壁厚只有1.2毫米，壁厚差仅允许0.05毫米。

0.05毫米，比一根头发丝还细，肉眼几乎难以分辨。这种薄壁件对车工来说，难度非常大，1.2毫米的壁厚，用手随便一捏都能捏扁，这是弹性变形。何况加工时1.2毫米的圆是定死的，再发生弹性变形，很难达到0.05毫米偏差的技术要求，且特种用途件不许用冷却液。怎么办呢？项目承揽下来，徐宝军每天吃饭睡觉都在思考如何克服这道关卡，曾经，他想用传统的石蜡法浇注，但这种小法比较麻烦，浇注过程中石蜡凝固得不均匀，忙半天白费力气。一天，徐宝军突然想到一句行话：三点变形量较大，六点变形量减半，十二点卡紧变形量为零。

"何不用弹簧卡箍整体卡紧筒壁呢？"徐宝军灵机一动。

因为用了卡套卡紧，360度向心，等于给筒壁穿上一层外衣，再进行加工内孔，既省时省力，又确保了规定偏差，顺利把设备交付给东北某集团。

四　古巴的"国王"

如果说，半智能机床是世界机床的一次自我革命，智能机床就是世界机床的二次革命。在这两次机床革命中，中国的脚步慢了，被德日等国远远甩下来，数控系统顶级的德国西门子和日本发那科、三菱，牢牢占据了数控系统国际市场。沈阳机床为了跟上市场脚步，不得不进口数控系统拼装在自己的机床上。徐宝军为了尽快熟悉这种先进机床，付出了他人不曾付出的辛苦，当他逐渐熟稔这些系统的性能以后，被外派出差的时间更多了。

2011年，沈阳机床的产量来到一个高峰：沈阳机床在全世界的机床企业中产量排第一。然而，世界冠军的金冠不是那么好戴的，产量高了，利润反而降低，机床厂出现了亏损，很多人离开机床厂，也有外面的工厂来挖人。最疯狂的时候，有些单位直接在机床厂外挂横幅，上面的招工信息明明白白地写着："沈阳机床的人免考试培训，直接上岗。"让人哭笑不得。徐宝军这样的技术能人，下手抢的更多，但徐宝军每一家都没答应，对那些挖他的单位说："我十几岁就进厂，父一辈子一辈的，舍不得一下子就走了。眼下，厂子是不好，可是得目光放长远，我相信国家以后会越来越重视机床，因为它的作用太大了，没有哪一个国家的工业制造离得开机床。"

就这样朴素的情怀，让徐宝军坚持了下来，与沈阳机床同呼吸，共命运。徐宝军的出色技术和优秀的品行，也为他带来回报——2015年，徐宝军被评为全国劳动模范。不久，厂里为他兑现了每月7000元的补贴。获得这么多的实惠，得到这么高的荣誉，徐宝军更加珍惜工作机会，思想觉悟也更高，他认为，自己到哪里出差，代表的不光是个人技术水平，一言一行也代表沈阳机床的形象，甚至代表祖国的形象。

2017年，沈阳机床与古巴社会主义共和国的一家国企签订了一批机床出口协议。机床运到古巴，安装调试后，运行却不那么顺畅，有几台机床总是出毛病，厂里先后派去两拨人，都没有排除故障。古巴方面不高兴了，要求沈阳机床厂必须找出原因，否则全部退货。退货，意味着重大损失，同时损失的，还有沈阳机床的国际声誉。在这种情况下，厂里紧急将出差在外的徐宝军调回来，塞给他一张机票，让他立即飞往古巴。

临危受命的徐宝军，并不知道陌生的国度等待他的是什么，自己能不能手到病除。他最怕厂里抱着最后的希望派他去了，结果他也没完成使命，他觉得这样没脸回厂交代。

经过长途飞行，徐宝军落地古巴，一身疲惫的他顾不得倒时差休息，在翻译的陪同下来到那家国企。果然，一见面人家就给他个下马威：还没等徐宝军开口，古巴国企的接待人员上下左右打量半天，见只有徐宝军一个人来，便用疑惑的眼神看着翻译。翻译证实说："是的，这次只有一个人来。"古巴国企的接待人员态度更不好了，问来人的签证办了多久的。翻译说："半个月。"古巴国企的接待员越发生气，嘴里咕噜着："我们古巴风景很好，够玩半个月的。"

徐宝军察言观色，断定对方说的不是动听话，便问翻译："他说的什么？"翻译为难，不知该不该原话翻译过来。徐宝军说："没事，你照实译吧。"翻译就实话实说了。徐宝军一听，人家是不相信他，火儿就蹿到头顶，可又不能顶着来，就告诉翻译，让对方领他去现场。

古巴国企进口机床做导弹用，对机床的精度要求相对严格，徐宝军一时断定不了是哪里的故障，前三天，他一点儿活没干，就围着机床观察，把观察到的问题记录下来。古巴国企见他和前两拨人不同，又不干活，整天皱着眉，脸上没有好颜色。徐宝军也不在意，你冷落你的，我干我的。

其实徐宝军一点儿没闲着，甚至头三天过得非常紧张，因为古巴和中国有12小时时差，他发现的一些问题不在自己专业范围内，需要和厂里的技术人员对接讨论，这样，为了对应时间，他一夜只能睡两三个小时，脑子还缠绕着各种问题，实际上根本没有睡好。

古巴网络通信差，为了与厂里联络方便，徐宝军不得不买卡充值，但古巴的充值卡很贵，一小时一美元，徐宝军舍不得，尽量节省着用。

就是在这样的状态下，徐宝军逐渐厘清机床存在的各种问题，慢慢地调试。在此过程中，徐宝军需要一个调试测试仪器，可古巴国企只有一个这种测试仪，偏巧那个人休假，把测试仪带回家了。徐宝军说："这个得想法拿过来。"古巴国企的负责人嫌麻烦，不愿去，怼徐宝军说："你是我们的国王吗，想要什么就要什么。"徐宝军说："没有测试仪，我干不了活，你看怎么办呢？"古巴国企负责人耸耸肩，无奈地安排人去取调试测试仪器。

之后，徐宝军给所有的机床调到能够正常运行的模式，并亲自加工了工件，给古巴国企的负责人看。古巴国企的一些主要负责人左看右看加工件，终于相信了眼前的事实，冲着徐宝军伸出大拇指。那个当时接待徐宝军的古巴国企负责人，激动得一下子抱起瘦小的徐宝军，在地上转圈，一个劲儿地说："中国机床，好！徐，你真是我们的'国王'啊！"徐宝军这时调侃道："贵公司不嫌弃我们的机床了？"古巴国企的领导人都不约而同地笑起来，笑声中带着歉意。

五　中国机床必须好

随着沈阳机床产量与销量的增加，相应而来的，是安装调试工作量的加大，徐宝军作为安装调试人员，自然也就多了到处奔波的时间，世面见多了，接触的人和事多了，相互对比，也有了不同的认识。说起去苏丹的经历，徐宝军最大的感慨，是对和平的理解，对国家更加热爱，这些感触都化为他更加努力的工作。

苏丹，非洲大陆上的古老国家，经济结构单一，工业落后，基础薄弱，对外援依赖性强，被联合国宣布为"世界最不发达国家之一"。2018年，苏丹从沈阳机床购买了30多台机床，用于生产，发展经济。机床入境后，苏丹方面用着不顺畅，给沈阳机床发函，请求派人重新安装调配。厂里考虑到徐宝军有驻外经验，就派他和另一个同事前往。

　　非洲大陆又干又热，徐宝军和同事第一个不适应的就是气候，一下飞机，地表热浪就让他险些栽个跟头，心想，真是名不虚传。更让他难堪的是，苏丹企业负责接待的工作人员上来就给徐宝军做了个拇指朝下的动作，嘴里一个劲儿说："中国机床，NO。"徐宝军再不通阿拉伯语，也明白这是什么意思，立刻面色涨红，几欲发作。可是转念一想，难怪人家说沈阳机床太差劲，人家花了5000多万人民币进口一批机床，使用中却不能正常运转，换谁也给不了好评，心里十分歉意，说："你放心，我们保证给这批机床调试好，不影响你们使用。"

　　到了驻地，生活完全颠倒了样子，徐宝军从国内走时正是夏天，到了苏丹，他们在过冬天。饶是如此，干燥的气温也让他和同事一时难以适应，白天工地一身汗水，晚上回住处洗澡都费劲，因为他们特别节约水，水龙头和中国的都不一样。他看到苏丹的路没有镶嵌马路牙子，硬化路面和土地衔接，好奇地问当地的翻译，这是为什么，翻译说，是为了下雨好把水直接扫到土地里去，不浪费水资源。徐宝军听了，心里说不出是个什么滋味。在沈阳，虽然也提倡节约用水，也没见过这么省的，由此想到中国的好。

　　没几天，徐宝军他们和翻译也闹了矛盾，翻译的水平不行，总是把他们的话翻译错，造成苏丹方面的误解。一开始，徐宝军没反应过来，渐渐地苏丹方面态度越来越差，说徐宝军他们不干活。徐宝军寻思不对劲，怀疑翻译译的不准，这么留心一观察，的确如此。徐宝军就要求换掉翻译。沈阳方面说，没有翻译你俩在外语言不通，怎么和人家交流。徐宝军说，苏丹有我们华为援建的网络，我俩用手机软件，这翻译挺贵的，还碍事。沈阳方面就同意了。

徐宝军和同事省掉翻译费以后，和苏丹方面的交流就依靠手机软件了。虽然有时候也遇到障碍，多数时候沟通得还不错。但在生活方面，他们遇到了更大的问题。

由于干旱和习惯的缘故，苏丹蔬菜奇缺，徐宝军他们天天吃当地人做的牛肉，因为口感不好，做得也不太熟，硬牛肉吃几顿就腻了，胃也受不了。徐宝军就跟苏丹方面说："能不能把牛肉做得烂糊点儿。"苏丹方面听了，使劲儿点头。可是下次端上来，还是硬的。有时候，苏丹方面也给他们换主食，不过都以手抓饭为主，面对着一盆黏糊糊的咖喱抓饭，徐宝军他们怎么也下不去手，苏丹方面见他们不吃，以为他们怕饭不够，一个劲儿地催他们吃，弄得场面相当尴尬。

一周以后，徐宝军和同事受不了了，特别想吃青菜，但是什么青菜也没有。有一天，好不容易上来一盘拌黄瓜。徐宝军和同事乐够呛，仔细一看，傻眼了：只有黄瓜皮，不见黄瓜瓤。想问黄瓜瓤哪儿去了，也没好意思问。

无奈，徐宝军就想办法，上网搜来了西红柿炒鸡蛋，问苏丹方面，这个会做不。答说会。徐宝军和同事挺高兴，至少西红柿是蔬菜呀。等第二天西红柿炒蛋端上来，徐宝军和同事哭笑不得：一盘菜里面，只有西红柿汁，看不见西红柿块。徐宝军问："这是加了几个西红柿?"苏丹方面说："两个西红柿，五个鸡蛋。"徐宝军连说带比画，让把西红柿和鸡蛋颠倒过来，对方貌似听懂了，可是转眼又端上和原来的西红柿炒蛋一样。

就在这样的条件下，徐宝军和同事调试好所有的机床，当初给他倒竖拇指的苏丹企业负责人见状，转变了态度，拇指朝上，连说："中国，Good!"

到了回国那天，徐宝军和同事在机场遇到了华为的工作人员，双方一聊天，才知道为什么炖牛肉总是硬的，因为徐宝军说的"烂糊"，苏丹兄弟根本没理解，应该说百分之百熟。徐宝军和同事忍不住又笑起来。笑着笑着，徐宝军想起在苏丹的工作和生活经历，想起没什么零食吃的苏丹孩子，更加想念家乡，心里多了几分对祖国的热爱和作为中国人的自豪和幸福。他暗想，中国机床一定要做好，要让它的身影出现在世界的各个角落。

六　一份沉甸甸的责任

世上没有白捡的成绩，徐宝军由一名车工成长为高技能人才，是30年不懈奋斗的结果。30年来，徐宝军干过许多别人不愿意干的活，干过许多别人干不了的难活重活。他从集团内部的技能比赛起步，到市劳模、省劳模，直至2015年被评选为全国劳模，靠的是毅力、勇气，一颗强大的心。

他负责管理沈阳第一机床厂车铣复合产品线的数控调试，这条生产线是机床制造最重要的一条线，在岗职工清一色的专业学校毕业的年轻人，每天他和这些尚显稚嫩的面孔打交道，指点他们最多的，就是希望年轻人珍惜今天的技术开放，多练多学，像打磨一个零部件一样磨亮自己。而他经常担忧的，是现在的年轻人浮躁，在工厂安不下心，身上存在独生子女不肯吃苦等毛病，这对专业技术的传承特别不利。

令徐宝军感到欣慰的，集团公司越来越注重职工技能的提高，每年确立主题，举办内部技能大赛，发现新人，推介新人，培植专研技能的氛围。集团公司还特意凸显徐宝军的技术地位，成立了以他命名的工作室，带领一班年轻人搞技术研发。

技术创新，徐宝军念兹在兹。

但一个残酷的事实是，产量位居世界第一后，沈阳机床也因为多种原因连年亏损，在此期间，沈阳机床的员工再次大批流失，在岗人员的工资福利大幅下降,曾经引以为傲的老国企,风光不再。机床厂的一举一动都牵动整个社会的关注。企业重在效益,效益不行,聚集不来新人,没有新鲜血液的融入,如此造成恶性循环,企业就会陷入僵局。

徐宝军的工作室因为上述原因,前来学习的都是转岗的一线工人,徐宝军认认真真地带着他们,也跟他们学习了其他岗位的知识。慢慢地带着几年,徐宝军的第一批徒弟都进步了,有的被评上劳模,有的被评为技术能手,在岗位上独当一面。徐宝军感到欣慰之余,也深深地忧虑和遗憾。

10年来,徐宝军的徒弟没有一个大学生,这是他最大的遗憾。徐宝军说,机床行业培养人,没个三五年是不行的。别的不说,以前的干部,哪个不是在基层提拔起来的,都经过10年以上的磨炼,才走上领导岗位。可现在的大学生,从校门出来,进厂就在管理岗位,原来管理岗位的干部也鲜有下基层来了解一线,这么培养的人才缺乏实践经验,一旦遇到实际问题,拿不出切实解决的办法。长此以往,对企业的生产发展不利。所以他现在特别希望带一批大学生出来,将来给他们充实到生产一线,给予他们更多的锻炼机会,让他们更快地成长起来,成为顶梁柱。这样才能良性循环,机床行业一定会越来越好。

徐宝军不无感慨地说:"我今年50岁出头了,用不上10年就要退休,如果我退休前还不能带出一帮大学生,真的就来不及了。时间不等人哪。我们机床厂,目前就我和另一个全国劳模,我俩都坚持在一线,但另一个劳模马上退休了,全厂只剩下我,我就算浑身是铁,又能捻几根钉呢。"

徐宝军说:"年轻人不愿来,也不能怪年轻人,现在国企看不到优势,工资低,吸引不了年轻人。我现在是全国劳模,兑现了每月7000元的补贴,这部分钱,比我每月应该到手的工资还多一点儿,可我这是30多年的工龄了,年轻人工龄短,工资岂不更低,让他们怎么养家糊口。年轻人进企业，要给他们希望和未来。"徐宝军还说，"过些日子，我要趁着整个公司开会的契机，把这件事郑重地提出来，希望引起公司高层的重视，设法解决这件事情。这是我在公司最大的心愿。"

沈阳机床因为诸多问题凸显，在2019年再次启动混改，被中国通用公司接收。管理上比过去严格了，追求产量的同时，也提升了对质量的要求，期待在数控机床方面有所突破，越是在这样的时候，人才队伍的建设越重要。徐宝军衷心地希望，自己的建议能够被集团公司高层采纳，给他的工作室输入年轻人，这是他作为全国劳模的一份责任和义务。

七　被隐藏的痛苦

徐宝军对技术挂心挂怀，然而很少有人知道，在家庭、在感情方面他承受了多少痛苦。

徐宝军家兄弟姐妹四个，在辉煌年代，他们都是铁西区的国企工人，因此，他找对象的时候，这也是最大的优势条件。20多岁时，徐宝军经人介绍，认识了现在的妻子，两个人一见如故，十分投缘，不久，父母为他们张罗了一场热闹而隆重的婚礼。

婚后，妻子善良贤惠，一切围着徐宝军转，两人感情很好，从未红过脸，吵过架。可是，两个人等了好几年，也没有怀孕。妻子未免着急，家里老人也多次问起，妻子就更沉不住气了。徐宝军就劝妻子："孩子和父母也是缘分，急不得，急也没用，顺其自然吧，孩子想来自然就来了。"妻子别无他法，在心里悄悄地盼望着，祈祷着。

徐宝军说得没错，又过了一段时间，妻子真怀孕了，当他得知这个消息，兴奋得睡不着觉，赶紧告诉了父母，老人家盼来了孙子，乐得合不拢嘴，嘱咐徐宝军一定要照顾好媳妇，别让她累着，好好静养。

岂知，越是小心翼翼的事情，往往越不尽如人意。徐宝军把怀孕的妻子捧在手心，没想到孕期三个月时，妻子突然感到不适，徐宝军急忙将妻子送到医院。令人唏嘘的是，妻子住了好几天医院，保胎也没成功。夫妻俩第一次经历了错过做父母的悲伤。妻子的感受尤其强烈，整日闷闷不乐，徐宝军一方面掩饰自己的心情，一方面又要去安慰妻子，劝她说："咱还年轻，下次再怀孕，咱们多加小心就是。"

话是这样说，妻子再次怀孕后，徐宝军也是这样做的，他什么也不准妻子干，包揽家中的一切家务，另一方面，工作也不能耽误，那些日子，徐宝军像个陀螺一样，在公司和家两头转。虽然累，但徐宝军比任何时候都要快乐。

有一次，机床厂派徐宝军出差，他想说明情况请假，可是想到厂里对他的信任，张了几次嘴，他也没说出口。回到家，看见怀孕的妻子，徐宝军想把出差的事告诉妻子，又觉得没法说，弄得他左右为难。妻子发现徐宝军的异样，料知他工作上有事，就问缘由。徐宝军犹豫再三，吞吐着和妻子说了。

妻子特别理解丈夫，不忍徐宝军犯难，对他说："你尽管去，我会照顾自己的，放心吧。"

徐宝军对妻子的大度非常感激："我做好吃的，放在冰箱里，你想吃的时候，拿出来热热就行。"临行前，徐宝军买了好多东西，给妻子备好，家务也从头到尾做了一遍，才安心地出门。

然而，这个孩子最终也没保住，三个多月时，妻子再次自然流产。

孩子没了，夫妻俩焦急又难过，开始跑大大小小的医院，药也没少吃，却见不到效果。

就在夫妻俩陷入焦灼中时，妻子第三次怀孕，可是，由于之前为了怀孕，妻子服用了药物，权衡再三，妻子忍痛做了人流。

不承想，此后妻子再没怀孕，一拖就拖到40多岁。

妻子觉得对不起徐宝军，多次哭着说："宝军，不孝有三，无后为大。咱爸妈就盼着有个孙子，我生不出来，咱们离婚吧。离了你再找一个能生孩子的。"徐宝军心里难过，嘴上安慰妻子，叫她不要胡思乱想，说："都什么年代了，你还说这话。这辈子无论穷富贵贱，咱俩都厮守到底。"徐宝军这一说，妻子越发揪心扯肺，哭成泪人。

这次采访临近尾声，谈及一年到头陪不了几次妻子，徐宝军突然动情了，当着笔者的面流泪。他想控制自己的失态，几次三番抹去泪水，却越抹越多，越抹越汹涌，以至于他不得不去卫生间，平复了激动的情绪才回来，继续接受访谈。

笔者从事文字工作十年有余，未曾碰见这般状况，徐宝军出去的工夫，思绪翻江倒海，心想着，是不是但凡做成点儿事情的人，老天一定要加倍施予他痛苦的磨砺，强其筋骨和精神，所谓"劳其筋骨，饿其体肤，空乏其身，行拂乱其所为"。看起来平实厚道的徐宝军，一次次技能大赛获奖，一次次获省市乃至全国劳模称号，一次次进行技术创新，身披光彩，广受尊敬，又有几个人能体会到他的焦灼、无奈与尴尬？而他顶着老天硬迫的苦楚，没有气馁，没有喊冤抱屈，年复一年地专注着一件事，这得有一颗多强大的心？

因为没有孩子，徐宝军对金钱看得很淡。他说，熟悉他的人常问他拿多少奖金，挣多少钱，尤其评上全国劳模之后，很多人问他妻子，你家老徐获得这老些荣誉，一个月得挣多少钱哪。徐宝军微笑着跟笔者说："大家关心这个正常，但我真不在乎，我没什么牵挂，平时和妻子的工资合一块儿足够花销，要那么多钱干吗？至于劳模免费医疗什么的，现在的年龄基本也用不上。所以在我这里，当劳模不为求什么，是证明我做过什么。"

朴素的人，朴素的语言。

这使人相信徐宝军的真实，他的荣誉没掺水，端端正正做人，端端正正做事。

一个兵工人的时间简史

邸玉超

导　言

本文简述的是辽沈工业集团有限公司工具制造厂热处理工段长于东海的兵工生涯。笔者与于东海进行了一段较为深入的交流，与他的领导、同事、工友、徒弟、妻子进行了多维度访谈。一个人就是一个宇宙。在短短的几天之内，即使是全天候的接触，对一个人、对某个事物的认知也是肤浅而片面的，好在拥有翔实的资料作为补充。本文的主旨，是对于东海20年兵工生活重要的时间节点做简略的记录与客观的叙述。

一　铁匠炉、青铜时代及兵器

1. 时间1992

时间回到1992年。这一年，17岁的于东海初中毕业后，以优异成绩考入包头机械工业学校，成为村里屈指可数的考到外省的学生。当年省内只有十几个人考上这所部属中专学校。

于东海学的是金属学及热处理专业。这对一个农村孩子来说是极为冷僻的专业。于东海1975年9月6日出生在本溪市桓仁县一个依山傍水、景色优美的小山村，只是那时候村里很落后、闭塞。此前的他，唯一见过的与热处理有关的事情，就是村里铁匠炉的铁匠在铁桶里给镰刀、锄头、菜刀等淬火。之所以报这个专业，是出于好奇。好奇是所有不平凡者的性格特质，包括探究宇宙的科学家，也包括精雕细刻的工匠。那时候的于东海哪里知道，热处理是那么古老而神奇的工艺——是将金属材料放在一定介质内加热、保温、冷却，通过改变材料表面或内部的金相组织结构来控制其性能的一种金属热加工工艺。进入包头机械工业学校学习后，他才了解，从石器时代发展到铜器时代，再到铁器时代，热处理的作用逐渐为人类所认识、所掌握。古代的铜质、铁质兵器，就是在一次次的锻造与淬火中完成，并在时空的流转中缔造惊艳与落寞。20世纪以来，金属热处理的发展和其他新技术的移植运用，使金属热处理技术得到更大发展。尤其是在兵工行业，兵器与热处理更是密不可分。

于东海就读的包头机械工业学校建立于1956年，隶属于中国兵器工业总公司，是国家级重点普通中等专业学校。两年基础课，两年专业课，于东海学得十分刻苦。当时的校长是清华大学毕业生，对学校的管理非常严格。于东海正是得益于这种严谨踏实的校风，学有所成。于东海在校实习的单位是内蒙古第一机械厂，这个建设于第一个五年计划期间的重点军工企业，位于包头市郊外。每到实习的日子，于东海就骑着自行车，早出晚归地往来于学校与工厂之间，虚心向师傅学习，遇到问题宁可不吃饭，也要弄懂弄通，深得师傅的器重。午休吃完饭就读书，潜心学习，孜孜不倦。农村出来的孩子，对学习机会很珍惜，对生活费更是节省。每天计划着花钱，早餐五角钱，午餐和晚餐一元钱。一个学期，包括回家往来路费，仅花1000元钱。刚上学时，他脚上穿的还是黄胶鞋。每次回家都选择坐绿皮火车，要转五次车，省钱却很辛苦。先是坐公交车从学校到包头火车站，坐火车到北京倒车，再坐火车到本溪市，之后坐大客车到桓仁县，再坐汽车到村子，时间需要三天两宿。下车腿都僵硬着，走不了道。尽管如此，他辛苦并快乐着。因为他已经深深爱上了热处理这个专业，而且他的身旁还时常陪伴着一个同班女生——他后来的妻子。

2. 时间1996

这年7月，于东海圆满完成学业，分配到东北机器制造总厂，即现在的辽沈工业集团有限公司。辽沈工业集团有限公司隶属于中国兵器工业集团公司，曾用名东北机器制造总厂、国营第七二四厂、沈阳东基工业集团有限公司等。工厂历史悠久，始建于1937年，80年来，曾为我国的解放战争、抗美援朝和历次军事行动提供了大量的兵工产品，先后有国家领导人和部队首长来工厂视察。多年来，这个企业在为国防事业和经济建设做出卓越物质贡献的同时，也积淀了深厚的文化内涵和精神财富，全国劳动模范尉凤英就是从这里成长起来的全国著名英模人物。

同很多军工企业或国企一样，这个曾经承载着无数辉煌的万人企业，在20世纪90年代初也经历了由计划经济向市场经济转变的阵痛期。当时与于东海一起入厂的70多名大中专毕业生，走了40多人。于东海工作的工具制造分厂热处理工段是有名的"大老黑、苦脏累"车间，更使于东海一度迷茫，怀疑自己的选择是否正确。

于东海是从山区考出来的，家里条件差，本来希望毕业后可以帮家里改善一下生活条件，可是现实冲淡了于东海原来的期望。这时，分厂领导和身边同事的关心和帮助，让于东海坚定了留下的决心。身边的师傅们十分体谅于东海独身生活的清苦，经常从家里给于东海带来热气腾腾的饺子、香气喷喷的红烧肉，毫无保留地教于东海热处理生产技术，正是他们的善良和朴实，让于东海感受到团队的亲情和温暖，给了于东海坚守企业、建设兵工的信心和力量。

爱岗才能敬业，敬业才有专业。热处理专业技术对于一个兵器企业来说，其重要程度不言而喻。但是这对于学历不高、刚入厂的于东海来讲，在实际生产操作方面还比较生疏。曾听有人说过，这个专业艰苦、单调、抽象、不好学，也有人称它是一个不易出彩的"寂寞的工种"。而恰恰在于东海入厂时老技术员刚刚退休，只留下个空桌子，车间原有的工艺与现有的设备和产品性能要求不符。在没人指导、没有实践经验的条件下，对这些工艺进行完善，对于于东海确实是一个挑战，要想弥补不足，只能在实践中不断学习。为了掌握每台热处理炉的性能，于东海虚心求教工人老师傅，找来所有设备的说明书反复学习，直到彻底弄懂弄明白为止。为了摸索出合理的热处理工艺，于东海了解所有热处理炉实际温差值。遇到不了解的新材料就查资料。

于东海后来回忆说："我要的书，很多小书店根本没有，我有空就去大书店淘，白天上班，晚上学习。我们的专业书都是大部头，很贵，有些又只需要其中的一部分。我就在书店把需要的内容都抄写下来，有时一抄就是一个多小时，自己都觉得不好意思。那时候工资低，为了省点儿钱，没办法。"

就这样，用半年的时间，于东海终于完成了所有热处理工艺的完善和流程的重新编制工作。于东海遇到关键问题就记笔记，为以后处理相似问题提供解决思路，这已成为他的习惯，直至现在，于东海根据平时实际操作经验形成的诸多工艺案例记录的专业手抄本已经积攒了几十本，被同事们称作是于东海未出版的热处理专业书。通过刻苦学习、不断充电，于东海在热处理专业领域探索实践中真的是如鱼得水，也懂得了"勤勉笃志，技不压人，滴水穿石，铁杵成针"的深刻道理。

二 某军工品模具、黑洞及三瓣内胀法

1. 时间2002

5月的一个早晨，某车间一位年近70岁退休返聘的王师傅带着图纸和50件手工加工的某军工产品模具，来于东海的车间进行热处理。王师傅把模具放到工作台上，接了个电话，没来得及嘱咐，有急事回了车间。这时，于东海车间热处理盐浴炉设备已升至工作温度开始生产，李师傅看了图纸上模具的热处理技术要求后，按正常热处理工艺淬火，大约20分钟的时间，把50件模具全部淬完火，然后回火处理。一小时后，王师傅回来了，问李师傅他带来的那50件模具哪去了，李师傅说淬完火了，再过一小时你可以取走。王师傅直拍大腿，着急地说："坏菜了，坏菜了！我手工加班加点加工这50件模具用了一个多月时间，出了问题会影响公司整个生产进度。"该模具淬火前加工余量只有0.02毫米，以往淬火要先试验一两件，然后用4个样柱检验淬火后的变形量，都符合样柱尺寸要求后，其余模具才能按此淬火工艺进行生产，热处理技术难度非常大，每次调整热处理工艺参数都在3次以上。由于李师傅是第一次热处理这些模具，没有按上述流程进行。这些模具热处理后经检验人员检验，没有一件合格，模具内孔涨大尺寸超差。这下可急坏了在场所有人。某军品车间急用这些模具，带来的直接严重后果是生产线全面停产。此事惊动了公司领导，领导紧急召开了分析会，看能不能找出补救办法。

多数人都摇头。

当时于东海参加了会议，他站起来说："我想试一试！"

所有目光都聚在于东海身上。

分厂和公司领导很了解于东海，相信他的技术能力，于是将这个艰巨的任务交给了于东海。

于东海根据以往学习的理论知识结合生产实际经验，大胆地提

出了通过热处理来补救的想法，模具材料采用碳素工具钢。于东海认为收缩内孔处理的加热温度应根据Ac1选择，以保证在水中激冷不淬硬为原则。对奥氏体稳定性差的碳钢可采用稍高于Ac1的温度，以利于相变温度区的相变超塑性达到最大的收缩效果，因此于东海选择模具在730摄氏度加热，水冷透的方法缩孔处理，经检验涨大模具内孔尺寸缩小了，模具尺寸合格，但是模具硬度低，还需要重新淬火、回火处理。

于东海重新调整了淬火参数。

王师傅用样柱检验内孔尺寸合格，模具硬度也合格，按此方法对50件模具进行返修处理，经检验全部合格。王师傅最后露出满意的微笑，连声说："小伙子你真行，你这手技术不次于八级工匠。"

2. 时间2004

2004年，因为工作需要，于东海由车间技术组调入热处理工段任工段长，这对于东海来说又是一个新的挑战和考验。

于东海所在车间使用的热处理设备大多数是20世纪七八十年代购买的，比较陈旧，炉温精度和环保性都比较差，吹砂工序工作时扬起的粉尘和发出的噪音，让厂房外上下班的职工都绕道走。吹砂师傅操作时要戴防尘面具。一位青年工人刚看完《时间简史》，说："咱车间就像个黑洞，一不小心进去了，就别想出来。"一位老工人接茬说："啥黑洞？黑洞也没有咱车间黑。"即使吹砂工序工资待遇比其他工序高，也没人愿意干，所以车间所有吹砂工都是共产党员。

于东海对此深有体会。刚当上工段长时，遇到吹砂工生病休班，于东海立刻顶上这个岗，切身体验到这个工序的高污染、高噪音、高工作强度，这更坚定了于东海要改变这种工作环境的决心。但是，这台设备毕竟工作了半个世纪，如果贸然更换设备会不会影响产品质量，于东海心里也没底。于东海开始收集资料，带着工件，骑着自行车去沈阳铁西区和皇姑区热处理相关企业调研，然后构思设计工装。眉目清晰了，于东海向领导提出了自己的想法，得到了领导的认可和支持。

从拆除旧设备、安装新设备到调试成功，仅用了半个月的时间。新设备采用转盘喷砂机，生产时灰尘小，生产效率高，工人劳动强度低，连女同志都可以独立完成，现在吹砂工序已成为令人"眼红"的岗位了。

3. 时间2006

为了适应现代国防建设的需要，辽沈集团公司开始研制智能军工产品。该产品有40多个零部件需要热处理，作为政治任务，公司要求在一个月内完成工艺编制并生产出合格的产品。

这些零部件很多都是于东海从未接触过的新材料，而且机械性能要求十分严格。比如：某零部件直径只有5毫米，长度只有120毫米。这个小零部件却是决定该产品能否完成精准打击目标的关键件。即该零件在确定打击目标后在一定高度、一定作用力下断裂，实现"母"与"子"分离。该零件不仅有抗拉强度、屈服强度要求，还要有剪切力要求，而且各性能指标均有上下限，这对热处理来说是个极大的考验。作为决定企业未来发展方向的产品，只能成功，不能失败。于东海针对产品的尺寸特点和性能要求，制定出5套热处理方案，并通过正交试验法对每套方案进行实验。

于东海办事较真，有股"拧"劲儿。产品实验阶段于东海连续几天工作在现场，从早忙到晚，没时间休息。有一炉产品在深夜2点出炉，为了摸到准确的工艺参数，于东海一直守在炉前，由于过于疲劳，头磕在配电柜上，至今头上还有块疤。最终于东海用10天的时间编制出满足技术要求的热处理工艺。

该智能军工产品在打靶试验时均按要求实现分离，命中率达100%。研发中心的科研人员握着于东海的手说："东海，你为咱公司立了大功了，咱们公司这次是所有单位中打靶效果最好的。"

4. 时间2006

2月，辽沈集团公司开始研发国家级某专项高新产品，其中10多种关键零部件需要热处理，而且热处理技术要求非常高，常规热处理工艺无法满足该产品的要求。公司把其中两个重点攻关项目交由于东海来负责攻关。

该关键零部件高2米左右，直径0.3米左右，热处理后3个不同高度有不同的机械性能要求，看似简单，实际对热处理是一个很大的考验。于东海通过多次试验，最终采用"吊装"方法进行热处理，这使该零部件不同高度、不同性能要求的难题解决了，但变形问题仍然存在，热处理后减小的变形量在下道工序机械加工过程中又表现出来。

怎么办？于东海连夜里睡觉也在想这个问题。有了新想法，立马下床记下来，第二天早早到车间进行试验。

他终于有了一个巧思：能不能通过在该零部件内放置胎具来减少变形量呢？

于东海将自己的想法付诸实践，设计出集吊具与胎具为一体的内胀挂具。这一方法果然奏效。这种挂具有效地避免了"缩腰"现象的发生，使该零部件变形量大大减小。这种吊装方法被大家形象地称作"三瓣内胀法"。此方法不仅能完成抗拉强度和延伸率综合机械性能指标，还能保证直线度和椭圆度，运用此方法生产出的产品质量非常稳定，完全满足了工艺要求。

车间领导在接受采访时说，于东海心灵手巧，工作特别踏实，他给企业创造的价值不能简单地用经济效益计算，他本身就是企业的宝贵资产。

三 发动机、真空炉、空间和时间

1. 时间2006

为实现军民品结合，不断开拓民品在市场的空间，3月份，工具制造分厂承揽了某公司发动机上一种轴类零部件高频热处理生产项目。

这个项目不但技术要求比较高，而且时间要求紧。于东海每天早来晚走，在无任何工艺参数可参考的情况下，他根据产品性能要求制定了多个工艺参数和多套工装，并且逐一试验。经过多次试验，于东海摸索出最佳的技术参数，最终确定了具有可行性的工艺参数并设计制造出一套合理的工装。该产品投入批量生产后，产品质量稳定，产品废品率降到0.09%。

该产品已打入国际市场，累计为公司创产值500余万元。给公司赢得了更大的发展空间。

发动机零件这种产品淬火产量逐渐增加，高频感应设备受资金、厂房和人员等因素影响，无法满足生产需求。为了节省时间，提高生产效率，于东海打破常规思路，通过生产实践和理论计算，大胆设想，设计制作了双感应圈，从而改变以往单感应圈生产模式。此项改进使生产效率提高一倍，节省电费40%左右，已为分厂创产值300万元。目前已开发出8种该类轴高频感应淬火生产能力。

2. 时间2006

11月，公司新进一套真空热处理炉和一套井式预抽真空保护气氛炉，专门用来热处理××国家级高新工程产品零部件。

该设备精度高，操作程序复杂，为了尽快掌握真空炉的实际操作，在安装调试阶段，于东海每天都随生产厂家一起安装、调试。该真空炉结构复杂，共有15台用电设备组成，使用说明书就有300多页，要求操作人员必须有一定专业技能。于东海虚心向厂家师傅学习设备操作要点、各种控温仪表的日常维护和保养，经过一个多月的安装调试，完全可以独立操作真空热处理炉，还亲自指导工人生产操作，生产的产品质量稳定。

于东海编制了55种军品零部件真空热处理工艺，而且进行工艺革新11项，设计工装、夹具23种，可满足不同技术要求的产品真空热处理生产，为公司节省资金70多万元。

单调的专业，单调的生活，于东海却觉得很幸福。不仅感到幸福，于东海还觉得自己活得有滋有味："每次完成一个漂亮活，就特别有成就感。那种快乐，是别的事情上得不到的。"

3. 时间2008

时间如流水。

经过10年实战经验的磨砺，"兵工人"于东海已经成长为辽沈集团的技术骨干、创新能手、科技带头人。2008年，他获得沈阳市劳动模范称号。

4. 时间2010

这年，于东海获得辽宁省五一劳动奖章。

5. 时间2012

创新推动科技，科技催生创新，创新不分你我，创新就在身边。这是于东海在生产实践中的深刻感悟。配合公司民品发展，于东海先后开发了高速钢刀片淬火、磨摆铣刀高频焊接、精密仪表发黑处理等工艺项目，使分厂出色完成了石油设备、工具、刃具、结构件等技术难度较大的产品热处理任务，累计为公司创产值300余万元。

2012年，于东海被评为辽宁省劳动模范。

四　创新工作室、徒弟及虫洞

1. 时间2013

一个人浑身是铁也打不出几颗钉子，为了发挥团队传承创新的作用，2013年，以于东海的名字命名的于东海劳模创新工作室成立了。劳模创新工作室在工作中起到辐射带动作用，吸引职工积极参与到技术创新、科技攻关、岗位练兵中来，为企业培养和造就一支爱学习、肯钻研、业务素质高的精英团队。

工作室全体成员在尉凤英劳模精神的鼓舞和鞭策下，充分发扬肯吃苦、敢挑战、勇担当的精神，围绕生产开展组织技术攻关，解决了生产和科研中的很多难题。在日常工作中，于东海开展了劳模绝技、绝活的传、帮、带活动，言传身教，把自己的专业技能传授给徒弟。于东海还将生产实践中总结的经验数据，汇总编写成《热处理炉前工作手册》，内容涵盖热处理生产中操作要点和难点，为热处理工人和技术人员炉前操作提供借鉴。

　　于东海先后与8人签订师徒协议。徒弟吕久祥来自开国将军吕正操的故乡——海城市毛旗镇山后村。吕久祥说："师傅心细，教技术很有耐心，不教会不罢休。记得刚来车间时，我不小心将零部件掉到炉里了，盐浴800多摄氏度，看不见，怎么捞都捞不上来。师傅亲自帮捞上来，手把手给我讲捆绑零部件的诀窍，以后再也没有发生这样的失误。师傅不但教我技术，还介绍我入党。他是个热心人，谁家有事都帮忙。"

　　吕久祥还说，师傅于东海的唯一爱好就是去车间干活。他就像从虫洞旅行回来的20世纪50年代的人，每天都是家——车间；车间——家，两点一线。他对小家和车间一样亲。

　　尹福辉也是于东海带出来的徒弟，现在已经是车间的全面手，并且评上了高级技师。

　　老师傅梁广清在接受采访时说，于东海善于钻研，做事踏踏实实，不坐办公室，总是和大伙一起默默地干。他当劳模，大家服气。

　　由于于东海团队工作突出，得到了上级部门的认可，劳模创新工作室先后被沈阳市国防及中省直企业工会评为优秀劳模创新工作室；被沈阳市委宣传部评为践行社会主义核心价值观、培育良好职业道德示范班组；被沈阳市总工会授予沈阳市首批劳模创新工作室；被辽宁省总工会授予辽宁省劳模创新工作室；被沈阳市人力资源和社会保障局授予于东海技能大师工作室称号。

近10年，于东海义务献工达12720小时。也就是说，于东海的工作时间已经跨入未来530天。如果宇宙真的有虫洞，于东海就是穿越时间隧道的人。

2. 时间2014

某智能产品是公司重点科研产品之一，该产品某关键零部件需要热处理，该产品机械性能要求十分严格，屈服强度和延伸率要求均为上下限。2014年5月，于东海边研究工艺流程边试验生产，亲自动手设计工装、夹具，把工件的变形量减少到最小。目前，工艺已固化，已热处理多个批次，产品质量稳定，产品性能均满足设计要求，为该产品大批量生产提供可靠的热处理技术保障。

于东海说，他每一次听见淬火的声音，心里都特别舒服，甚至有一丝小小的激动。

3. 时间2015

建设海洋强国是我国提出的新的发展目标，要实现这一目标必须有强大的国防装备作为保障。辽沈集团公司新产品××军工产品正是在这一背景下研发出来的，在海军装备中占有重要地位。该产品具有作战距离远、命中概率高、毁伤效果好、效费比高等优点。

3月，于东海正在紧张编制一个生产急用热处理工艺，他父亲突然病了。于东海领父亲到沈阳医大看病，诊断后把父亲送回老家桓仁住院，因为工作忙，他实在脱不开身，只好求姑姑和叔叔帮助护理。

5月份，××军工产品进入批量生产阶段。该产品批量大、生产周期短而且体积大，所使用的材料淬透性差。而于东海所在车间以小批量科研生产为主，现有生产能力无法满足该产品的生产要求，这就需要重新设计一条满足该产品生产要求的热处理生产线。

针对生产中易出现磕碰、软硬不均、变形等技术瓶颈，经过反复试验，于东海用一周时间设计出同时满足各类加工要求的热处理生产线，其中包括台车式淬火设备、井式炉回火设备、淬火油槽、硬度检测、设计专用工装等。这个方案具有创新性和兼容性，生产该产品×××件，废品数为零，充分证明该热处理生产线的设计是科学合理的。《关于优化××军工产品热处理工艺的建议》获得公司2015年度"银点子"合理化建议。

4. 时间2015

2015年，于东海获得全国劳动模范称号，这是中国工人阶级的最高荣誉，这是中国劳动者的至上桂冠。在辽沈集团公司80年建厂史上，共有4人获得全国劳模，其中1960年以前有3位。也就是说，于东海是辽沈集团公司半个多世纪以来获得全国劳模的第一人。

2015年4月28日，五一国际劳动节到来之际，于东海参加了在首都北京人民大会堂召开的全国劳动模范表彰大会。包括于东海在内的2064名劳模感受了巨大的关怀和鼓舞。此次表彰是以中共中央和国务院的名义对全国劳动模范进行表彰（过去多是以国务院名义）。这是中国继1979年后时隔36年再次对这一群体进行最高规格表彰。

临去北京前，于东海特别敬重和引以为自豪的辽沈集团公司老前辈、全国著名劳动模范尉凤英专程来厂看望于东海，叮嘱他好好工作，传承创新，为企业发展做出更大贡献，并为于东海劳模创新工作室写下"劳动光荣"的题词。

载誉归来，于东海心里一直难以平静，老一代劳模和辽沈集团领导的鼓励，北京劳模群英大会的鞭策，使他深感身上的责任和使命更重了。

五　时间箭头、失联、新型军工品

1. 时间2016

光阴似箭，时间箭头指向了2016年。

这一年于东海被评为沈阳市优秀共产党员。

于东海与妻子一同毕业于包头机械工业学校，一同进入辽沈工业集团有限公司工作，一晃，已经过去20年了。两人互帮互助，共同进步，比翼齐飞。

于东海妻子担任某分厂技术组长，2005年至2016年连续12年被公司评为女职工技能标兵，2014、2015连续两年被公司评为先进生产者。2016年9月，妻子被公司选派赴非洲某国进行技术援助，是该援助项目专家组成员之一。

刚到该国不久，因该国国内局势紧张，该国政府宣布全国进入紧急状态，为期六个月。于东海妻子去的四个半月时间，都是在紧急状态下生活的，所工作的地区街头到处是荷枪实弹巡逻的军警，所在地的网络、电话都中断了，于东海与妻子处于失联状态。于东海因为工作忙，开始没太在意，十几天还联系不上，他真的着急了，挨个给专家组成员家属打电话，问情况，原来大家都没有收到相关信息，经过多方努力终于得到妻子安全的消息，于东海才放下心来。

妻子后来每次回忆起这段生活，都会情不自禁地说："那时候真正感受到祖国的伟大。"

这个生活中的插曲，于东海没敢告诉住校的女儿，他的女儿刚刚考入省重点高中，他怕女儿担心母亲，在学校不安心。其实她的女儿很自立。于东海夫妻工作忙，没有时间照顾孩子，女儿从三年级起，放学后就被锁在家里。女儿很懂事，勤奋学习，自己努力考上了名牌高中。

谈起他们的优秀女儿，于东海妻子喜悦中有些伤感地说："突然发现女儿的个子比我们还高了，觉得孩子不知不觉中长大了，没有陪伴她成长，心里挺不好受的。"

2. 时间2016

于东海妻子说："于东海一谈热处理，就像打了鸡血，那个兴奋。回家唠的也都是热处理专业那点儿事，连女儿都知道什么是热处理了。"

某新型军工产品项目是从两年前开始立项研发的。该产品是我海军急需的某新型军工产品，受到国家和军队的高度重视。公司将该项目列为重点科研项目。

科研阶段在工具制造厂进行热处理试验生产，科研人员提出该产品头部和尾部硬度不同的技术要求。根据研发人员提出的要求，于东海亲自动手生产，制定了多种工艺方案，包括各种极限参数。经过多次生产试验，最终确定了科学合理的热处理工艺参数并创新性地制定了新的工艺流程，即：淬火→检验硬度→第一次整体回火→检验硬度→第二次尾部回火→第三次整体回火→检验硬度→性能试验→精加工→成品校验。

根据靶试反馈的结果，科研人员又提出热处理后整体一个硬度，于东海仅用了12天时间就完成了工艺试验，制定工艺合理，热处理质量稳定、可靠，一次交验合格率100%，打靶试验效果良好，为批量生产提供了可靠技术保障。

2016年，该产品顺利转入某分厂批量生产。于东海妻子就在这个分厂负责热处理技术工作，遇到问题夫妻俩共同探讨，在借鉴科研阶段摸索出的工艺参数的基础上，顺利完成全年热处理生产任务。

于东海说，把这个项目让给妻子的单位批量生产，心里挺舍不得的，从头到尾实验了两年，对这个产品已经有很深的感情了。

参加工作20年以来，于东海亲手编制完成产品零部件热处理工艺100余种，工具工装、民品热处理工艺500余种；参与公司重点科研军、民品热处理项目40余项，热处理工艺攻关50余次。近3年来，于东海提出50余条合理化建议，其中40余条被采纳；参与和完成"五小攻关"、技术创新30余次，为公司创造了可观的经济效益，并且创造了良好的社会效益。

结　论

在这个科技飞速发展的时代，作为国防工业生产一线的员工，必须争做有智慧、有技术、能发明、会创新的新型劳动者。"兵工人"可以没有太高的学历，但不能没有文化素质；不是机器人，但要具有机器人般的精准技能；不是计算机，但要有支持本岗专业操作的足够内存，最关键的是要有高度责任感和使命感。青年大工匠于东海具备上述特质。

史蒂芬·霍金说："我即使被关在果壳之中，仍自以为是无限空间之王。"于东海施展才能的空间并不大，只是那个小小的热处理工段，往大了说，也不过那个56平方公里的工厂。然而，他的梦想是无限大的。他将自己放入时间的介质内，一次次淬火，一次次锻造，一次次热处理，实现了人生的改变与升华。

攀　越

商国华

世界上每一项科技成果的生成，都有时代特定的需求。而每一个需求，都与国家和民族的生存息息相关。

翻开我们能源储存量的台账，有这样一组数字，验证了专家的预测。

在我国的5.6万亿煤炭资源中，到目前探明的煤炭资源有1万亿吨。从另一个角度说，我国的煤炭资源占世界煤炭资源的11%，而我们的石油资源只占世界的2.4%，天然气资源只有世界的1.2%。

现实是严酷的，中国的能源严重不足，已经成了中国崛起的严重障碍。在现有能源的布局上，如何做到立足国内，又不完全依赖国际市场，成为国家能源安全不得不回答的问题了。

由此，沈鼓研发10万空分压缩机的故事，也就在这样的背景下展开了。

2011年10月16日，粉红色的日历，亮开了湛蓝的天空。

北京车公庄大街9号的一间小会议室里，苏永强和集团副总王学军、戴继双，正在听取集团销售公司关于宁夏神华集团400万吨煤化工项目的汇报。随着小会议室移动卷帘上图像的消失，房间里的七八个人把目光投向了苏永强。

随着苏永强的目光落到手机上，张国宝的名字让苏永强不由自主地向房间里的人摆了摆手，并举起右手做出"大家静一静"的手势。

"老苏吗？我是张国宝，神华宁煤的项目听说了吧？目前，中石化已经和宁夏成立了一个合资公司。据我了解，煤制油的许多设备也都在研发之中了，差就差10万空分的压缩机装置了。这可是国家的大项目，关系到我们的能源安全的大问题。有了它，就可以平衡我们的能源结构。咱们煤多，油缺、气少，你都知道吧？不知道你老苏敢不敢接这个任务？如果沈鼓能干，那可是对国家最大的贡献了！"

在沈鼓人的眼里，张国宝是个专家型的部长级干部。虽然他已经卸下了国家发改委副主任、国家能源局局长的担子，但全国政协经济委员会副主任、国家能源咨询委员会主任的重任，又扩展了他工作活动的半径。

"老苏，敢不敢接这个任务？"

显然，张国宝说话的音量变大了。

随着张国宝递增的声调，房间里的人一下子把目光聚焦到苏永强的脸上。他们知道，苏总的回话会让张国宝满意的。他们都熟悉苏总语言表达的特点，知道苏永强在关键时刻会说什么。

"国宝主任，你是知道的，10万空分的压缩机装置，国际上只有德国的曼透平和西门子能干，可见，10万空分的研发难度是很大的，也可以说非常人，但我可以向你保证，目前凭沈鼓的研发能力是完全可以突破的，我们也非常想承担这个任务。你是了解沈鼓的，没有充足的底气，我是不敢接这个活的。"

苏永强吐出的每个字，都显得气量十足。

"好！老苏，那就说说你的底气在哪里。"

张国宝的声音中传递着一种信任与关注。

没错，从每个人眉宇间的笑容就能看得出来，苏永强说的话与他们想到一起了。

"国宝主任，我们沈鼓的底气有四条：第一，沈鼓有多年开发重大新产品的业绩，而且这些业绩的成功率几乎是百分之百；第二，沈鼓研发团队的能力，应该说在通用机械行业中是名列前茅的，而且这个团队的各个领域又都是行业的排头兵；第三，我们积累了多年的生产制造大型机组的经验，尤其是我们有一大批优秀的技术工人和各个工种的大工匠，不管多艰难的产品、工艺，我们都能攻下来；第四，这些年，国家给我们的任务，我们没有一件松过套，更没有打过一次败仗，都是百分之百完成了任务，而且，我们也从未跟国家讲过任何条件。"

听得出来，电话那一端的张国宝主任正在认真倾听苏永强的回话。由此，苏永强又敞开了心扉。

"国宝主任，还记得您到沈鼓时我向您汇报的那句话吧？'沈鼓是一支特别能吃苦，也特别能创造，又是特别能打硬仗的队伍。'这就是我们沈鼓的底气。我们之所以有这个底气，是和我们给自己的定位有关。我们一直认为，沈鼓承担的是国家的使命，沈鼓不能研发制造的压缩机，那只有进口一条路了。为此，我希望获得这次机会。"

小会议室里的人，又重新把目光聚拢到苏永强脸上了，他们清楚，每当苏永强说到"特别能打硬仗"那句话的时候，也就是他的发言该画上句号的时候了。

可以想象，房间里的人都在想一个问题，张国宝主任对苏永强的汇报，又该怎样回应呢？

"好了，老苏，有你这句话就行了！我还有一句话，宁夏的煤制油项目，一定要用上国产化的设备，这可是我们的长远战略。沈鼓有信心，那我就建议把国产化的论证会放到沈阳，到时候，我争取去，你们做准备吧!"

对于张国宝的话，苏永强还有另一番解读。国宝主任把会议定在沈阳，而且，会议又是国产化产品论证会，那就是在告诉沈鼓，提倡国产化的路上，并非是一路顺畅，还有不得不面对的风雨羁绊。而且，迷信国外品牌的狂热并没有退潮，质疑国产化产品的坚冰还有待融化。

苏永强的思路启动了。

苏永强没展开的汇报，戴继双给了我最好的答案。

2018年7月14日我再次采访戴继双的时候，问了他这样一个问题。

"苏总让您谈谈宁煤，还有，他回答张国宝主任电话时，好像有什么话没展开说吧?"

"至于苏总回答国宝主任的话，没展开的问题，我理解的是，我们沈鼓的技术储备问题。技术储备是一个成熟企业的标志，没有技术储备的企业，是一个简单化生产的打快锤的企业。而且技术储备又不是一两句话能说清楚的，今天我可以告诉你，自从我们2002年完成4万空分，2006年完成了5.2万空分国内首台套压缩机之后，我们就着手10万空分的技术储备了。有一个数字可以证明，到2010年，我们已经研发制造30台各种型号的空分压缩机了。

"应该说，5.2万空分压缩机根本不是我们的终极目标，我们一直盯紧不放的是德国曼透平的10万空分压缩机，而10万空分压缩机有一个最大的要求，就是必须有相应的试验平台，而这种试验平台没有十几个亿的投资是建立不起来的。按经济全球化的速度，总有一天，中国市场会对10万空分提出需求的。"

"戴总，你的意思是在告诉我，苏总之所以敢答应国宝主任，是因为你们有10万空分的技术储备，而且已经完成了是吗?"

我立即追问了戴总一句。

"对的，我们不但有技术储备，还有人才的储备，我们对前两项储备信心满满，但市场需求的确是一个不定式，因为凭我们的经验，市场是会受方方面面制约的，但我们坚信的是，在中国的压缩机领域，沈鼓不能研发生产的，其他企业也担不起这副担子。"

戴继双的话，在苏永强与张国宝通电话的两周后得到了验证。

焦灼把苏永强包围了。

沈鼓的102会议室里，不同的声音你来我往。苏永强发出了焦灼的声音。

"国产化论证会的结局，大家知道了。会场上的不同声音，有些同志也都听到了。要我说，正是这些不中听的声音在提醒我们，10万空分压缩机的任务，我们是非干不可了！技术储备，对我们沈鼓不是问题。但有一件大事，我认为不定下来，我们的承诺、我们的10万空分仍然是零。"

苏永强的这句话刚一出口，会场上马上静下来了。张望、期待的眼神同时聚焦在苏永强的脸上。

苏永强喝了一口水，继续着他没说完的话。

"什么事？大家都能猜出来，这就是我们准备在营口建试验平台的问题。鲅鱼圈是出海口，运输方便。我们沈鼓解决不了试验用的天然气需求，那里都可以解决。还有，我们沈鼓厂区的电力只有3.5万千瓦，大家想一想，10万空分的压缩机一旦进入试验平台，需要多大的电力增容。"

"营口的试验基地占地84万平方米。"这个回答让苏总点头。

"从目前看，美国GE公司有13万千瓦的试验平台，德国、日本稍小于美国的试验平台也有9万千瓦。在营口建，电力没问题。"

戴继双的补充，显然是为将要说下去的话做了铺垫。

"需要讨论的是，建营口试验平台，这可是一大笔投入。当然，这不只是为了10万空分的投入，将来沈鼓的大项目都用得上。"

资金，资金，资金！之所以在国产化设备论证会过后一直眉头紧锁，原因已经很清楚了，苏永强是在为10万空分压缩机试验平台的投入犯愁。

苏永强最愁的是人。

随着时间的推移，苏永强知道自己距离退休的年龄越来越近了，然而他想干中国人没有的大设备的那根神经，从没有因为年龄松弛过。正如他所说，每每听见沈鼓又接了一个首台套的大活，他后脑勺都乐。

该是吹响号角的时候了。

此时的苏永强，从椅子上站起来，背着双手，在小会议室来回踱开了步子。他边走边做出了研发制造10万空分压缩机的部署。

"戴总，我再说一遍，你就是这个项目的总负责，但出了问题，我负责。我知道，拿下这个订单，可能是沈鼓销售史上最大的一件难事。困难的原因，大家都说得再明白不过了。你就专心把这个订单拿到手，你日常的工作，我可以替你干。"

很显然，苏永强已经把话说到家了，换句话说，为了10万空分压缩机，苏永强要竭尽全力了。

戴继双已经没有别的选择了。他明白，苏总做出的这个决定，一定是会前已经和总经理孔跃龙碰过头的，而苏永强如此的排兵布阵，绝非是他瞬间的思考。掌握政策准确，使用干部到位，是苏总上任之后，最让大家信服的一点。

戴继双想到一个人，那个人在他的心中，可以说是沈鼓研发团队中拔头筹的先锋大将。想起这个人，一连串的压缩机图形一台台向他涌来，大型乙烯装置的三大压缩机组，就是他带领团队设计的。大型化肥装置的五大压缩机也是他的经典力作。大型炼油装置压缩机国产化的首台套，天津的百万吨裂解气压缩机，同样是出自他的设计理念。

此时此刻苏永强与戴继双想到的是不是同一个人呢？戴继双等

待着苏永强的推荐。

"经过我与马总的再三斟酌，10万空分压缩机的总设计师，我们选定了汪创华。怎么样？我们的想法与大家的想法不谋而合吧？"

啪的一声，苏永强的话音未落，戴继双抬起手掌，重重地拍了一下沙发的扶手。就在戴继双拍击沙发扶手的瞬间，会议室里的几个人同时频频点头。

苏永强看明白了，他知道戴继双拍沙发的那个动作，会场上点头赞同的脸色，都在告诉他一句话，"英雄所见略同"。

采访汪创华很艰难。

自2018年2月12日，我与汪创华谋了第一次面之后，采访他的安排一拖再拖，直到2018年4月30日上午，我才又一次见到他。

一张办公桌、一条长沙发、一排资料柜，再有的就是两把椅子了。如此简单的办公家具，完全改变了我对"总设计师"的"学术范"的最初想象。

50岁出头，一米七的身高，一口兼容湖北和沈阳方言的普通话，是汪创华留给我的第一印象。

我的这次采访，单刀直入10万空分压缩机研发的主题。而就在我的录音笔放在他的办公桌上之后，汪创华像一个导演说戏那样，先把10万空分的大结局搬到了台前。

"10万空分压缩机装置，真正发挥作用的时刻，要从2017年的7月17日算起。就是从那天并网运行之后，到今天已经正常运行快一年了，合格的氧氮产品也生产出来了。这么说吧，神华宁煤开始对我们是持怀疑态度的。这我们都理解，那是国家的大工程嘛，投资550个亿呀！如今神华宁煤对设备的评价也是破天荒的。"

汪创华说起这段话的时候，脸上的每个部位都是笑的状态，特别是他那双快速转动的眼球，就像瞬间变化的电影屏幕，似乎想要把一个个生动的故事快速传递给我。

"正因为如此，我才想听听你这位总设计师在设计10万空分中的故事。"

我采访的话题是带着社会上对10万空分的疑虑进行的。

"汪总，我知道，你们从十几年前就开始技术储备了。从2002年至2006年，你们研发制造了2.5万空分、4万空分、5.2万空分的国内首台套压缩机。这些年，沈鼓已经生产了300台套空分压缩机，按我的理解，今天的10万空分，无非是过去2万、4万、5万空分量的扩大，结构上也没什么新鲜的东西，是吧?"

"不对，不对! 完全是两回事。"

汪创华霍的一下，从椅子上站了起来。

显然，汪创华被我的激将法打中了。他不住地摇头、摆手，似乎我对10万空分的评价，是在他的脸上贴上一张随意复制的标牌。

对于汪创华平地突发的火气，我佯装不知，而我的心里却一阵窃喜。看来，对10万空分的评价，是让汪创华道出研发故事的一把钥匙。

"这是一种错误的认识，告诉你吧，10万空分压缩机是轴流加离心共轴的结构，知道吗? 我再说一遍，是轴流加离心，而我们以前研发生产的大都是离心压缩机，这是最大的区别。这种10万空分有一个特点就是机组的大型化。这种大型化机组的好处，是减少能源消耗，降低投入成本，这怎么能与我们过去的2万、4万空分同日而语呢? 我要告诉你，从4万到10万空分，不仅仅是规模，而是技术发生了质的变化，这就是什么叫高端大气上档次了。每小时制造氧气量要达到10万标准立方米，这是一个世界性难题。形象地说，10万空分压缩机与以前压缩机的区别，那可是蜥蜴和恐龙的区别，而且在核心技术上，也完全不是一个等级呀!"

期待，让我走进了昨天的故事。

那是一次让汪创华脸红的技术研讨会。

按说对这次审查讨论会，汪创华是有底数的。这个底数，是从他的习惯中提升出来的。

从总设计师角度出发的汪创华，对自己的这些思考做了一番技术层面的表述之后，很自然地把每个人打量了一遍。而就在汪创华期待他的引言得到附和的时候，沈鼓集团研究院的副总工程师郑志国在沙发上直起了腰身，将目光投向了汪创华。

"汪总，看来，你不太了解轴流压缩机原始的设计思路吧？"

郑志国的一句话，立即引来向他聚焦的目光。尽管这些目光透露着猜疑、不解，甚至夹杂着埋怨，然而，这并没有阻碍郑志国要表达的愿望。

"我们的方案，是将混合的气体引到轴流进口一侧，就是为了解决压缩机轴向推力的问题。鉴于离心压缩机，两个工作段的轴径差异不大，我们可以设置平衡盘，来减少正向轴向的推力。这种设计有两个作用，可以将混合腔的压力降低，还可以把带压气体引到轴流口，用以增加反向轴向力。这样两者结合，会将正向轴向推力调整到一个合理范围。"

郑志国的直言不讳，让汪创华梳理的思路逐渐靠近了清晰。

用如下的语句，描绘汪创华当时的心境也许会比较妥帖。

就在郑志国道出他的第一句话时，汪创华的思考就随着郑志国的表述，走进了气体的泄漏区。他仿佛看见主空压机的两个增压单元工作的状态。由此，一个明确的信号迅速传递回来。郑志国的意见无疑是对的。而这种信号的生成，正是由于平时他对郑志国的认可和自己在以往的工作中没有设计过轴流压缩机的缺憾，汲取不同专家的智慧，细化补充设计方案，正是汪创华所要达到的目的。

此时，汪创华的思考像压缩机里启动了开关的转子，高速地运转起来。而正是郑志国补充的意见，让汪创华的思考又长出了新的芽片。

一定是汪创华对郑志国建议的肯定，造成了融洽气氛的提升。特别是汪创华不矜不伐的态度感染了郑志国。就在汪创华把新的问号抛出来之后，郑志国即刻做出回答。

"只要能接受这些泄漏量，你汪总的担忧大可不必。这点儿泄漏量与进口的气量相比，简直就是微乎其微。如同外面刮着的8级大风，钻进你家门缝的那点儿风，还算什么吗？何况传统方案的泄漏量，也会影响轴流段出口温度的。"

从汪创华的神情中看得出来，一个新的问题来了。而且，这个问题不仅非常棘手，而且刻不容缓。如同行走在大海上的一只船，本来已经为设定航速做出准备，又不得不走进重新修正的航道了。

考验产品的总设计师驾驭全盘能力的时候到来了。

此时，结构设计方案的定论，已经随着杭汽"提速"要求的到来，变成了汪创华办公室里的一片寂静。

如同军帐中发出的一支支令箭，汪创华即刻把一个个解决"提速"问题的电话，分别打给了气动设计室主任孙玉莹，主空压机的总体结构设计师武斌，增压机的设计专家张鹏飞，力学专家肖中会和主空压气动计算、轴流设计师罗劲。

就此，又一场围绕压缩机提速的攻坚战，在各自的阵地展开了。

结论很清楚，打破坚冰尚需努力。

是什么问题，让"提速"遇到的症结没能解开呢？答案很明白，原有压缩机3000转／小时，就是"提速"的极限了。提高转速，意味着必须对原有压缩机转数进行修正。也就是说，对已经使用多年的引进技术，必须来一番转数的革命。这无疑是对原有成熟技术的挑战。

汪创华做出选择修正压缩机转数的最后决定。

就在新的转数已成定局的时候，在汪创华的眼前出现了幻象。他感觉已经定型的绿波，不知道什么时候放大成圆形的柱体了，像一根主轴横在了他的面前。

汪创华此时的表情，正是我的期待。

一根轴让我探秘的愿望挥之不去，使我看到了汪创华在一次专家论证会上，对10万空分压缩机研发过程的一段解读。

"10万空分对沈鼓、对中国都是一个前无古人的产品，任何一个环节出现失误，我们的产品都进行不下去，这是一个涉及50多个技术难点的全新课题。必须像吃馒头一样，一口口地吃下去。就说作为10万空分压缩机心脏的转子吧，要形成更强大的空气压缩能力，需要将离心技术和轴流技术整合到一根轴上，但它们又不对称，轴流部分的轴径有1.2米，离心部分的轴径只有65厘米，两者的结合是一个大难题，那我们就想到了一个办法，能不能研究一个空心轴呢？就是把整个轴承流段的轴心掏空，然后通过法兰盘连接起来呢？"

汪创华心中的"转子"转动起来的时候，转数是均匀的，发出的声响绝对有一种抑扬顿挫的乐感，谁听了都会入迷。应该说，汪创华心头的转子一旦转起来之后，已经无须采访者的引导了。

一根轴，让汪创华在幻想到现实的路上历练了一把。

汪创华辞旧迎新的祈望是竖起一根掏空的主轴，就是这个设想的主轴与他心脏的频率跳在了一起。随着他设想的主轴加速的转动，一个个问题像约好了一样，随着他的思考不由自主地跳了出来。

汪创华进入了完美的冥想状态，如果说转子是压缩机的心脏，那么一个人吃多少东西，不会对心脏的血管产生排挤作用，吃多少东西能让心脏的射血功能依然保持正常跳动的水平……

一连串的问题，将汪创华的思绪延续成一条往返曲折的线路，而正是这种近似痴狂的思路，让平日里就语言很少的汪创华变得更加沉默寡言了，甚至在食堂吃饭的时候，也常常望着手里的筷子发呆。

"汪总，你托盘里的菜没吃几口，怎么总跟筷子摽劲儿啊！你是不是看它也像一根主轴？"

设计院的一个老同志懂得他的心思。

"对呀！筷子像主轴，还有什么东西近似主轴呢？"

汪创华想到了东北的大苞米。

"对呀！苞米粒子吃完了，那根棒子中间的芯掏空了，还是苞米棒子呀！至于能承受多少重量，试试就知道了。"

汪创华的眼睛亮了，他的思路从冥想回到了现实。把一根8米长的主轴掏空，这种设计方案可是对原方案的修正啊！而这样重大的设计改动，是要报请老总批准才行的。

汪创华等不下去了，他知道苏永强与戴继双，此时正在从宁夏飞回沈阳的飞机上。他明白，两个老总同去神华宁煤意味着什么，他想好了，一定要在10万空分压缩机研制的合同拿下之前，解决空心主轴的设想。

许多事业上执着的人大都如此，一旦他的头脑中装进某一个待解的信号，而在信号解除之前，其他信息是很难挤进来的，汪创华就是如此。

细密总是与时间同行的，进入了思维佳境的汪创华，对螺栓的设计达到了理想的境界。他已经不用研究从第一条螺纹去引发螺栓制造的工艺了。

面对各路专家、工匠，汪创华省略了螺栓制造可能发生的问题的探讨，开宗明义地摆出了关于如何制造螺栓的设想。

汪创华的螺栓加工说，即刻被七嘴八舌的议论淹没了，而这种议论没过一会儿，就变成了赞同的笑脸。

望着小黑板上的螺栓图形，工艺处的一位副处长先是把一阵笑声递给了汪创华。

"老汪，你知道我们刚才笑什么吗？笑你这个'九头鸟'就是比我们心眼多。在我的记忆里，厂报上公布过你当设计院长的履历，如果我的记忆没问题，你是学压缩机的吧？现在看，你好像是学机械加工的了。别这样，有件事求你了，给我们留口饭吃行吗？"

一阵大笑过后，转子车间的一个工程师站起身。

"汪总，没说的了。你赶紧请老总签字，下单子，我保证这螺栓严丝合缝，丝丝入扣。不管怎么说，我们也得'不蒸馒头争口气'呀！你把轴流加离心都研究出来了，不能让一个螺栓掉了我们价！"

"没问题，没问题！设计图出来，我就去请王总签字。"

汪创华用高了八度的嗓门，把"没问题"三个字说得铿锵有力。

如同一条直抵目标的通道在不断延伸，沈鼓拿到10万空分压缩机研制通行证的路程，仅仅只差"最后一公里"了。从神华宁煤集团总部回到沈鼓办事处的戴继双是愉悦的。此时此刻，他的兴奋无以言表。这是因为，神华集团领导说给苏总和他的那几句话，一直在他的心里发酵，特别是"相信沈鼓具备承接此项目能力"那句话，好像让他见到了生产制造10万空分压缩机的合同。然而，戴继双也有不落底的担忧，让他的底数还亮着缺口的是神华集团领导的另一句话，"欢迎沈鼓参与项目投标"。这句话戴继双比谁都明白，这无非是在告诉他们，参与10万空分压缩机投标的不止沈鼓一家。

自信与自豪萌生的力量，让戴继双的心又一次平静下来了。他的思考已经没有一点儿干扰了，从明天开始，守住神华宁煤北京项目组的大门，把细化后的优势说给他们听，一定会起到潜移默化的效果的。

也就是从那天起，刘润强上班的地点，从宁夏改到了神华宁煤北京的项目组。神华大厦的门卫看得明白，有两个人每天早上8点就等在神华大厦门口了，登记的名字是戴继双和刘润强。

2013年的北风刚刚停下脚步，就被阳光裹起的南风顶了回去。12月25日，刘润强与神华宁煤签下了100000Nm³/h制氧量空分压缩机的合同。说起签订10万空分压缩机合同时的感受，刘润强眉飞色舞。

"那天，我像中了大奖一样，我的第一感觉就是，想要把这一消息用微信传给沈鼓，传给沈鼓的兄弟姐妹们。"

"是24日通知我签订10万空分压缩机装置的合同的。听到这一消息，我几乎一夜没睡，我是一个从不喝咖啡的人，刚有点儿睡意，就赶紧冲了一袋咖啡。喝咖啡的目的就是怕自己睡过站，这么多年，有三个字我写得最好了，那就是我的名字。自打做销售工作后，合同也不知道签了多少个，但那天不知怎么了，'刘润强'三个字签起来却哆哆嗦嗦了，我自己都不相信那三个字是我签的。但我知道，那三个字是这些年，我第一次一笔一画签写的，甚至连每个字的笔顺都怕写错了。"

刘润强打给沈鼓的电话，即刻变成了微信，在沈鼓集团刷屏了。

随着刷屏消息的发酵，沈鼓人种下了10万空分压缩机种子的胚胎。

盛夏，从纸上谈兵到真刀真枪地操练，已经进行大半年了。汪创华的目光一直在各个车间不停地扫描。

2014年7月初的一天，汪创华的脚步在转子车间停下了。

在许多人的眼里，尽管汪创华平日语言不多，但每逢见到熟悉的脸孔，他总会待之以点头微笑的。许多人发现，今天的汪创华不知道怎么了，平日里的微笑一扫而光，取而代之的是紧皱的眉头。

车间里的一个工程师看出眉目了，一定是铣床的操作出了问题，不然，为什么汪总转悠的脚步，总是在铣床前停下来呢？

"汪总，有什么问题吗？我看你这两天一直围着铣床转。"工程师迎了过去。

那个工程师的一句话，就像一个撞针击打了底火一般，把汪创华憋了两天的火药一下子顶了出来。

"你看看，你看看设计要求，你再看看这个叶片，设计要求叶片是圆弧头的吗？是尖形的，是尖形的知道吗？再看看你们加工成了什么样？我希望你们查明白，到底是操作的问题，还是原设计出了问题。你要知道，这样的叶片转起来，是会浪费能源的!"

汪创华喷发的火星，很快就在转子车间燃开了。问题找到了，工艺要求没问题，是操作者执行工艺纪律出了问题，把精加工的要求做成了半精加工。

此时的汪创华，一门心思想着整改的办法。然而，他等来的是不紧不慢的抵抗。

"汪总，没啥大问题吧? 即便是有差异，才不到1毫米，最薄的地方也差不了几微米，据我们了解，几微米的差异，不会影响叶片质量的。"

"不行，别说是差1毫米，差1微米也不行，我不是和你们说大话，10万空分压缩机可是重大装备国产化的设备，要干出精品才行，何况你们加工的是心脏部分呢! 具体说，是心脏的叶片。我可以告诉你，这个叶片转起来是要引导气体流动的。从人的心脏上说，就像面对血液一样。你们想一想，每个人的心瓣都是尖形的，你的心瓣是圆形的，你能没想法吗?"

汪创华说给车间领导的几句话，如同火苗上喷洒了汽油。

汪创华的心火已经烧到喉咙口了，他高扬的声调，盖住了车间隆隆的机器声。

"什么叫不影响? 还是那句话，差1微米也不行! 虽然是一点点差异，但它会导致叶轮的工作效率下降1.5%。换句话说，那就是百千瓦的能源浪费。"

又一种声音从身后传来，敲打着汪创华的耳膜。

"汪总，你说得都对! 我们查了，确实如你所说，是一个执行工艺纪律的问题。你看这样行吗? 现在加工还在进行，我们以后注意不就行了吗? 再说，我们也找人算了一下，差这么一个尖，电量也就多消耗个几十千瓦时，没啥大问题!"

站在汪创华身后说话的是车间的又一个工程师。

"没啥大问题? 这话是我们能说出口的吗? 你们只算了1个小时

的能耗损失，一年呢？就因为这一个缺尖的叶片，用户就得多耗电量十几万千瓦。十几万千瓦消耗值多少钱？你们替用户想过吗？我就不明白了，同一个车间，你们怎么没有打磨工那种劲头？"

汪创华一句"替用户想过吗"的质问，让车间里围着他的几个人无语了。平心而论，汪创华的那句话，点击到他们心尖上去了。

在一些人的眼前，刚刚浮现出叶片转动的瞬间，车间一个打磨工人的形象又占据了他们的脑海。

汪创华向我讲述了他与李建相识后的一个故事。而让我不解的是，汪创华还记着那个故事的准确发生时间。

汪创华之所以对他与李建见面的日子记得如此扎实，是缘于定子车间发生的一件大事。

2014年7月18日，最让人难耐的"头伏天"刚刚拉开酷暑的架势，汪创华的脚步就朝定子车间走去了。

"我那天去定子车间，是看机壳的水压试验的，由于受场地和吊车吨位的限制，领导决定将机壳的水压试验。"

"你是没见到那个场景啊！尤其是现场的工人，你知道他们是一种什么状态吗？那阵式，抛安全帽的，拥抱的，吹口哨、大喊大叫的。为什么会有这个场面？工人都知道，他们的机壳制造成功了，那就是说，给10万空分压缩机赶制的新衣是合身的。"

不得不说，我的心灵在这种潜移默化中受到了洗礼。我心头装着李建的故事，由此，我提出了新的发问。

"汪总，我想听你说李建的故事，你怎么一下子把我引到定子车间去了？"

"说真话，李建的影子已经在我的心里定格了。那是一种弯着腰，用风铣子钎修铣床留下刀痕的姿势。然而，我心中固有的镜头并没有与现场吻合在一起，直到我走近工作台才发现，李建正以半躺的姿势，将一只胳膊伸进叶轮的流道里，用一个缠着布条的抛光枪，正在打磨着叶轮里的叶片。李建伸了伸腰，见到我，只是朝我

笑了笑，腼腆地吐出了两个字，'汪总！'

"正是李建吐出来的这两个字，引发了我与李建的一段对话。

"'小李！这个叶轮抛光，得用多长时间？'

"'不一样，直径小的最少得三天，这个叶轮，怎么也得半个月吧。'

"'工时够吗？'

"'按精抛光的时间刚刚够吧。'

"'那不影响奖金了吗？'

"'影响不了多少，再说了，这活重要哇！领导说了，咱自己的核心技术，还有咱厂的名声，怎么说也不能在我手里丢份儿啊！'

"'这活打磨几遍了？'

"'六七遍了，还得磨几遍吧。'

"'我看已经够亮的了，差不多了吧？'

"'差不多不行，我想把它磨得比外国产品还要亮！我听说，咱这台设备是和外国人的设备一起干活，咱就要和他比一比！'"

汪创华与李建的对话结束了。

汪创华告诉我，他离开李建的操作台时，李建又开始重复他那半屈半躺的姿势了，只是那只伸进流道的手臂、眼睛里射出的目光，依然是一条直线，从远处望去，就像一个战士手里握着一杆枪，侧卧在阵地上一样。

我不禁又一次好奇地发问。

"这个李建，每天就是这么一个动作吗？那也太枯燥了。"

汪创华的回答，显示了平日里他对李建细腻的观察。

"不是。他修磨的是从铣床加工的部件，通过修磨去除铣床加工过程中留下的花斑豹式的刀痕。最初的打磨工具还有粗砂轮、细砂轮，最后才用那种抛光枪的。在最初的修磨阶段，大部分时间是站在工作台前的。"

汪创华在结束李建的故事的时候，与我说了一句意味深长的话。

"如果把沈鼓比作一个舞台，那么，研发与装配，只能说是开场与压轴的重头戏，而承接研发的制造、加工，才是舞台上具有丰富故事情节的重要桥段。而能将这些桥段演绎得出神入化的，就是像李建那样的一大批默默无闻的工人。如果说，我在沈鼓这些年的记忆，留下了许多故事的话，李建应该说是最典型的一个具有家国情怀的工人形象。"

汪创华的感叹，让我在采访笔记里写下了这样一句话："只有长期与工人朝夕相处的人，才能体会到工人在这个国度里的作用。"

叶片的加工和抛光引发的两则故事，打破了转子车间主任岳猛平静的状态。已经连续几天了，汪创华的"对用户负责"那句话，时不时就像一把重锤，敲打在他的耳边。岳猛入心了。由此，他把这句话带到了车间的生产调度会上。

"我们强调加工质量的目的，还要加上一句话，就是要对用户负责。从今天起，'对用户负责'就是我们车间参与'百团大战'的生产方针。"

戴继双敢于喊出如此的号子，绝非只是10万空分压缩机研制的任务，对沈鼓来说，纵向到底，横向到边，也绝非是他一时的心血来潮。用戴继双的话说，10万空分是沈鼓历史上投入科研力量最强、投入研发生产资金最大、牵涉人力最多的特字号工程。

2014年11月，二十四节气中的小寒已经不请自来了。按照中国的风俗，在冬季里翘望春天，该是人们本真的愿望了，而沈鼓人迎春的方式，却是在挑战心理与挑战困难的极限中同时进行的。

而最困难的是，如何把这种三段式的中轴，一次性地把合在一起了。

岳猛犯愁了，工程师、技术员也犯难了。

怎么办？有啥办法？老办法，大家一起争论，各说各的理。这就是岳猛常用常新的办法。也就是在这种争论中，新办法找到了。

旋转主轴中间段，实现三段螺孔对接，再用天车吊装左右两段，借此来调节水平位置，实现主轴三段的螺栓把合。

这是个笨办法，但又不失为一个好主意。由此，一次次地调整，又是一次次旋转，终于达到了对接的目的。

可新的问题又来了，三段式的中轴对接后，44个拉伸螺栓又如何能把合到位呢？

"可不可以用橡胶锤击打螺栓，进而实现与螺孔的把合呢？"一个工人技师提出了建议。岳猛的眼睛顿时为之一亮，他打心眼里认可这个办法。

"但这种用橡胶锤将拉伸螺栓敲进把合螺孔的办法，意味着每个螺栓与螺孔的结合，需要800多次撞击才能完成。"车间技术人员提醒岳猛。

"别说800次，8000次也没问题。这办法安全可靠，对设备没损伤。你们是不是以为用人工抡大锤？用不着！这办法是笨，但咱有先进工具呀，用液压装置带动橡胶锤嘛！"

笨办法上阵了。1下、10下、100下、300下、500下、800下……24小时、48小时、72小时，在4万次橡胶锤与螺栓的撞击、反弹、递进之后，三段钢体终于牢牢地把合成了一个主轴。

也就是从那天起，转子车间的工人，看见10万空分压缩机心脏的雏形了。

人世间最公平的莫过于岁月了，没有人可以阻挡岁月。

2014年11月25日，去南京汽轮机厂做10万空分动平衡的箱式运输车，已经消失在南下的滚滚车流之中了。尽管如此，戴继双脸上写满了纷扰。

戴继双的手机响了。

"戴总，我是姚云汉哪！你在哪里？"

"姚总，我在食堂吃饭，说吧，什么事？"

"什么事？你最关心的事，也是你最挠头的事！"

戴继双的眼球动了动，他明白了，姚云汉说最关心和最挠头的事一定是液化气的事了。

"姚总，你说液化气的事落底了，是吧？"

戴继双的话音刚落，对方的电话里爆出了一阵爽朗的笑声。

"姚总，我没猜错吧？我记得我和你说过，试车一旦启动，你至少得给我准备200吨的天然气，是不是天然气的事都落实了？"

戴继双的话近似有些疑问。

"戴总，液化气公司保证按最大量供应咱们，可以达到24小时进15罐车！"姚云汉的回答显得信心十足。

"好！太好了！我一会儿就到你办公室。"

戴继双放下电话，顿时，满脸的轻松透着几分隐隐的惬意。而此时此刻，能读懂戴继双轻松与惬意的，莫过于王学军与张勇了。他们心里都明白，自从他们来到营口的试验基地之后，试车前的各项设备都如数落户了，而最让他们挠头的是水，按设计要求，每次试车用水1.2万吨，这么大的用水量，会造成鲅鱼圈的自来水管路被抽空，那是绝不可以的。

然而，这么大的事，还真没把姚云汉难住。按姚云汉的话说："咱营口试验基地，背靠鲅鱼圈政府，就没有解决不了的困难！"

这位沈鼓集团营口透平机制造公司总经理姚云汉，当天下午就带着几个人，找到了一家天然气公司，自报家门与人家说起天然气供应与10万空分压缩机试验的关系来了。

而那家供气公司的老板却听得一头雾水，但因为初次与大国企的领导谋面，不能随便打断姚云汉的话语，只好耐着性子听了下去。

供气公司那位老板被姚云汉说服了。

"姚总，2014年的天然气价格你是知道的，我手里掌握的天然气储量我也告诉你了，但就凭你沈鼓的名声，凭你们沈鼓为石油和天然气事业的贡献，我会想办法的。我存量少，可以和周边城市调剂，你的加压气站，我也可以帮你建。我保证，绝不会耽误你们的试验。"

姚云汉乐了，但那家供气公司的老板，一直有一个不解的问题悬在心上，他事后曾说："真有意思，别人谈生意都是谈价格。姚总呢？跟我谈政治，谈企业光荣史，谈我们如何为中国人争气。你还别说，他这招还真的感动我了！我常这么想，尽管是市场经济了，可人们还是崇尚光荣，崇尚骨气呀！"

农历2015年的日历，洋溢着三阳开泰的喜庆，而由此引发的对万物复苏、好运降临的祈盼，也成了人们美好的憧憬。而更让人高兴的是乙未年里"五行属金"带来的开年大吉。顺着这根脉络，人们又把希冀的重心，瞄准了对精诚所至、金石为开的膜拜。就说2015年沈鼓厂报上的卷首语吧，字里行间都洋溢着渴望10万空分试验成功的祝愿。

2015年1月14日，按照戴继双在调度会上确定的汽轮机运转试验时间，距试验不到一天的时间了。尽管已经是深夜2点了，汪创华、郑向一和姚云汉，还在各自分兵把守的关口移动着眼神。一个小时之后，戴继双的脸上阴云密布。

伴随戴继双那张晴转阴的脸色，跟随戴继双走回会议室的郑向一、姚云汉，同样被说不清的乌云笼罩着。

凌晨3点15分，试验基地各部门的负责人，无一缺席地走进了会议室。猜测、疑问、面面相觑的神情，在会议室迅速蔓延。

戴继双喜欢阳光灿烂的时刻，他急于扭转他心头堆积的阴云。

"天没亮把大家召集到这里，有一个紧急的情况，要向大家通报，也想征求大家的意见。由于营口的气温降到了零下20摄氏度，我们试验用的冷凝水发生了冰冻。也就是说，冰冻的冷凝水将无法保证我们原定的单机试验正常进行。对这一突如其来的问题，请大家能各抒己见，出主意、想办法，提出解决这一问题的建议。"

戴继双求助的目光，在会议室里还没扫描到90度，立刻就有了解决问题的回声。

"可以用铲子、铁锹，把大罐外面的冰层铲掉嘛！"

"那么高的大罐，用铲子、铁锹怎么操作？"

没等戴继双回复建议是否可行，又一条建议受到了会场上许多人的点头赞许。

"咱们鲅鱼圈，得天独厚的是温泉，用温泉水给循环系统洗个澡，不是很好吗？活人不能让尿憋死呀！"笑声伴随赞同，打破了会议室里的沉寂。

戴继双环顾左右，收到了点头赞许的目光。

不知道，是苍天有意考验沈鼓人的聪明才智，还是如前所说，乙未年的五行运转，应验了精诚所至的开篇，上午7点过后，攒足了热量的太阳自从跳出海面之后，就一直把光线铺在鲅鱼圈产业园，只是两个小时的阳光普照，试验基地就迎来了止不住的冰消雪融。温泉水没用上，变化的天气让所有的担心、顾忌、忧郁、悬念，都转化成了第一次试车顺畅和完美的结局。

10万空分压缩机的试验，朝着既定的目标一个接一个推进。

十几个大型试验收获了一个接一个的标准数据。从2015年1月14日起始，每15天改换一次的潮汐表，已经轮回16次了。从冰雪覆盖的日子算起，10万空分自从关上小雪节气的门窗后，已经分别送走了大寒、立春、雨水、谷雨、小满、芒种、小暑、大暑那些不可抗拒的节气了。

沈鼓历史上，英雄得志的一页，在2015年8月23日掀开了。

应该说，这是营口鲅鱼圈自1984年国家级开发区成立以来，最亮丽的一天。

这个自从1904年以来有文字记载的小渔村，第一次迎来了来自国家能源局、中国机械工业联合会、中石油、中石化、中海油、神华宁煤、新华社、中央电视台及辽宁、沈阳、营口的200多位专家和领导。

"什么是10万空分？10万空分是干什么的？"

"听说是咱中国的最大的压缩机。"

"我说嘛，不是最大的也招不来这么多客人呢！"

"听说全世界上能生产这种机器的，咱中国是第二个！"

"牛哇！这回咱鲅鱼圈可沾了大光！"

一连串的发问，一连串的感慨，从2015年8月23日清晨开始响起。五彩缤纷的旗海，引来了一群群观赏庆典的人。一时间，坐落在鲅鱼圈产业园的沈鼓试验基地，成了营口人瞩目的地方。

伴随太阳暖融融的光线，一阵阵潮汐拍打出欢快的和弦。

上午9点，沈鼓集团常务副总经理马诚在中央控制室下达了试车令。

这是一个期待了10年的时刻，这也是沈鼓人向国家报喜的时刻。随着10万空分压缩机9大试验系统跳动的数字，人们心头期待的声音终于到来了。

孔跃龙的耳膜收到了一个声音，那个声音让孔跃龙发出了压山镇海的呐喊。

"机组平稳运行，无任何异常。"

就是这么一句话，像永不消逝的电波，从中央大厅响起，迅速传递到鲅鱼圈的每一块土地，也同样随着电台、电视台的同期声传递到北京。顿时，中央大厅像是爆响了一声春雷，那呐喊发出的声浪在告诉中国，沈鼓人正在进行一场与技术壁垒宣战的新闻发布会，中国正在发出收回丢失核心技术领地的宣言。

营口试验基地沸腾了。车间的工人把工作服、安全帽扔向了空中。他们高喊着："10万空分赢了！沈鼓赢了！中国赢了！"

他们的口哨声、叫喊声，伴随着相互间的挥拳击打，演绎了一幕欣喜若狂的胜利者的喜悦，而面对喜悦的庆祝方式又迥然不同。

中央电视台的摄像师把镜头对准了10万空分压缩机，也对准了欢呼雀跃的工人。他们不舍得转移镜头，如同拍摄纪录片那样，以慢镜头采集着拥抱胜利的时刻。

8月23日是农历的七月初十，按照营口鲅鱼圈的潮汐时间表，下午2点，正是潮起潮涌的时候。随着一阵阵的浪花拥抱海岸，那海浪簇拥土地扬起的浪花，好像大海向大地散发出10万空分压缩机试验成功的喜报。

汪创华在喜庆的酒杯举过头顶的时候，悄悄地离开了庆典大厅，他对几年里陪他一路走来的几个设计人员耳语了几句后，走进了当地的一个海鲜自助酒店。

此时，汪创华平日里堆满了图形、数码的眼球，被海鲜玻璃缸里游动的海鲜彻底映满了。他的目光扫了一遍鱼螺虾蟹后，对准了拳头大的海蟹。

"老板，自助海鲜每位多少钱？"汪创华摆出一副不差钱的架势。

"每个人168元。"海鲜店老板瞭了一眼身穿工作服的汪创华，回答得漫不经心。

"168元，随便吃！哪种海鲜都行，是吧？"海鲜店老板点头。

"好，我们7个人，把你最大的螃蟹都拿来，我们只吃螃蟹，不吃别的海鲜，行吧？"

海鲜店老板扫了一眼汪创华身后的几个人，又看了一眼玻璃柜里的螃蟹，说起话来有些底气不足了。

"墨斗鱼、虾爬子，还有这大海螺，也都是刚上岸的，味道鲜极了，干啥不都尝尝呢？"对于海鲜店老板的推销，汪创华笑而不语，逼得海鲜店老板亮出了底线。

"听说各行各业都有专家，今天我还第一回遇见专吃螃蟹的，这样吧，咱们可得有言在先，我这海鲜店，只能吃，不能往外拿，这可是规矩！"

"老板，你酒店外面的牌子可写得明白，海鲜自助对吧？可没写每样海鲜都得吃吧？"汪创华的问话，让海鲜店老板一时无语了。

"好，我再说一遍，只管吃，不准往外带，还有，酒钱另算！"海鲜店老板处于一种防守的态势。

"你看我们是破坏规矩的人吗？按你们的规矩办，先把螃蟹上来吧！"汪创华显然不想赘言了。

海鲜店老板随手拿起一个塑料桶，捞出一堆螃蟹，端到后厨。

一会儿，正当服务员把一盆煮熟的螃蟹端上餐桌时，汪创华端起一杯酒发话了："今天是个好日子，郭小川不是说过吗？豪情美酒自古常相随。来！没啥说的，我今天个人请客，请大家喝酒吃螃蟹，但我有个要求，咱们今天要先吃螃蟹腿，再吃螃蟹肉，这是今天吃螃蟹的规矩！"

对于汪创华立下的吃螃蟹的规矩，几个设计人员一阵大笑并不住地摇头。

"汪总，咱们湖北人吃螃蟹和东北人没什么两样吧？谁吃螃蟹都是先吃肉哇，你可真有意思，是不是没带够钱哪？怎么让我们先啃螃蟹腿呢？"10万空分的主空压机设计师武斌第一个发问。

"这年头，谁有核心技术，谁就有话语权，吃螃蟹先把它的腿掰掉，知道为什么吗？谁让这东西横行霸道了？咱们先把它的腿吃了，把硬爪先拿下去，吃起肉来那就顺当多了。"

汪创华边嚼着螃蟹腿，边做着吃螃蟹腿的示范。

"汪总，知道你怎么想的了，你是不是想起那些跨国公司，想起他们对我们的技术封锁了，是吧？"

增压压缩机的主导设计师张鹏飞点出了汪创华的用意。

"你们是知道的，宁夏的煤化工设备，原定的12台压缩机都是用德国人的，是你们的技术方案和创造力，打动了宁夏的煤化工企业，才有了我们今天的这台压缩机。说白了，其余的11台压缩机，还是德国产的，而且，每台都要价一个多亿，也就是说，十几个亿装进人家腰包了，为啥？在咱这台10万空分压缩机产品之前，咱国家没有哇！他们自然可以漫天要价了。"

汪创华说这番话的时候，把嘴里的螃蟹腿嚼得咔吧咔吧直响，不一会儿的工夫，餐桌上的螃蟹腿，都变成一堆堆残骸，而摆在每个人盘子里的只剩下光秃秃的蟹躯了。

"来，吃螃蟹，喝酒，庆祝我们的10万空分压缩机试验成功！"汪创华随手将一个螃蟹掰成两半，两只手各拿起一半螃蟹，举过头顶，大声地问："知道这是什么意思吗？"

"从今天起，我们与跨国公司就可以平分天下了，对吗？"10万空分压缩机管路设计室副主任田启回答。

"说得好，还有一个好消息告诉大家，合同中规定，这台压缩机允许30微米以下误差，实验证明，目前这台压缩机最小的11微米，最大的才20微米，这说明啥？说明我们的压缩机技术，完全可以和世界上最有名的压缩机企业PK了。我敢说，今天的第一台10万空分压缩机只是开头，大幕拉开了，好戏还在后头！"

汪创华的话还没说完，设计室的几个人纷纷站起身，把手中的酒杯撞在了一起，一饮而尽。

在汪创华的心里，这种独特的庆祝方式，他早就想好了。而这种方式，让汪创华苦苦等待了15个年头。而对于神华宁煤既选择了沈鼓又选择了德国压缩机组的举动，汪创华的心里没有一点儿怨意。

汪创华明白，煤化工装置安全稳定是第一位的，而压缩机又是装置的核心中的心脏，一旦有了问题，550亿元的投资将化为灰烬。宁夏煤化工也是国有企业，在了解沈鼓的压缩机之前，是决然不敢拿550个亿开玩笑的。

让汪创华没有想到的是，他与设计室几个人的对话，都被站在他身边的海鲜店老板听到了。就在汪创华把一分两半的螃蟹举过头顶的时候，海鲜店老板又将一盆螃蟹端到了他们的餐桌上。海鲜店老板的这一举动，换来了汪创华一伙人的哈哈大笑。原来，海鲜店老板端来的这盆螃蟹，居然都是没有蟹爪的。

抽时间去看一眼工作状态下的10万空分压缩机的愿望，时不时拱动我去宁夏的心。

2018年5月12日上午，我与沈鼓的张义勇、摄影师王玉光到达银川机场。走下飞机，坐上了与神华宁煤签下了10万空分压缩机研制合同的项目经理刘润强的大吉普车。

汽车驶上银古公路后，转了一个弯，就跃上了青银高速公路，那里就是神华宁煤的所在地，也是沈鼓的10万空分压缩机在银川安营扎寨的地方。

10万空分压缩机落户的地方，大名叫宁东，原名叫磁窑堡，曾是古代丝绸之路的一个中转站，也是全国100个千年古县之一。刘润强告诉我，宁东是全国13个大型煤炭基地之一。

对于这条通往宁东的高速公路，刘润强显然是轻车熟路了，望着逶迤连绵的贺兰山，回眸身后滔滔的黄河，我不禁想起了当年"踏破贺兰山缺"的岳飞。

882年前，有岳飞的"驾长车，踏破贺兰山缺"。而今天，挖掘地下煤炭宝藏神华宁煤集团完成了把煤变成油的创世之举。

随着一片片沙棘、沙柏在眼球中叠印，宁东能源化工基地已经覆盖了我的视野。与其说是一个化工基地，倒不如说是一座25平方公里的煤炭化工城。随处可见凝水塔、储备罐、大型阀门和裸露的输送流体物质等各种管道。我有一种预感，我们与10万空分压缩机见面的时刻越来越近了。

"到了！到了！"随着刘润强的语音落地，汽车停在一栋七八层高的厂房门前。此刻，想象的空间推出了一幅10万空分压缩机组与德国压缩机组竞相轰鸣的景象。

带着沈鼓人探望亲人的嘱托，迫切地要与10万空分压缩机见面的情思，催促着我的心跳。

在宁东化工基地孟总的带领下，我们登上了四层悬空的铁制楼梯，眼前近400平方米的设备平台，把我想象的画面彻底修正了。

"孟总，这么大的厂房，只是一台机组吗？"

"这个厂房，是专门为你们沈鼓的10万空分压缩机组建造的。"孟总的回答不紧不慢。

"不是说你们整个煤化工设备有12台压缩机组吗？"

"不是，每个压缩机装置都有一个这样的工作台。"孟总边说边瞭了瞭窗外。

一切都清楚了，在这里，有12个相同的七八层高的车间，我们所见到的就是沈鼓10万空分压缩机的新家了。

没错，是它，我看见沈阳鼓风机集团的标识了，这个标识在告诉我，眼前这台与杭氧设备并联在一起的机组，就是10万空分压缩机的装置了。

这就是我思念情愫的落脚地吗？这就是我千里迢迢来看望的"孩子"吗？我真想一下子扑上去，一时间，拥抱亲人的热血瞬间上涌。

把沈鼓的10万空分压缩机比作"孩子"，一点儿也不夸张，也绝非是一句煽情的话。

我们从大东北的沈阳登机，来到宁夏这块西北高地，来看什么呢？是去凭吊西夏的王陵吗？不是。是去缅怀岳飞曾经征战的贺兰山吗？不是。是来品尝海拔3000米枸杞的甘甜吗？都不是。心愿只有一个，就是看望沈鼓分娩的10万空分压缩机来了。

此时，凝视、回眸、畅想，止住了我的脚步，像被10万空分压缩机的磁性牢牢地吸住了一般，我目不转睛地盯着这台压缩机。

孟总好像读懂了我的心思，他转过头说了一句意味深长的话。

"可以登上工作台看看，它工作蛮勤奋的！你们可以先和它合个影。"

从不同的角度，以10万空分压缩机为背景的咔嚓咔嚓的快门闪过之后，我三步并作两步登上了10万空分压缩机的工作台。

像是久别亲人见面的瞬间，像是父母见到了在边关站岗执勤的孩子。我的脚步以10万空分压缩机为轴心，转了一圈又一圈，一时间，端详、抚摸成了我们几个人机械般的动作。

一种看不够，又不想与10万空分压缩机挥手的心绪，让孟总不由自主发出了感叹。

"这么说吧，你们沈鼓的这台设备，到这个月15号就工作满一年了。它可是一直出满勤、干满点的，这种工作态度，让我们没想到。"

"孟总，那些外国设备运行得怎么样?"我择机发问。

"总的来说都很好，但也有两台设备出过问题，这就看出采购外国设备的问题了。那两台出了问题的设备，从报修到专家到来，时间太长了，而且有些问题，他们并不认可是他们的问题，没办法!"孟总的话，肯定中透露着一种无奈。

就在自豪洋溢在我们眉梢的同时，一个一直让我不解的问题终于蹦了出来。

"孟总，沈鼓的10万空分压缩机，2015年8月就实验成功了，随即就运到了你们化工基地，我看媒体的报道，怎么是2017年的5月15日才正式并网运行呢?"

"咱们的设备是等到国外的设备一并安装调试的，加上基础设施建设，需用的时间自然就长了一些，他们现在已经生产出合格的氧氮产品了。"

孟总的几句话，犹如神华宁煤给沈鼓10万空分压缩机的颁奖词，让我们顿时有了一种心头抹蜜的感觉。回宾馆的路上，我情不自禁地把一则微信发给了原国家能源局科技装备司的副司长黄鹂。

黄司长：

我刚刚从宁东的化工基地采访回来，您一定会想到，我看见谁了，就在一个小时之前，我看见沈鼓的10万空分压缩机了。我想，你懂的，那会儿，我好像看见了分别多少天的孩子，掏心窝子说，我掉泪了。

黄司长，我们一行三人，从千里之外跑到银川，就是为了看孩子来的，这绝不是一种虚妄的夸诞，不了解沈鼓的人是无法理解的，陪同我来宁东的摄影师王玉光，您还记得吧？您每次与隋总到沈鼓开会，都是他为你们拍照的。

王玉光为10万空分压缩机拍照，几乎是全方位的，无论从最高处的300吨天吊向下俯视，还是趴在地上一次次仰角拍摄，那种感觉好像是一个长辈，在从头到脚打量很久没见过的孩子，而他每一次快门的咔咔作响，似乎都是在与眼前的孩子对话，那声音就好像在说："孩子，你在他乡还好吗？孩子，宁东人说了，你为咱们沈鼓、为中国争脸了！"

当天晚上，黄鹏司长回复了我的微信。

非常理解你与沈鼓的同志见到10万空分的感悟。在你们之前我与隋总也到过10万空分的现场，与你们的感受一样，看到10万空分压缩机正常运转，我也掉泪了。而且，我看到70岁的隋总，也在不住地擦着自己的眼角。

为什么如此？一句话，不就是为了我们的国产化，为了我们的核心技术吗？这是我们储藏在心里多少年的话了。不客气地说，我们这方面的感悟，会比你们作家更深的。一句话，没核心技术，腰杆子总是挺不起来的，谢谢你的采访。

黄 鹏

2018年5月12日　22时26分

黄鹂司长回复的微信，让我重温了许多在沈鼓采访中留下的故事，这些故事像我亲身经历了一般，永远装进了我记忆的抽屉。正如我在采访笔记中写道的，中国给了沈鼓一个舞台，沈鼓人就大步流星地甩开了膀子，如同蒲松龄的勉联所说：有志者，事竟成。苦心人，天不负。

　　沈鼓一路走来，证明了一个道理，历史赋予每代人的使命是不同的，但生活在中国这块土地上的每个人，尽管所处的年代不同，而为国家的利益和国家的荣誉，去担当的责任又是相同的。

　　沈鼓的贺祝三、刘玄、马将发、苏永强、戴继双、汪创华、姜妍，和一大批沈鼓的工程技术人员、车间工人一路走来，克服千难万险，中国机械工业联合会、国家能源局的隋永滨、黄鹂等人勇于担当，他们就是敢于做梦、敢于追梦、勤于圆梦的民族脊梁。

　　虽然，这篇报告文学记录的都是过往的风云了，但逝去的往事，无人能够超越，正是这些不能忘怀的故事，让我在不断地品味中越发膜拜，这被膜拜的故事，在今天的时光中，期待着能够记得。

　　时间公正地记录了他们每个人所处时代的脚步，今天的记录也正是要留给后人，留给对中国的大工业有着不泯情怀的人。

致敬，"8·20"抗灾抢险的英雄

鹤　蚩

一个有希望的民族不能没有英雄，一个有前途的国家不能没有先锋。祖国是人民最坚实的依靠，英雄是民族最闪亮的坐标。

——习近平

七六〇所南码头长度只有300米，从头走到尾只需要几分钟。

码头呈L形伸向前方，码头上被巨浪撕裂开的水泥地面上，仍然可以看到当时叉车被海浪冲走时留下的深深划痕，依然能看到被风暴摧毁变形的悬梯……

夏天早已过去，冬天悄然来临，此时，大海显得格外宁静。

这里是中船重工大连七六〇研究所南码头，一个让人们永远铭记的地方。就在2018年夏天，那个无法忘记的8月20日，在这里发生了一场惊心动魄的生死搏斗。

在这个码头边，有这样一群人，他们怀揣着梦想，坚守着责任和信念，把自己默默奉献给祖国的船舶科研事业。如果不遭遇这场突发事件，也许很多人都不会认识他们。然而，就在那一天，就在那个生死攸关的时候，他们不顾个人安危，挺身向前，用果断的行动和无畏的精神，保护国家财产和人民生命安全。黄群、宋月才、姜开斌三个人更是用自己宝贵的生命，谱写出一首忠诚担当、许党报国的英雄赞歌……

"温比亚"掀起惊涛骇浪

整个晚上，七六〇所的规划处副处长孙逊一直在手机上观察着卫星云图。白天，台风并没有往大连方向来，而是往天津和秦皇岛方向去了，孙逊还和天津的朋友们说："你们注意了，台风要到了。"

2018年的夏天注定是个不平凡的夏天。这个夏天里，台风格外任性，而位于辽东半岛最南端的大连，仿佛成了狂风暴雨恣意妄为的战场，"安比""云雀""魔蝎"等台风相继登场，一次比一次猛烈，一次比一次惊心。

8月17日，第18号强热带风暴台风"温比亚"从我国东部登陆。每次台风来袭之前，位于大连南部海滨的中船重工七六〇研究所从上到下都高度警惕，停靠在研究所南码头上的国家某重点试验平台，凝结了全所职工的心血，不能有丝毫懈怠。

8月19日傍晚，大连气象局发布了大风橙色预警。试验平台按照应急预案加强部署，采取加装缆绳、更换钢丝扣等措施进行加固，并将试验平台夜间保障人员由两人增加到四人，24小时严密监控试验平台情况，做好抗击台风抵御风浪的一切准备，确保试验平台万无一失。

后半夜2点多，孙逊发现卫星云图上的风向开始变得捉摸不定，台风没有向白天预报的方向前行，而是突然开始转向。孙逊负责试验平台建设工作，他担心试验平台的情况，在漆黑的夜色中顶着大雨开车往单位奔去。

孙逊后半夜3点到单位时，分管安全工作的副所长黄群和宋月才等相关值班人员都在，他们已经多次到码头上检查。此时，海上风只有8级，从值班室望过去，探照灯下的平台并无异样。

然而，到8月20日凌晨，台风"温比亚"突然发威，变换路径，掉头向大连扑来。

台风陡然升级，让人猝不及防，大海现出了恶魔般狰狞的面孔，一排排巨浪以前所未有的凶猛之势扑向码头，早已严阵以待的试验平台也在巨浪的冲击下开始大幅度起伏摇摆。正在试验平台上值班的刘子辉等四人，第一时间感受到了平台的异常，随着剧烈的震荡，码头上的缆桩发出断裂的声音，平台刹那陷入危险境地。

9时30分，对讲机里不断传来"2号系缆柱变形""艉部缆绳吃紧""2号缆绳双系缆柱断裂""1号系缆柱断裂"的报告，10时20分，平台八根缆桩已断裂四根。

试验平台上传来的消息，让所有人的心都提到了嗓子眼。黄群和试验平台负责人宋月才、试验平台机电负责人姜开斌等当时在场的十几个人，焦急地聚集在岸边的三楼值班室，透过值班室窗户望出去，能看到大浪高过四五十米，直接从值班室楼顶呼啸而过，拍到后山，在窗户上留下模糊一片。

险情严峻，情况万分危急。如果不果断采取措施，可能会造成平台失控、毁损、倾覆、沉没，带来严重损失，不仅大家倾注多年心血的试验平台可能毁于一旦，平台上的刘子辉等四位值班同志的生命也会受到严重威胁。

前方告急！码头告急！试验平台告急！试验平台上四位值班同志告急！

真的勇士，向死而生

生死攸关的时刻，黄群、宋月才、姜开斌和孙逊等在场人员，默契又迅速地穿上救生衣，携带备用缆绳，带上高频对讲机，毫不犹豫地向码头冲去，去捆绑加固试验平台，救援被困在试验平台上的四名同志。

巨浪裹挟着狂风，像一堵堵坚硬的墙，排山倒海般砸向码头，雨水和海浪打在人的脸上如同刀割一样疼痛，根本睁不开眼睛，呼吸也变得非常困难。码头上的海水已经齐腰深，大家行进得异常艰难。此时，他们还不知道，气象台10时13分刚刚发布大风红色预警信号，黄海北部风力10级，局部阵风11级，最高达13级。

在巨浪的间歇里，他们用叉车推着缆绳一起向码头行进，但风浪一阵猛过一阵，叉车根本走不动。大家用同一根缆绳串联起来，共同牵挽，依次抓着缆绳，顶着风浪携手向前，一阵接一阵的狂风大浪不时把人打倒在地，倒下，爬起来，继续前行，再倒下，再爬起来，再前行！每向前一步都异常艰难，每向前一步都更加危险，但没有一个人退缩。

终于，他们艰难到达试验平台旁，大家争分夺秒，分工协作，加固试验平台，在风浪的抽打中，弯腰低头，全神贯注，抛缆，系扣……

此时的他们哪里知道，更大的危险还在后面。

正当他们全神贯注工作时，一个巨浪打了过来，瞬间把处在码头最前面抢险作业的黄群和姜开斌两个人卷入海中，在狂风中，孙逊听到宋月才几乎是失声一般大喊："快救黄所，快救老姜！"

一直冲在最前面的黄群和姜开斌两个人被大浪打到了海里，落在码头坚硬的水泥墙与钢质试验平台之间的海水中，汹涌的海浪推搡着两个人在码头与平台之间来回撞击。

码头上的所有人焦急万分，不停地往黄群、姜开斌身上抛绳施救。终于，他们两个人抓住了缆绳，但是，码头地面与海面落差高达3米，拉着缆绳的黄群和姜开斌一次次被海浪打入海里。几度失手后，黄群在海里无力地挣扎着，而姜开斌则在海水的冲击中，时浮时沉，奄奄一息……

情急之下，年近60的黄超富抓住缆绳，奋不顾身跳进海里。他游到离平台最近的姜开斌身边时，姜开斌已失去意识，他用尽气力把姜开斌向上托举，努力把缆绳绑到姜开斌的腰上。风浪实在太大了，缆绳根本套不住姜开斌，黄超富的两条腿死死地夹住水里的缆绳，一边紧紧抱住姜开斌，但一个接一个不断翻滚的巨浪一次又一次把他俩打散……

　　而此时，在同志们的奋力抢救下，他们心中无比宝贵的试验平台加固后已经安然无恙。

　　当平台上的四个人齐心协力将筋疲力尽的黄超富拉上来的时候，缆绳已经把他的全身划得鲜血淋漓，但他的心更是撕裂般的疼痛，为自己无法救上黄群、无法救上姜开斌泪流不止。

　　还没有喘一口气，又一个大浪打过来，正在码头上救援的孙逊和贾凌军、董江被卷入大海。

　　为避免更多的人员落水，有多年航海经验的宋月才果断决定，码头所有人员全部撤离，并请求支援。

　　大家让宋月才一起撤退，但宋月才不撤，他坚持让大家先撤，他负责断后。他说："无论发生什么事情，我就是拼了命也要把平台保住。"

　　刚落水时，孙逊还挺冷静，他是"80后"，身高体健，水性也好，一开始落水时，他还能抓住码头上抛下来的绳子往上攀，但每攀上一半，大浪就把他砸向海里。几个回合之后，他的体力就被拉没了。当又一个巨浪袭来时，孙逊被抛出码头和试验平台的区域，直接翻滚进远离码头的大海中。

　　绳子再也够不着了，码头也越来越远，风浪中的战友已经变得模糊了。孙逊回头望了试验平台一眼，解开缠在腰上的缆绳，一边漂浮，一边顺着海浪尽力向岸滩游去。

　　这是他平时轻松游过的距离。但此时，离岸边几百米的距离对他来说仿佛是一道难以逾越的鬼门关，一开始他还能看到岸滩上有人向他打手势，鼓励他坚持，但渐渐地，他什么也看不见了……

此时，七六〇所车队队长阎堃已经赶到码头，看到巨浪中的孙逊，没有任何犹豫，绑上救生圈和救生绳，戴上泳镜，纵身跃入大海，奋力向孙逊游去。

孙逊任由阎堃抱着他向岸边游去，风浪太大了，两个人始终无法靠近岸边。不知过了多久，孙逊感觉到双脚已经触到了海滩。模糊中，他看到阎堃眼眶周围和头上脸上全是沙子。

看到围过来的同事，孙逊无力地说，海里还有人，快去救他们。

孙逊并不知道，他在海里已经漂浮了两个多小时，他是最后一个被救上来的。

孙逊不知道，坚守在码头上的宋月才已经牺牲了。

当天中午，在七六〇所和当地多方救援力量的参与下，冲进码头抢险和试验平台上的值班人员以及参与救援的14名同志安然无恙，试验平台也安然无恙，而共产党员黄群、宋月才、姜开斌三个人却在抢险中壮烈牺牲。

危急时刻，国家利益高于一切。在国家财产遭遇危机的紧要关头，三个人用宝贵生命，践行了共产党员随时准备为党和人民牺牲一切的初心和誓言。

使命高于一切

三位英雄牺牲后，在距离码头一海里处，七六〇所举行了集体海上祭奠，为英雄送行。"90后"李克忠跟老宋最亲，他清楚记得宋月才曾跟他说，等咱们的试验平台工作完成了，大家一定好好约上一场酒，好好聚一聚。他在祭奠现场几度哽咽："宋叔，现在平台工作还没完成，您却走了，等平台工作完成的那一天，我会带上一瓶酒洒进海里。宋叔，我知道，您就在那里，宋叔，我们很想您!"李克忠知道，虽然老船长再也不能听见，再也不能看见，但是，他要让老船长放心，国家的使命我们一定会完成。

黄群："随时准备为党和人民牺牲一切。"

8月15日那天，黄群在工作日记扉页上一笔一画、工工整整写下："随时准备为党和人民牺牲一切。"这是入党誓词里的一句话。

五天之后，他挺身而出，英勇无惧，壮烈牺牲。在短暂而忙碌的一生画上句号的那一刻，黄群同志也用热血和生命书写了一名党员领导干部对党忠诚、许党报国的壮丽篇章。他用行动践行了这一誓言。

"他常说，为官避事平生耻，在位更需有担当。这是他的座右铭，更是他一生工作态度的写照。我想，他的内心一定是溢满激情的。而他生前的同事、他一手培养起来的年轻人，只能在泪水中，一次次回想有关黄总的桩桩幕幕往事，还有他留给我们的点点滴滴温情……"中船重工七一九所质量部的章婷说。

在妻子亢群的眼里，在风浪面前英勇无畏的黄群，却是生活中的暖男。2017年4月，时年51岁的黄群，从七一九所副总质量师提任七六〇所副所长，只身从武汉到大连任职，重新过上"单身"生活。这时，儿子已经到国外读书，爱人留在武汉，一家三口，天各一方。有人不解，告别年迈的母亲、爱人和牵挂的家人还有熟悉的工作环境，究竟图的什么？他在一封给儿子的信中写道："离开为之奋斗了20多年的单位，毕竟是新的挑战，但我想，人生就是不断地挑战证明自己的能力，在挑战中实现自己的人生价值。"

1992年结婚后，黄群一直在葫芦岛驻厂，儿子4岁前黄群就没怎么在家待过。工作之余，黄群非常想念妻子，牵挂孩子。那时候，他几乎每两天就写一封信，每一封信都表达了他对家人满满的思念和牵挂。

天气冷，一定要给儿子戴上围巾和口罩，实在太冷的话，如下雪，就用自行车推着送他，我送他时也曾看到有的妈妈就推着车子送孩子去幼儿园。

你瞧我说着说着又说到儿子身上了，因为我太爱他了，爱他，其实也是爱你的一部分，也是爱我们这样一个家，我一直想给你们带来欢乐与幸福。

因长年在外驻厂，每次当黄群归心似箭地从现场赶回家时，好几个月没见面的孩子都睁大双眼，一脸戒备地将他当成陌生人。虽然驻厂艰苦，但黄群想的是，能到现场跟船，完成一次"国之重器"从建造到航行试验的全过程，是年轻人难得的学习和成长机会。刻苦严谨的作风，过硬的技术，使他很快在同龄人中脱颖而出，成为当时七一九所最年轻的主任设计师。

"立标准，健体系，细检验，重过程，一丝不苟严谨认真难以计；出关山，入紫阳，迁藏龙，转滨海，一路征程以身许国军工强。"这是七一九所微信公众号里的一份留言，难抑悲痛的同事用一副对联，寄托对黄群的崇敬和哀思。

黄群是个念旧的人，他经常去看望已经年迈的中学语文老师；他惦记年近80的老母亲，每天晚上都会定时打电话向老母亲报平安；他想念妻子和儿子，每天晚上都会和他们微信视频聊天……

8月19日晚上，黄群发送给妻子的一条消息中写道："今晚台风，我又去办公室值班了。"认真负责的黄群，熬夜加班是他的工作常态，然而谁也想不到的是，就在这条消息发出12个小时后，他义无反顾地冲入了风暴中心，把自己献给了一生钟爱的船舶事业。

亢群告诉我，黄群自小体弱，为了增强体质，他养成了锻炼身体的好习惯，身体也越来越强壮。他喜欢跑步，经常到家附近的大学操场上跑步，在外地进修，就到驻地附近的大学操场上去跑，到了大连后，他仍然保持着跑步的习惯。黄群对大学有感情，武汉是大学城，黄群有一个愿望：要跑遍武汉每一所大学的操场。

亢群站在家附近的学校操场旁，仿佛看到了黄群奔跑的身影，那身影要多矫健，有多矫健；要多温暖，有多温暖……

宋月才："小黑之家"的"老船长"

2011年年底，已经退休的宋月才接到邀请，请他参加中船重工七六〇研究所国家某重点试验平台建设，他兴奋不已："太好了！我太熟悉了，闭着眼睛我都能摸到每一个角落！让我来招兵买马吧！"陆陆续续，试验平台的人招来了，组成了"小黑"之家。

"小黑"是宋月才给试验平台起的名字。叫它"小黑"，是因为七六〇所上上下下都把试验平台当作自己的孩子，宝贝得不得了。宋月才把试验平台团队的微信群命名为"小黑之家"，给自己起了新名字"老船长"。

"老船长"出生于1957年1月，18岁时，到农村插队落户，1976年应征入伍，从此与海军结下不解之缘。1979年他考入军校，1991年再次深造。从一名普通战士成长为舰船负责人，每一步他都走得坚实有力。

在同事们的眼里，"老船长"宋月才言语不多，几乎没有什么业余爱好，天天都是"三点一线"，除了在试验平台工作、食堂吃饭，就是一个人钻在办公室里，埋头编写平台操作培训教材，用"二指禅"往电脑里敲字。几年下来，积累了几十万字，装订成7本厚厚的教材。这些教材，既是工作标准、操作规范，也是试验平台的安全保障、生命所系。

2018年4月，老战友宋良见到宋月才，说："老哥，怎看到你的身体大不如从前了？别干了，要多休息。"宋月才悄悄说："查出糖尿病了。我现在必须给平台带出一支政治过硬、业务过硬、作风过硬的队伍，再干几年，等平台走上正轨，一切运行正常，找好了接班人，我就回家歇着去。"

"小黑"已经6岁，已经长大了，谁也没想到，老船长却与"小黑"永别了。这六七年，老船长对"小黑"付出了太多心血。老船长对平台的各方面都了如指掌，从一开始，他既要当甲方，严把技术质量关，又常常给船厂出谋划策，提出改造建议，做了乙方的义务技术指导。船厂的同志哪怕是一个小小的希望和要求，他都主动配合帮助，除了技术质量，再没对船厂提出任何个人要求。因此，船厂负责改造项目的上上下下，对他都是一个字："服。"这个服，不只技术上，更是钦佩老船长的敬业精神和人品。

作为一个老艇长，他曾在穿越台湾海峡时面对巨浪，把自己捆在舰桥上指挥作业；曾在南沙巡逻时周密计划保证航海安全，何曾惧过风浪与生死？8月20日，他面对大风大浪冲锋向前，勇敢坚守，直到生命的尽头。

"对党绝对忠诚，平时看得出来，关键时刻站得出来，危急关头豁得出来。"同事宋健说，"老宋把生命中的35年都奉献给了他所热爱的船舶事业，把生命中的最后7年都奉献给了试验平台。老宋，当初我就该拼尽全力拉着你离开。可是我知道我做不到，因为你的同事、战友还在大海里，你的'孩子'还在被风浪冲击。我知道他们在你心里的地位是多么重要，再大的阻力都不可撼动。而我现在终于明白，你当初说的爱，就是那份刻进骨子里，甘愿为了国家的船舶事业牺牲一切的挚爱。"

姜开斌：老兵一生最恋大海

8月16号那天，姜开斌通过微信向党支部交了这个月的党费，谁都没有想到，这是他最后一次交党费。

2017年年底的一天，身在湖南常德、已经退休的姜开斌接到老战友刘子辉的电话，这个电话，点燃了他心中深埋已久的梦想。当他知道国家的试验平台需要他这个有经验的老兵时，想到自己所掌握的技能还能为部队装备研发贡献力量，姜开斌开心极了！要知道，他做梦都想重回军营，重新开始军旅生涯，重续那份割舍不下的军人情结。

刘子辉当时在电话里对姜开斌说："我们这么大年纪了，还能走过去的路，还能干过去的工作，是不是特别有意义？"姜开斌听了特别高兴。他说退伍这么长时间了，可能很多东西都生疏了，但他说他还想着部队，怀念部队的生活。当时刘子辉还担心他去大连会不习惯，姜开斌却说，大连是他的第二故乡，他爱这个工作，爱大海。

大连，他一定要去！

到海上试验平台工作需要严格的身体审查，他担心自己不能过关，积极加强锻炼，保持着旺盛的精力。2018年3月，姜开斌接到了正式工作邀请，重回大连。此时，他离开部队已经29年了。

姜开斌出生在农村，从小就有一个梦想，就是成为一名军人。1976年，他如愿参军，来到大连，成为一名海军战士，参军第二年，就加入了中国共产党。他聪明好学，喜欢钻研，1978年以优异的成绩，考入海军工程学院。在校期间，他成绩优秀，毕业时，学校要留他当教官，但他想念部队，想念朝夕相处的战友，想念大海，更有一份难舍的情怀在心里。他说："我是部队培养出来的，我要回到部队去。"

他太热爱大海，太热爱部队了。海上训练特别枯燥和艰苦，但他总是乐在其中。功夫不负有心人，他很快练就了一身绝活。动力系统出现故障，他仅凭耳朵就能判断问题出在哪里，很快成为技术和业务上的行家里手，担任了潜艇机电长。

后来，女儿出生了。女儿出生后体弱多病，爱人身体也不好，母女俩在湖南常德，而他远在大连。千里之遥，他有劲使不上。爱人让他转业，他却始终不舍得离开部队。姜开斌爱人珍藏了近百封家书，那是姜开斌当年写给家里的信。他在给爱人的一封信里写道："我们是新时代的青年，应该志在四方。历史上的一些伟人，都是奔走在外，很少人在家乡搞出一番事业来。我当然不能与历史上的伟人比，但我想，我们应该想远一些，想开一些。"

1989年，在部队工作了13年之后，他从大连海军某部机电长的岗位上退伍转业，脱下了雪白的海军军装，万般不舍地离开了部队，回到湖南省常德市，做了一名物价局的公务员，从此把梦想深深地埋在心中。

回到地方后，姜开斌心中的军人情结从来没有断过，每天早上还像在部队一样5点起床锻炼。他干一行，爱一行；钻一行，精一行。他经常说："当过兵的人，就没有干不了的事。"不到三个月，姜开斌就把与工作相关的政策和法规学得滚瓜烂熟。1998年洞庭湖发大水，姜开斌主动报名要求到防汛第一线。那段时间他吃住在大堤上，查管涌，排险情，泥里水里，一马当先。2008年1月南方遭遇冰灾，姜开斌预感到由于春节临近，恶劣气候有可能导致市场价格混乱，于是他主动要求带队到城乡去检查物价。

他经常抚摸着珍藏多年的海军服，默默沉思。他一直保留着读军校时的学习笔记，经常看那些从部队带回来的海军书籍、舰船书籍等，这些书籍总是摆在他家书橱最醒目的位置。有了外孙后，他郑重叮嘱女儿，等两个小外孙长大后，一定要考军校当海军，他特意给两个小外孙每个人买了一套海魂衫，他要让两个小外孙继续圆他的军人梦。

去大连的前一天晚上，姜开斌十分兴奋，就要回到他眷恋一辈子的大海边，他无法不激动。他不停地给亲戚和战友们打电话，说："我要奔赴新的战场了！"这一天他似乎等了好久，好像时刻都在梦想着，准备着重回国防一线，回到祖国的万里海疆。

也许，作为军人，姜开斌从来没有甘心过那种一眼望到底的生活；也许，作为军人，他心中储备了太多的能量，有着聚集已久的激情与渴望。回到试验平台，姜开斌立即全身心投入工作，他经验丰富，熟悉设备结构，对轮机、电路等系统非常精通，指导年轻人完成了各种高难度任务。尽管试验平台活动空间闷热潮湿，狭小局促，但他并不在意，一门心思投入到工作中，享受着工作的快乐。

20号那天早晨，姜开斌和爱人通话，他说："大连今天有台风，外面风大雨大，我和其他同事都在值班。"没想到，这竟然是夫妻俩最后一次通话。

姜开斌牺牲后，大家都不敢相信是真的。有一个老战友说："在战友们经常聚会的地方，在他常走的路口，在他经常锻炼的小树林里，总感觉到斌哥会从哪个拐角，笑呵呵地走过来。"

姜开斌牺牲后战友们第一次聚会时，在饭桌上专门为姜开斌摆上一套餐具，倒上一杯酒，战友们齐声喊着他的名字："姜开斌，第一杯酒，我们敬你！"

英雄永不退缩

2018年9月14日，在中央电视台时代楷模发布厅，中共中央宣传部向全社会公开发布中船重工第七六〇研究所抗灾抢险英雄群体的先进事迹，授予他们"时代楷模"称号，授奖词中说："习近平总书记做出重要指示，褒扬他们用实际行动诠释了共产党员对党忠诚、恪尽职守、不怕牺牲的优秀品格，用宝贵生命践行了共产党员'随时准备为党和人民牺牲一切'的初心和誓言，他们是共产党员的优秀代表、时代楷模。"

不久前的一天，孙逊陪同某单位党建活动的一群年轻人，来到中船重工七六〇研究所的南码头上，向他们讲述那场惊天动地的英雄壮举。作为一个在狂风巨浪中落入大海长达两个小时、与死神擦肩而过的人，每每想起那场惊心动魄、生死一瞬的海上保卫战，想到永远离去的好领导、好战友，孙逊总是情不自禁悲从中来，泪满衣襟。孙逊说："人们常说，男儿有泪不轻弹，但那是未到伤心动情时。我的领导和战友们以英勇无畏、舍生忘死的悲壮行为，生动具体地告诉了我，究竟什么才是对党绝对忠诚，什么才是真正勇于担当，什么才是生死与共的战友之情。"

尽管每次回忆都很痛苦，但孙逊觉得有责任把英雄的铁血丹心告诉人们。他还要把战友间的生死情义高声歌颂，更要把英雄们未竟的事业完成。

他要告诉人们，是什么让这些英雄们如此挚爱国防军工、船舶建设，时时为先锋，处处做表率；他要告诉人们，是什么让这些英雄们视党的事业如生命，视身边同事如亲人；他要告诉人们，是什么让这些英雄在生与死的考验面前舍生忘死、毫不犹豫。是信念，是精神。是英雄们拥有对党忠诚、许党报国的坚定信念；是英雄们拥有不忘初心、牢记使命的政治品格；是英雄们拥有冲锋在前、率先垂范的先锋本色；是英雄们拥有恪尽职守、勇于担当的职业风范。

他要告诉人们，无论何时，我们的英雄们永不退缩！我们共产党员永不退缩！

"8·20"抗灾抢险英雄群体，是镌刻着满满爱岗敬业的精神标杆，是一座高扬着艰苦奋斗、无私奉献旗帜的高山，是一个蕴藏着对党忠诚、热爱祖国深厚价值的富矿。

让我们记住这些英雄吧！

黄群，一个优秀的共产党员，英雄团队的带头人，"随时准备为党和人民牺牲一切"；宋月才，军人出身的硬汉，在生死关头让他人先撤，自己断后；姜开斌，"花甲不是界限，忠诚永不退伍"的老党员。还有黄超富、孙逊、阎堃、高天山、李克忠、贾凌军、宋健、王贵龙、李雪冰、董江、刘子辉、蔡国安、李晓、单正磊，等等，他们在国家财产面临巨大威胁的时候，在战友生命面临巨大危险的时候，个个奋勇向前，不怕牺牲，无畏无惧！

致敬英雄！

巾帼四次上战场

韩 光 上官明

一

2020年元旦过后不久，武汉出现的新型冠状病毒感染的肺炎疫情呈现扩散趋势，因为病例数量较少距离又远，未能引起沈阳市多数人的警惕。随着鼠年春节一天天临近，节日气氛也日渐浓厚起来，人们忙着置办着年货，安排假期。

陈红也忙，可她忙得让人费解。患有糖尿病综合征的89岁父亲，是腊月二十九那天出院的，她都没顾上回去看上一眼。退休命令批下来，她就脱掉军装了。这样不近情理地忙，莫非是一向工作起来就忘我的她，想站好最后一班岗？有的同事这样猜测到。

这个猜测只猜对了一半。作为1981年年底入伍的老兵陈红，自医校毕业后就一直兢兢业业在手术室、重症和临床工作，从一名护士成长为北部战区总医院麻醉科主任护师，2000年至2003年连续四年被评为沈阳军区优秀护士，2000年被评为全军优秀护士，2008年被评为全国三八红旗手，先后两次荣立三等功、一次二等功，在即将退休时更加忘我地工作，这对她来说再正常不过了。

陈红万分珍惜自己军旅生涯的最后时光，可她忙还有另外一个原因：密切地关注新型冠状病毒感染的肺炎疫情的发展态势，收集各种预防"药方"。

军人枕着情况睡是天经地义的，时刻准备上战场也是义不容辞的。曾经三次上战场的陈红已经闻到了硝烟味，她已提前进入临战状态……

二

2003年，当SARS刚刚为人们所熟悉的时候，陈红就跟战友奔赴北京小汤山医院参加抗击非典的战斗了。

参加抗击非典战斗报名的那天，陈红的父亲正在住院，当她把这个消息告诉父亲时，父亲那有些疲惫的脸庞显得十分凝重，参加过抗美援朝的父亲用平静的目光看着她："我的病不要紧，还能挺得住，你就放心地去吧。明天我就出院和你妈帮你照看孩子，记着，不要给咱们军人丢脸。"

儿子知道妈妈要去北京抗击非典的消息，紧紧地拉着陈红的手，眼泪汪汪地说："妈妈，你要去多长时间哪？什么时候回来呀？我会想你的，你别去了！"当陈红看到儿子那种几乎是生离死别的表情时，心里一阵酸楚，她对儿子说："妈妈是军人，是护士，妈妈要在这场抗击非典的战斗中当勇士，不能当逃兵，所以妈妈不能不去。你也要做勇士，在家照顾好姥姥姥爷，好不好？"

自来到小汤山的那一刻起，陈红就将自己的生命紧紧地与小汤山医院联系在一起了。每个医护人员都穿着三层防护服，戴两层手套和十六层的口罩，再戴上宽大的护目镜，真可谓"全副武装"。护理人员每天都要为病人打针、送药、插管、吸痰，在实际操作中，身体异常笨拙。给患者输液时，由于戴着厚厚的手套，一时摸不着血管，时间稍长一点儿，眼镜就会蒙上哈气，几乎看不清东西，常常急得满头大汗。为了达到"一针见血"，陈红一边与护士们摸索经验，一边教她们先摸止血带找感觉，然后再体会触摸血管的感受，帮助她们复习解剖知识，确定血管的走向，很快人人都能做到了"一针见血"。

陈红明白自己作为SARS病区的护士长，就要敢于接受生命极限的挑战，当好军队护理战线的排头兵。4月30日，是医护人员最忙的一天。经过几天的奔波劳顿和精心准备，病区当晚开始接收来自北京各地区的第一批非典患者。当救护车呼啸驶来的时候，陈红第一个冲了上去。一名身材高大、行走不便的患者过来了，她立即上前把他搀扶进了病房。"我已经成为真正意义上抗击SARS的战斗队员了。"那种与非典患者"零距离"接触的心情，让陈红激动且自豪。战友们看见陈红这么勇敢，也都渐渐克服了恐惧。

从晚上11点30分接收第一批病人开始，小汤山医院总共接收了28名病人。最后一批病人来到时，已是次日凌晨4点10分了。已经一天一夜没合眼的陈红又带领护士们马不停蹄地开始整理当天下发的各种物品，准备天亮后的护理用具和药品。

当陈红安排好值班护士并让其他人回去后，还是不放心，又拖着疲惫的身体返回来，白班人员来接班，她又帮助她们穿好防护服，交代有关注意事项，介绍病人情况后，快中午才离开病区。她已经连续工作了近30个小时。连日来的劳顿，让陈红两腿肿胀发麻，疼得要命，站都站不稳，回去便一头栽倒在床上。

由于受紫外线的照射和消毒剂的侵袭，陈红的皮肤出现了严重过敏反应，眼睛红肿，看不清东西，手上起了湿疹，奇痒难耐，但为实现护理的"三率"，她轻伤不下火线，始终坚守在工作岗位上。

在那51个日日夜夜里，为了更好地完成任务，陈红没有休息过一天。为了抓好护理工作和争取患者的积极配合，她在科室开展了护理竞赛，树立"非典明星病房"，推出"非典形象大使"等活动，教育护士提高护理技能，争取做到"零感染"，鼓励患者积极配合治疗，减少心理压力，各项工作都力争做到最好。

在陈红和同事的精心照料和细心的呵护下，小汤山送出了第一个出院病人，也收到了患者写的第一封感谢信。陈红所在的一病区，既获得病人对医护人员的满意率全院第一，也实现了医护人员零感染。小汤山医院院长张雁灵评价道："你们一病区是真正意义上'一病区'，经过你们的努力，夺得了多个第一，你们是小汤山的一面旗帜。"

三

2008年5月16日，陈红随战区医疗队飞赴重灾区——北川，在此次任务中她担任北川野战医院护理部主任。

如果说当年在小汤山，陈红和战友面临的是恐惧，那么这时让她感受更多的是震撼。整个北川一片废墟，成千上万的伤员急需救治。原来近200人的北川县人民医院，震后只剩下不到60人，其中一半以上还是伤员。北川县人民医院瘫痪了，擂鼓镇卫生院瘫痪了。战区的野战医院成了北川县的人民医院、北川抗震救灾官兵的医院。

刚到擂鼓镇，野战医院还没有完全展开工作时，海军陆战队队员就从直升机上抬下来一位名叫陈秀珍的82岁羌族老大娘。老人左腿受严重挤压伤，肌肉大部分坏死，头部、胸部多处呈现挤压综合征，心脏和肾功能衰竭，已是奄奄一息。医院当即组织骨科、神经外科、麻醉科、胸外科等专家紧急会诊，结论是：必须立即手术清创，否则无法控制感染，必将危及生命！由于长时间的头部裂伤没有得到处理，头皮出现大面积感染化脓，头发与血、脓水、泥土粘在一起，如同一个坚硬的头盔，刺鼻的异味呛得人透不过气来。

看到此情此景，陈红禁不住流下了眼泪，就像看到自己的母亲，说不出的心痛。她擦着眼泪，为老人一块块地剪去发臭的头发，清洗流着脓水的伤口，擦去满身的泥污。在整个治疗过程中，她把陈大娘当作自己的母亲一样悉心照料，一口一口地给老人喂水喂饭，帮她排尿排便。老人苏醒后，目光呆滞，一言不发，看到老人绝望的眼神，陈红想她可能刚刚遭遇了白发人送黑发人的悲痛，心里也像刀绞般难受。

在老人住院的那段时间里，陈红一有空就去看看她，和她聊聊天，陪她听听收音机，让她知道受灾家庭成千上万，全国人民都在关心着他们，帮她尽快从心灵的废墟中走出来。在十几天的时间里，她和老人相处得情同母女。老人出院时紧紧地握着她的手说："做我的干女儿吧。"陈红说："我们都是您的儿女。"老人出院时，车已经走了很远，陈红还在不停地向她招手，泪水模糊了她的视线。

5月29日清晨，陈红在帐篷里听到指挥组那边有人大喊："全体注意，有毒气，立即戴防毒面具！"她立即冲出帐篷，看见就在距离医院几十米的地方，一股巨大的黄色浓烟冲天而起，正随风向帐篷这边蔓延。坏了，是氯气！

陈红马上组织人员集合，清点人数，这时听到有人喊："有人中毒了！"她看见，指挥组几个领导正背着、架着中毒的武警官兵和几名群众向这边跑来。陈红带着医护人员赶紧冲上去接过伤员，投入紧张有序的抢救。

中毒的武警官兵口吐白沫，呼吸困难，浑身抽搐。有人喊道："快帮他们脱衣服，用水冲洗身子。"中毒人员身上一片片灼伤的燎泡经雨水淋浇，和衣服紧紧粘到一起，脱不下来了。陈红与几名护士迅速拿起剪刀，剪开战士们的衣服。有几名战士害羞，直往后躲。这时，陈红急了："害什么羞，我是你们的大姐！"看到战士们浑身大片大片的燎泡，眼泪也不知不觉从她的眼里流了出来。陈红和战友们先用生理盐水给战士们清洗眼睛，又用清水给战士们冲洗身子，再把他们背进帐篷，输液、给氧、敷药……

在救治第二批中毒伤员的时候，远程会诊系统开通了，北京三〇一医院的专家说："你们的抢救非常及时、措施非常正确。"61名中毒的官兵全部脱离了生命危险，大家悬着的心才落了地。可还没等陈红她们喘口气，大雨中前方又送下来40多名浑身沾满了漂白粉的抢险官兵，陈红又和战友们投入战斗中。等救治完最后一批伤员时，已经是深夜了，她才想起自己一天没有吃饭，可浑身都快散架了，连吃饭的力气都没有了。

6月10日，野战医院又接诊了一位叫肖冬梅的临产孕妇，她的丈夫在地震中失踪，房屋全部倒塌，一无所有，唯一的希望就在腹中的孩子身上。当时陈红心里想，一定要保住她的孩子，保住她的希望！半夜时分，肖冬梅开始腹痛，发出阵阵呻吟。这是临产的征兆，陈红她们马上将其推进手术室。

生产中，陈红一直守护在她的身边，紧握着她的手，不停地为她擦去额头上的汗珠。肖冬梅发出一阵阵撕心裂肺的惨叫声，陈红知道，她是在用呼喊宣泄痛失丈夫的悲伤；同时，她更知道，她想用全身力气生下她的希望。剧烈的腹痛折磨着肖冬梅，她死死地拽着陈红的手，一小时、两小时、三小时……陈红的双手被抓麻、抓破了，可她一声没吭。几个小时后，随着一声男婴的啼哭，新的生命终于诞生了。

当陈红抱起这个小家伙的时候，想起了自己与儿子的两次难舍的分别。2003年，正是儿子小学升初中时，她在北京小汤山抗非典的第一线。如今，在儿子面临高考的关键时期，她又在抗震救灾的前线，内心确有愧疚之感，但国家遭受灾难，正是报效祖国的机会，能尽到一名白衣战士的责任，她感到无比荣幸和自豪。

四

2014年10月3日，陈红一家三口回山东探亲，还没来得及与亲人们热络，就得知单位正在统计具备"去过小汤山、有传染病经验、在重症监护室工作"三个条件的人数。她敏感地意识到肯定要执行重大任务，立即给院领导打电话主动请缨。

陈红的判断是对的。单位刚刚接到了组织医疗队赴利比里亚执行抗击埃博拉的任务。当听完陈红的表态后，时任医院政委杨光辉在电话里对她说："你是定海神针，你去我们放心。"

当天回沈阳的火车和飞机都没有票了。于是一家人决定，连夜冒雨驱车回沈。经过12个小时的奔波，次日清晨终于到达沈阳。护士们见陈红回来了，立即围过来："老姐，你来了，我们就不怕了！""有你在，我们心里有底了！""你有实战经验，你去我们就放心了。"

对打响抗埃博拉的第一仗，战友们曾预想过无数种可能、无数个版本，有进攻战、阻击战，就是没想过是在未知地域的遭遇战，更没想过那是多国军人角力的大会战，而打头阵的正是陈红和另外一个叫张怡的战友。

诊疗中心交付使用的第二天，陈红和治疗区的五名队员就被带到当地埃博拉专科医院，由世卫组织官员组织技能考核，一起参考的还有美国、英国、印度等十几个国家的同行。从留观病房到疑似病房，再到埃博拉确诊患者病房，一关关过，一个个考。虽然对埃博拉早有思想准备，但这么快就从训练到实战，还是让参考的每个人都绷紧了神经、竖起了汗毛。

留观病房、疑似病房，大家还能保持专业性，可到了确诊病房，大家的脚步顿时放慢了，和考官的距离明显拉远了。一个七八岁的小男孩瘫软在床上，枕边有一摊呕吐物，全身除了一个纸尿裤什么都没穿，拉的"水样便"顺着腿流到了床单上。考核员介绍说："前一天旁边床上的孩子刚刚离世，这样的悲剧每天都有发生。"看似介绍情况，实质是心理威慑。最后，一个世卫组织官员指着这个幸存的男孩问："你们谁敢给他换纸尿裤？"

眼前的纸尿裤哪里是纸尿裤哇,分明就是储存埃博拉的"病毒库"。陈红和战友异口同声地说:"我们敢!"只见她俩快步上前,取下纸尿裤、清理粪便、消毒包扎,全程不过10分钟。世卫组织官员竖起了大拇指:"中国护士,OK!"在返回途中,队友们无不佩服地对陈红竖起了大拇指:"护士长,你真行。"

陈红备感自豪,知道敢打头阵的底气,恰恰源于中国军人的胆气、豪气、骨气,在国际舞台这个大战场上,不能有半点儿被动,更不能说半个"不"字。异国作战,亮就亮出中国军人的精气神!

在此次任务中,陈红被任命为治疗一组副护士长,主要是配合主任和护士长工作,为大家服务。在训练中,她不但自己认真地做好每一个动作,注重防护细节,同时帮助战友们熟悉防护流程,检查防护严密性,引领进出隔离区路线,把好防护关。由于陈红有小汤山经历,医疗队领导把制定各项规章制度、流程和应急预案的工作交给她。经过四昼夜的努力,终于完成了初稿,为后期制度流程的完善奠定了重要基础,也大大缩短了制定进度。同时,她还就防护细节,提供了小汤山救治过程的经验资料,大胆与专家们进行商榷,探讨护士合理排班模式、危重病人转运方式、尸体处理的用物、工具和流程等工作细节。每次开诊前,护士们见陈红在场,都说:"跟你一起进病区,心里就不紧张。"

治疗病区收到埃博拉病人后,全科医护人员尽心尽力、想方设法为他们调剂饮食,买各种果汁、牛奶及营养品,调养身体。但病人因发热、呕吐、腹泻,身体消耗大,水电解质失衡,食欲减退,身体虚弱。有位病人提出想吃稀饭,陈红下班后从工作人员食堂端来稀饭和小菜,在送往病房途中,因天黑又担心粥凉了,没有注意脚下有坑,摔了一跤,粥洒了一地,她不顾身上疼痛,迅速返回食堂,重新盛好粥,送进病房,当病人如愿地喝上稀粥,她才发现自己的手磕破了。

12月24日陈红值夜班,凌晨时病房的呼叫器响了,25床患者是五个半月小婴儿的妈妈，她说她没有饮用水，很害怕。她身体十分虚弱，还在高烧，需补充大量水，没水喝奶水也不足，没法给孩子喂奶，小婴儿还在病危中，急需母乳营养。但当时病房只有她一人，没人帮她穿脱防护服，怎么办？不进去那位妈妈就严重缺水。最后，她决定自己带一位利比里亚的清洁工进去送水。婴儿的妈妈一口气喝下一瓶水后，沙哑的嗓子得到湿润，紧锁的眉头顿时舒展开，连连道谢："Thank you! Thank you!"陈红松了口气，又给她多备几瓶水，将她安顿好躺下。

2015年1月18日，是陈红值的最后一个夜班，也是首批医疗队最后的夜班。一个人在病房守着静静的夜，她想到最多的是，要把医疗队的责任交接下去，把我们的经验传承下去。

<h2 style="text-align:center">五</h2>

2020年的大年初一深夜11点多，陈红的手机响了——电话是护理部主任打来的。这么晚了打电话，肯定是有万分紧急的事！仿佛听到了进军的号声，她立即进入亢奋状态。可听到的却是主任劝说的电话："陈大姐，医院正在做新型冠状病毒感染的肺炎疫情防控准备，现在正统计人数，根据实际情况，部里不准备推荐你上啦。"——原来，组织是怕她"纠缠"，提前"拒绝"她。

战士就该上战场，不上哪行！她一字一顿地说道："之前，我已三次上过战场，有着较丰富的实战经验，我上是最合适不过的。幸亏我的退休命令没有批下来，否则这次我就没有上战场的机会了，既然我有这个机会，咋会放弃呢？更何况我是个老党员，更应该给其他同志做表率。"

有她在，大家就有了主心骨。部主任当然知道陈红的作用，她还能说什么呢。当其他护士听说陈红又要披挂上阵时，都像吃了定心丸似的，纷纷报名。

大年初三，总医院参加抗击新型冠状病毒感染的肺炎疫情的医护人员陆续归位。陈红负责护士的培训工作，一直脚打后脑勺地忙着。1月31日晚，她将所有的准备工作检查了一遍又一遍，万无一失后心才落了地。

2月2日凌晨4点，陈红和战友们登上开往武汉的军用专机。大家安顿好之后，陈红轻轻地查看了一圈，两个她最为担心的年轻护士也露出了自信的笑容，见战友们都坦然地休息着，她放心地回到自己的座位上。

连日来的奔波，让陈红的脸上堆满了倦容，可她的目光是那么坚定。前三次出征，她都告诉了父母，这次她谁都没有说。因为父母的年龄实在太大了，她怕他们为自己担惊受怕吃不消。

专机在云霄中飞行，可陈红还嫌慢，快点儿，再快点儿吧，她恨不得转眼就置身于战场。陈红的急迫心情不难理解，早一点儿到达现场，就能早一点儿开展救治工作。同时，我们也完全有理由相信，打胜过三场恶战的她，在新的战场上一定能和战友们一道早日降伏毒魔，向党和人民交出一份合格的答卷。

六

由于大家自前一夜起都没有怎么睡觉，不久都香甜地睡着了。陈红却不能睡，她把人员分成了三个小组，分别负责医疗护理、防护用品和生活物资的物品，每组又指定了负责人。为确保不丢失一样东西，她在小本子上写了四点要求：发运物资种类要清；数量要清；在车上位置要清；卸货后账物要清。等人员从飞机上下来后，就宣布人员分组情况和相关要求。她觉得这项工作考虑得已经很周密了，就轻轻地笑了一下，算是对自己的夸奖。

接着陈红又想到了另外一件事：虽然对20多名战士进行了岗前培训，但毕竟都是第一次参战的，必须采取以老带新的办法。她将战士的名单仔细地看了几遍，又把他们分别编在经验丰富的"老"护士的组里。

还有什么要做的吗？对了，还有一件顶顶重要的事需要上报。她看着手里已发走的物资明细表，觉得还得补充医护鞋和口罩，于是经过一番精打细算，最终确定下来了具体的数量。9点，当军机安稳地降落到武汉机场还在滑行时，陈红便将最后要完成的工作用微信发给了留在总院的科主任。

在大家下飞机前，陈红宣布了人员分组情况。由于每个人都知道自己该干什么，所以卸装物品在紧张而有序地进行着。

"陈姐，我来！"见陈红正吃力地拎着大器械包，一个年轻的护士想接过去。

"我拿得动！"陈红微笑了一下，又尽着自己的最大力气往车上装。她知道，在战场上没有特殊的战士，平时都没当过甩手掌柜呢，这时更不能袖手旁观了。榜样就是平时看得出来，关键时刻能站得出来。大家见陈红这样拼命地抢时间赶进度，也使出自己的全部力量忙活起来。以前有句口号是"时间就是金钱"，现在对他们来说"时间就是生命"。

"这是一群不要命的人！"看着很快就将全部物品一样不少地装上了车，司机不由得暗竖大拇指，同时他也记住了"陈姐"。

武汉市街很宽敞，先前因为车水马龙显得格外拥挤，现在却几乎看不见什么车辆。陈红的心像是被猛地攥住般地难受，暗自下着决心：一定和战友们一道尽全力救治患者，早日消灭新冠肺炎。

一个多小时后，汽车开到了住处。在陈红的指挥下，大家先将所带的器械一件件小心搬进各自的仓库里，然后才收拾个人的物品。

简单地吃过午饭，陈红便跟大家一道坐车去了火神山医院的感染七科一病区——这个区由他们负责。由于抢工期，到处都是垃圾，陈红分完工后，自己也动手干了起来，一直忙到深夜11点多才回到住处休息。

3日一大早，陈红又跟大家一道来到了病区。今天她的任务不是清理卫生，而是当联络员。不少开关不好使，水龙头放不出水来，她一个病房一个病房地排查，然后找施工人员修理。这一天她忙到什么程度？用脚不沾地形容一点儿都不过分，就这样一直忙到4日的深夜2点，她才将所有存在的问题都解决了。

因为4日上午将接收第一批患者，陈红没有回到住处。她把餐厅里的四个方凳摆成一线，然后躺在了上面——这时已快3点了。她很困，可她不能让自己睡着了。在脑海里一遍遍地走着接患者的程序，生怕有一丁点儿差错。

虽然大家求战心切，但毕竟是第一次接触患者，有的人心里难免七上八下的。看到这种情况，陈红说："我是你们的老大姐，第一个患者由我来接诊！"

9时30分开始，10辆救护车载着新型冠状病毒肺炎确诊患者，陆续驶入医院。在病房外的转诊交接区域，救护车刚刚停稳，陈红第一个走上前去，她和同事们熟练地接过担架，将患者轻轻转移到担架车上。

"老大爷，我们是中国人民解放军的医护人员。"陈红见一位70多岁的老人满脸惊恐的样子，赶紧走过去，慢声细语地说道，"请您相信我们，我们会治好您的病的。"

"你是解放军？"

"对，老大爷，我是解放军。那年非典您还记得吧？"见老人点着头，陈红又说，"那年我就参加了救治工作。"

"你有经验。"老人的情绪渐渐地稳定了下来，"我相信解放军，凡是有个大灾大难的，都是你们打头阵！"

"人民子弟兵就是保护人民的。您只要好好地配合治疗，一定会好的。"

"嗯！我听你们的。"——几天后，这位老大爷的病情果然减轻了。

晚9点，陈红才迈着极度疲乏的步子离开病房，这天她的微信运动显示共走了26372步。

<h1 style="text-align:center">七</h1>

自2日到火神山医院起，大家的神经就一直绷得紧紧的。特别是4日这天，大家都紧张地忙了一天，个个眼睛里都充满了血丝，站着都能睡着。可5日还要开辟第二个病区，否则再来患者就没地方安排了，陈红跟大家一道又投入了工作。

陈红的年龄最大，比谁都更需要休息，可她知道必须咬着牙挺下去，这不仅仅是多一个人多份力量的问题，更主要的是如果自己休息了就会影响到大家的士气。嗓子渴冒烟了，她就迅速地喝几口矿泉水，脑袋木了她就抹点儿清凉油，实在走不动了，她就蹲下去揉揉脚。一天下来，她又不知喝掉了几瓶矿泉水，好在所发现的问题，在她的反复协商下都得到了圆满的解决。

收拾好第二个病区，个个累得东倒西歪的，连饭都不想吃，恨不得马上就睡上一觉。看着同事极度疲惫的模样，陈红也十分心疼，可她觉得越是在关键的时刻，越要体现出顽强的军人作风，于是她对大家说："这几天我们发扬特别能战斗的作风，敢打硬仗，敢啃硬骨头，所做的工作完成得不错，这点值得肯定。不过，我们不能因为过度劳累就放松要求，降低标准。"

接着陈红一口气指出了衔接拖拉、消毒有死角、缺少耐心等问题，最后，她说："大家都利用一点儿时间好好地想想这几个问题：我们是怎么来的？我们是干什么来的？我们应该怎么干？想明白后，我想大家的精神头就又会高起来的。"

大家都是写了请战书，经过优中选优来的，经陈红这么一提醒，个个都像换了个人似的，精神面貌有了极大的改观。

在查房巡诊时，护士们都格外认真，对每名患者都像亲人一样。其实，这些患者除了承受疾病的痛苦外，更承受着巨大的恐惧压力，护士们百问不厌的态度，周到细心的服务，让患者的心理压力减轻了，特别是看到护士们坚定的目光和麻利的动作时，他们的精神头也上来了。

2月7日上午，正当陈红在接收一批新患者时，恰巧央视总台记者来现场报道，人们看到了陈红如下行动：她拿着对讲机为护士请领纸和笔、查房、消毒、叠被子、打水、拖地……

采访结束时，陈红说："我就要脱下这身我非常挚爱的军装了，但我总感觉军装可以脱，医护人员的这个职责不能脱，军人的本色不能脱，党员的党性不能脱，如果有下辈子我还想穿这身军装。"

这话绝对是陈红的肺腑之言，自小生长在军人家庭的她，在父亲的耳濡目染中，她学会了坚强，学会了担当，她永远不会忘记自己在入党申请书里写下的铿锵誓言："如果我能成为一名中国共产党党员，我将一辈都精心地爱护它，坚决听党的话，坚决跟党走，尽自己最大的努力工作。"

这条新闻，在当晚7点央视的新闻联播节目播出后，刚跟陈红接触的人们，无论是医护人员还是患者，结合相识以来她的所作所为，无不说在陈红的身上确实体现出了一名共产党员勇挑重担、敢于担当的精神，医护人员自觉地像她那样努力工作，患者更加积极配合治疗了。

8日这天又要接收一批新入院的患者。早6点，陈红就坐车先期出发了——她想再仔细地检查一下病房里的设备设施是否齐全，各种开关是否好使。在车上她就着矿泉水吃了一块面包，这就是她的早饭了。

到了待接的病房区，陈红一个房间一房间查看，查了一圈还真发现了问题：三个开关不好使，两个水龙头不能用。她小跑着去找维修工，人家还没有起来，她就一口一个大兄弟地叫着，这让维修工很感动，急忙穿好衣服赶来了，一边维修一边说："昨天我都快累散架子了，很晚才睡，如果不是你的态度这么好，我说什么也不会来。"

"患者都是咱们的亲人哪，给他们提供好的环境，他们就感到舒心，他们的精神好了，对治疗也有帮助，非常时期咱们都加把劲吧!"

"陈大姐，我听你的，我们随叫随到!"

8点第一批患者来，陈红又忙着把他们送到病房中，由于患者都是随机送来的，她便始终坚守在岗位上，中午饭都顾不上吃，直到晚上8点接收完最后一批患者她才离开。这天是陈红到这里以来回住处最早的一天，她想美美地睡一觉，第二天好精力充沛地再次投入战斗……

邹笑春和她的"双红丝带"

张笃德

一个人的生命能走多远,这样的问题,在每个人的内心深处都叩问过无数次。

问他人,问自己,问整个世界。

是"不因虚度年华而悔恨,也不因碌碌无为而羞耻",还是"把有限的生命投入到无限的为人民服务之中去"。

或者像雷锋日记所说的那样:"你是一滴水,你是否滋润了一寸土地?如果你是一线阳光,你是否照亮了一分黑暗?如果你是一颗粮食,你是否哺育了有用的生命?如果你是一颗最小的螺丝钉,你是否永远守在你的岗位上?"

我不是哲学家,我给不出生命价值和意义的答案。

> 无私和奉献能走多远你就走多远
> 博爱和真诚能走多远你就走多远
> 微笑能走多远你就走多远
> 春天能走多远你就走多远

这是我写雷锋《一个人的生命能走多远》里的四句诗，其中后两句嵌有邹笑春的名字，巧合也是天意，这不仅成为邹笑春防治艾滋病工作的真实写照，也是她用激情与创造拓宽了生命深度、广度和长度的证明。

天女木兰

邹笑春，1972年4月20日，出生在雷锋精神发祥地——抚顺市的一个知识分子家庭，从小受当编辑的爸爸、当小学老师的妈妈的教育和潜移默化影响，加上雷锋事迹的耳濡目染，邹笑春乐观开朗、积极向上，热爱生活、憧憬理想，就像她的名字一样，脸上总是挂着春风般温暖的笑意。

1992年，邹笑春从卫校毕业。"无论到了什么地方，也无论需诊治的病人是男是女、是自由民是奴婢，对他们我一视同仁，为他们谋幸福是我唯一的目的。"高声朗读医学界的行业道德圣典——希波克拉底誓言时，她攥紧拳头，表情神圣，做一个好医生的信念在心里扎下了根。

1993年5月，邹笑春成为抚顺市传染病医院的正式员工。当时传染病医院被忌讳、嫌弃，加上医院设施和环境简陋，地处偏僻，没有人愿意到这里工作。一起来的同学，有的想办法调到别的医院，有的闯世界另谋发展。邹笑春心里也有些动摇，但她看到镜子中身穿白大褂的自己，想起所说过"我要遵守誓约，矢志不渝"的誓词，她在心里一遍遍问自己，做一个圣洁的白衣天使，难道不是自己的选择吗？怎么能因环境不好、贪图安逸而选择逃避放弃呢？

不经历风雨，怎么能见到彩虹？不经历艰苦与苦难，怎能达到向往的彼岸？

邹笑春想通了，她脚踏实地坚守在传染病医院的岗位上，勇于吃苦，不懈进取，甘于奉献，无论做什么工作，她都充满激情，干得有声有色。

1996年，24岁的邹笑春递交了入党申请书，并立誓："我要为党的伟大事业奉献我的青春和热血！"

2003年12月17日，邹笑春加入中国共产党。

坐落在浑河北岸、月牙山脚下的抚顺市传染病医院，迎门而立的雷锋日记碑格外醒目，雷锋画像和雷锋式医院的标识错落排列。院里生长的天女木兰，叶如翠雕，花似玉琢，它散发出的浓郁花香把空气里的来苏水味都遮盖住了。

天女木兰是东北地区唯一生长在悬崖峭壁上的野生木兰科植物。医院取其圣洁美丽、优雅谦虚之意和不惧危险、默默坚守、甘于奉献的精神内涵，定位为院花。

邹笑春天性爱花。每当天女木兰迎风绽放之时，邹笑春就摘一些花枝插在花瓶里，摆放在她工作的玻璃圆桌上，艾滋病患者一进屋就被沁人心脾的芳香迷醉了。

院党委书记梁松波说："传染病院是看不见硝烟的战场，白衣天使面对疫情时，每一个都像冲锋陷阵、不畏牺牲的战士。用天女木兰比喻她们太形象了，邹笑春不就是盛开在我们医院里的天女木兰吗！"

近年来，艾滋病在我国开始蔓延，一时间人们视艾滋病如洪水猛兽，谈艾色变。

2006年，抚顺市传染病医院应形势需要，受命组建专业的艾滋病治疗科室。院领导在物色人选时，时任院预防保健科副科长的邹笑春主动找到院领导请缨说："我觉得预防保健与防治艾滋病沾边，我对艾滋病知识的了解能比大家多一些，我又是一名党员，如果医院觉得我适合牵头这项工作，那就让我来吧。"邹笑春之所以能说出这样一番话，我在她2015年2月1日的一篇日记里，读出了她的思想端倪："一个人在衡量任何事物时，看重的是他们在自己生活中的意义，而不是他们能给自己带来多少实际利益，这样的一种生活态度就是真性情。"

2006年11月，医院艾滋病抗病毒治疗诊室正式成立。

作为艾滋病诊室的负责人，邹笑春对接诊早就做足了功课，她知道这是全新的挑战，没有经验，一旦遇到简单粗暴、情绪失控的患者以及突发紧急情况是很危险的。

第一个来就诊的患者叫老A，他感染艾滋病后，治疗效果不明显，因看不到希望而失去了信心。平时有说有笑的他，一个人整天躺在床上，眼睛直勾勾地盯着天花板，精神几近崩溃，在对艾滋病的恐惧中，默默地承受精神和肉体的煎熬。

当老A第一次走进艾滋病诊室时，一声"你好"，一张笑脸和主动伸过来的手，让老A十分意外，在头脑中预想的冷淡境况没有出现，反倒让习惯了被嫌弃、鄙夷的他，有了进入温馨港湾的感觉。

这一次，老A推开的不只是艾滋病抗病毒治疗诊室的大门，也是一扇积极的生活和精神之门，一扇生命和希望之门。

对话中，邹笑春发现老A一会儿一搓手臂，她意识到这是老A手臂上的"针眼"在作祟。邹笑春意识到，这是关心老A、走近老A的最好时机。

"你的手臂怎么了，我看看。"邹笑春试探地说，同时把自己白白胖胖、细腻润洁的手也伸到老A面前，老A的眼泪不由自主地流了下来。

自从得了艾滋病，所有人对老A唯恐避之不及，就是母亲、姐妹，因不懂艾滋病常识，跟他接触也总是小心翼翼。

作为一名传染科医生，邹笑春当然知道做好职业防护的必要性，但她更清楚面对艾滋病患者这个特殊人群，必须要突出表现出一种平等接触的姿态。只有消除了患者心底的顾虑，才能保证患者跟她进行抗病毒治疗。

"别担心，皮肤对针剂反应，已经没事了。"

邹笑春凭借对艾滋病专业知识的全面掌握，大胆、心细地拉近了彼此的距离，邹笑春用真情赢得了老A的信任。从那一刻起，老A就把邹笑春当成了比亲人还亲的人。

"双红丝带"

"当一个人对自己的工作充满激情的时候，就会全身心地投入其中，这时她的自发性、创造性、积极性等诸多优势就会在工作的过程中表现出来！"

这是2013年4月20日，邹笑春在41岁生日时写的日记。

邹笑春是个有文学情怀、憧憬理想、热爱生命、充满激情和创造的人。她最初虽然只有中专学历，但她为能成为艾滋病病人最需要的"全科医生"，刻苦钻研业务知识，不断学习，考取了函授大学本科学历；为了与患者更好沟通，系统学习了心理学教程，取得了心理咨询师资格证书。她还珍惜每一次到北京、上海等地进修充电的机会，就像一块永远吸不够水的海绵，不放过专家任何一个空隙，如饥似渴地拜师求教。专家们每一次看到微笑着的胖女孩走过来时，就都打趣她并不厌其烦地解答她的问题。

学习让她在工作中有如插上了翅膀。处置采血、快速检验、危机干预、营养调配等专业知识，她早已驾轻就熟。

2013年，她撰写的两篇论文《抚顺地区艾滋病免费抗病毒治疗效果分析》《艾滋病患者抗病毒治疗与相关依从性研究》分获市科技成果二、三等奖。

邹笑春负责艾滋病免费抗病毒治疗10年间，诊疗了数百个病例，其中年龄最大的84岁，年龄最小的只有2岁。2012年3月19日，市里组织一例临产的艾滋病毒感染者会诊，邹笑春针对患者艾滋病毒抗体呈阳性、免疫细胞CD4已下降到治疗范围的病情，提出阻断母亲对胎儿的传播治疗方案，后经剖腹产产下一个体重8.2斤的健康男婴，新生儿半年后经监测显示未受到感染，成为省内唯一一例夫妇都是病毒携带者，生产出健康婴儿的成功案例。

一贯不乏工作激情的邹笑春，几乎把全部时间和精力都投入了工作。她手机24小时开机，随时为患者答疑解惑。

周六是多数人和家人在一起共度轻松的美好时光，但对于邹笑春来说这却是最忙碌的一天。艾滋病患者愿意周六来医院检查，既能降低遇到熟人的概率，又不占用工作日，省去请假的周折。就这样周六变成了邹笑春雷打不动的工作日，10年时间里，她比别人多工作了500多天。

"没有争议的行为，肯定不是创造；没有争议的人物，肯定不是创造者。任何真正的创造者都是对原有模式的背离，对社会适应的突破，对民众习惯的挑战，如果眼巴巴地指望众人理解，创造的纯粹性必然会大大降低，平庸正在前面招手。"

从这篇日记中不难看出邹笑春不安于现状、渴望创新、追求进步的思考和信心。

2011年，邹笑春参加了由国家疾病预防控制中心组织的艾滋病专题培训，她视野大开，对做好艾滋病治疗与关爱工作的思路越发清晰。返回抚顺之后，她连夜给院领导写了两份建议报告，一份是《院艾滋病治疗管理建议书》，一份是《院艾滋病治疗与关爱中心设计书》。她的设想得到医院领导的赞许和大力支持。

邹笑春亲自设计草图，将诊室、检测室、处置室、医生办公室和志愿者服务室、培训活动室融于一体，形成了独具特色的治疗与关爱体系。

代表生机、激情和鲜血的红色丝带是关注艾滋病患者的国际标志。1991年，同为艾滋病患者的纽约画家帕特里克和摄影家艾伦与众多艺术家制作了3000个红丝带，发到参加托尼奖颁奖典礼的明星和观众手里。在颁奖现场，所有人都戴上了红丝带。

一种令人讳莫如深的疾病，突然被这么多人所接受，而且拥有了一个美丽的标志——红丝带。

邹笑春在 10 年防治艾滋病工作中，与红丝带结下了深厚情缘。她对红丝带有独特的理解，并且认为应该增加红丝带包含的意义。为此她苦思冥想，想把自己的想法转换成艺术设计，凭借良好的美术功底和聪明才智，她设计出了"灵动的双红丝带"。

"双红丝带"像两个人肩并肩、手拉手，像两颗心紧紧连在一起，如同医生和患者永远在一起，公正和平等永远在一起，友爱和互助永远在一起。

"双红丝带"形象生动。她把对艾滋病工作的认识以及对艾滋患者的感情，社会感召的能量都表达了出来，"双红丝带"成为抗艾战线一道亮丽的景观，表明孤独无助的艾滋病患者在前行的路上不再孤单。

我上网查看了 2016 中国艾滋病报告，我国现有艾滋病病毒（HIV）感染者／AIDS 病人 645541 例，报告死亡 198523 例。现有 HIV 感染者 379543 例，2016 年新发现 HIV 感染者／AIDS 病人 12130 例。据媒体报道，天津有一名艾滋病病毒携带者得了肺癌需要手术，遭到多家医院拒诊，社会反响极大。

这就是我国艾滋病的现状，已经成为影响社会安全与稳定的重大社会问题。

艾滋病患者是病人，应该获得相应的关注。

为了使艾滋病患者能得到更多的关心和抚慰，邹笑春把艾滋病治疗与关爱中心设计成"爱心之家"，制定了"理解、关怀、勇气、希望"的家训。

在爱心之家，邹笑春为空腹采血的患者准备了营养早餐、爱心汤；为服药患者准备了温热的饮用水、一次性纸杯、纸巾等用品。她还设置了留言簿，让患者对治疗与关爱中心的工作效率、服务态度、业务熟练程度以及廉洁自律等方面做出评价，悉心听取患者的意见和建议。

理解像一股春风，关心似强劲的电流，勇气就是不惧挑战和风险，希望人间永远是幸福的蓝天。家训不仅是邹笑春和艾滋病患者、志愿者的心音，也是面向全社会的呼唤。

邹笑春忘我工作的状态和创新的工作模式被省疾控中心姚文清副主任授予"全国第二，省内第一"的桂冠。

2014年，邹笑春作为基层医生代表受邀参加了北京地坛医院举办的第十五届贝利·马丁奖颁奖仪式，马丁基金会决定资助抚顺艾滋病治疗与关爱中心的志愿者活动。

"爱心之家"

"在暑假里，再次读了《毕淑敏散文》，毕淑敏以诗一般的文字告诉我们，'爱'是世界上最有记忆的金属，她是那么具有夺目的光泽，是那么具有艳丽的色彩；'爱'是人世间最最具有情感、最最具有魅力的，是任何物品所替代不了的。"这是我在邹笑春笔记本里看到的，应该是她写的读后感和心得。

由于人们对艾滋病缺乏了解，往往对艾滋病患者存在偏见，对艾滋病患者唯恐避之不及，不敢与患者面对面交谈，不敢用患者用过的东西。这些偏见与歧视往往会导致患者自卑、恐惧、情绪低落，甚至对生活失去信心。他们大多不敢结婚、生子，甚至不敢出门、遛弯儿、买菜。

"我要给他们建一个'家'，一个能够接纳他们、给他们勇气、让他们依赖的'家'，我就是他们的亲人。"

"双红丝带"挂在了"爱心之家"，也佩戴在每一名白衣天使和爱心人士、志愿者的胸前，为了让艾滋病患者阳光起来，更好地融入社会，每年春夏，邹笑春都和患者一起，到医院后身的月牙山，开荒种地，洒水播种，植爱心树。通过干些体力活，让患者缓解一下心理压力，树立起积极的人生态度。她还经常组织患者参加一些社会公益活动，像"学雷锋、爱家乡"清理白色污染物活动等。

中央电视台《朗读者》主持人董卿曾说:"陪伴很温暖,它意味着这个世界上,有人愿意把最美好的东西给你,那就是时间,当然陪伴也是一个很平常的词,日复一日,年复一年,到最后陪伴就成了一种习惯。"她还说,"在这个世界上没有一个人是孤岛,失去了陪伴,也失去了生存的意义。"

有个患者叫小兰,在生产时发现孩子被自己感染了艾滋病毒,如何面对婆婆、丈夫、孩子?小兰产生了自杀的念头,可当看见天真无邪的孩子,她的心又软了下来。小兰抱着孩子走进了关爱中心,一进门孩子就被邹笑春接了过去。小兰强忍住泪水说:"邹主任,我求求你,帮帮我和孩子吧!我希望她也能像别的孩子一样健康快乐地活着!"

邹笑春把小兰领进了培训中心,提前守候在那里的病友、志愿者围上来,有的拉着小兰的手,有的抢着抱孩子。小兰含在眼底的泪终于夺眶而出,她说:"这里才是我和孩子最亲的家呀!"

《抚顺广播电视报》记者,同时也是志愿者的姚天琦在追忆邹笑春的文章《最远的你是我最近的爱》中写过这样一个故事:有一个叫小C的18岁男孩,是被父母"押"进治疗与关爱中心来求医的。在候诊时,父亲母亲互相指责、训斥儿子,接下来小C号啕着要放弃治疗……

邹笑春从诊室出来,制止了一家的混乱,然后将小C叫进了诊室。两个小时之后,小C手中拿着一沓病志和检验报告平静地走了出来,接受入院治疗。我们不知道这神奇的两个小时里邹笑春跟小C说了什么,我只知道小C前脚出门,后脚邹笑春就关上门,痛哭不止。邹笑春哭的不仅是小C,也是被艾滋病破坏了的社会环境以及改变了的家庭和患者的命运。

小C住院后,邹笑春一次次对他随访和心理干预,为他制定合适的治疗方案,挖空心思给挑食的小C送去可口的饭菜,帮助他解决与家人之间的矛盾,甚至还要平息他父母之间的"战争"……经过近一个月的努力，在邹笑春的帮助下，小C一家变得和谐了许多，姑姑、舅舅也愿意重新接纳小C了。很快，小C惨白的脸上有了血色，小C胖了，知道定时吃药了，全心全意接受治疗。

对艾滋病患者来说，比药物治疗更为重要的是心理抚慰。就像邹笑春生前所说，要给艾滋病患者做治疗，必须先打开他们的"心结"。用理解包容的心态去解决患者的心理问题，用自己的言行与努力解决他们面临的社会问题，这才是医务工作者"治病救人"的真正含义。

有一天，一个曾经幸福美满的三口之家，丈夫被查出染上了艾滋病病毒，妻子无论如何都接受不了，哭着喊着要离婚。邹笑春一边疏导患者的烦躁情绪，一边去做他妻子的思想工作。邹笑春对患者妻子说："你爱人也是被动得病，他自己恼火都不想活，你再离婚，不是逼他去死吗？再说，你们原来感情就很好，要信任他，理解他，艾滋病没那么可怕，及时治疗是可以控制的。"

邹笑春一次次保住了患者完整的家庭，还先后促成了四对患者的结合。

盛夏时节的一天中午，患者老刘扛了一个大箱子，衬衣都被汗水湿透了。一进诊室他就放下箱子，跑到洗手池拧开水龙头，用手捧起自来水喝起来。邹笑春赶紧拿杯子倒了半杯凉开水递过去，并关切地问："老刘哇，你这是忙啥呀？"

"唉！别提了，我下岗了。爱人花了很多钱也没治好病，刚刚去世，这个月家里生活费都断捻了，我这不借来复查的机会，顺道推销小型空气净化器，也不知道能不能卖出去。"老刘说完低下了头。

"我说老刘哇，你可真是及时雨呀！我们院里这两天都谈论空气净化的事呢，赶紧地你拿出来给我看看！"老刘信以为真，脸上的愁容舒展开了。一会儿邹笑春就把老刘带来的机器送到各科室，这个七尺男儿流着眼泪说："你们当大夫的不是买我的东西，是在救我的命啊！"

希波克拉底说，医生的岗位就是在病人的床边，与病人一起与疾病做斗争。

相信未来

> 当蜘蛛网无情地查封了我的炉台，／当灰烬的余烟叹息着贫困的悲哀，／我依然固执地铺平失望的灰烬，／用美丽的雪花写下：相信未来。

这是邹笑春在志愿服务和同艾滋病患者交流时，喜欢朗诵的诗。

邹笑春有个理想："有一天，当有人在不幸感染艾滋病的时候，可以告诉家人、同事、医生、朋友，整个社会也能以平和的态度来面对。天道酬勤，我们一定会迎来这一天。"为了这个理想，在这10年里，善良的她把自己的爱毫无保留地撒向了这些身体和心理"蒙尘"的人，为他们的人生撑起了一片蓝天。

每年11月份是邹笑春最忙的时候。为了做好12月1日世界艾滋病日的准备工作，邹笑春除了开诊、采血、发药、随访、关爱之外，还要组织志愿者录制歌曲CD，整理感染者们的故事，给志愿者们讲解心理干预的注意事项，制作宣传册、宣传板，到电视台录制节目……

"每一次　都在徘徊孤单中坚强／每一次　就算很受伤也不闪泪光／我知道　我一直想有双隐形的翅膀／带我飞　飞过绝望。"邹笑春歌唱得真好听，患者小C回忆说。

"看着你整天像个老妈子一样忙来忙去，我真的太迷惑了，你真的是一名医生吗？"姚天琦曾这样反问邹笑春。

"我的一生注定是个悲剧，因为艾滋病这个词始终带着一种挥之不去的耻辱，但当我遇到她之后，一切都改变了，我的生命还有活着的意义。"老A对我说。

2015年末，邹笑春的病情就有过征兆，当时她坐着喘息费劲，护士劝她去检查一下，可年底工作忙，她说等过完年再说吧，检查的事就耽搁了下来。

4月18日下午2点多，正工作的邹笑春难受得实在挺不住了，给爱人杨斌打了电话。爱人到的时候，邹笑春已经坐不住了，爱人赶紧把她送到了抚顺市中心医院。

第二天是艾滋病患者集中采血的日子，邹笑春感觉病情稍有控制，就两次央求杨斌把她送回医院，指挥采血。

4月21日，邹笑春被诊断为肺栓塞，并发现癌症转移。

在住院的日子里，邹笑春仍旧回复患者的电话和短信，尽量以轻松的姿态满足着他们的诉求。只有当患者提出和她面谈的要求时，她才会撒个谎，说最近有些不舒服，过些日子会主动联系。

终于，有患者开始产生怀疑，特意赶到医院打听，才知道她住院了。有的患者来看邹笑春的时候，正赶上她在休息，患者就站在门口，透过玻璃静静地看着，坚决不让人叫醒她，直到几个小时后她醒了，才献上充满温情的问候。他们知道，邹笑春是为了他们，才尽心竭力、积劳成疾，累成这样的。

中央电视台《寻找最美医生》舞台上，主持人问笑春的儿子，跟天堂里的妈妈有什么话要说，她儿子含泪说："让妈妈在天堂里好好休息，她的一生太累了！"

6月1日，邹笑春因抢救无效，离开了她无比热爱的世界，离开了她牵挂万分的患者。

让人感怀不已的是，6月5日，她的手机仍然收到了患者的咨询短信。

这条永远无法回复的短信，验证了邹笑春常说的话："我最充实的时候，就是和患者在一起，梦里都是他们的事。"

邹笑春把自己的一切都献给了艾滋病防治工作，住院期间她回过一次家，把丈夫、儿子的衣物清洗得干干净净，然后整齐地摆放在衣柜里。她知道，她欠家人的太多了。

5月20日，国家卫生计生委派人专程赴医院看望慰问邹笑春，李斌主任在慰问信中说，邹笑春同志作为一线基层防艾工作者的杰出代表，为广大艾滋病防治工作人员树立了表率，传递了正能量，产生了良好的社会影响，国家卫生计生委对其在艾滋病防治工作中做出的努力表示衷心的感谢。

得知邹笑春去世的消息后，致力于艾滋病防治工作的国际慈善组织——贝利·马丁基金会创始人马丁·哥顿先生发来唁电：邹笑春女士为艾滋病防治事业奋斗不息，她的离去是抚顺地区艾滋病工作的巨大损失。邹笑春女士与基金会合作期间，帮助了很多感染者重新回归正常生活，受到患者高度认可。请接受贝利·马丁基金会的深切哀悼，祝她的灵魂得到安息。

2016年6月29日，辽宁省委做出追授邹笑春辽宁省优秀共产党员称号的决定，省委书记李希做出批示，号召全省广大党员向她学习，并在辽宁省庆祝中国共产党建党95周年大会上，将荣誉证书颁发给她的儿子杨孟然。

邹笑春出殡那天，数百名患者和志愿者自发加入了送行的行列……

风雨说：不能磨灭的是你的身影
山河说：不能淡忘的是你的姓名
生活说：永远年轻的是你的脚步
时代说：永远闪烁的是你的笑容

邹笑春爱心团队

邹笑春去世后，抚顺市传染病院为她建立了事迹展览馆。睹物思人，端详邹笑春微笑的照片，看着她设计的"家"的草图以及"双红丝带"，感觉特别亲切。每一处都有她奉献的心血，每一处都饱藏着她浓浓的情意。

"爱心之家"里具有浪漫情调的玻璃圆桌、绿色的桌布、橘黄色的椅子、暖暖的色调、被几枝小花点染的氛围,让艾滋病患者感受到生活是多么温馨美妙哇!他们的内心是不是生发出更多的企盼和向往呢?我仿佛看见邹笑春身穿白色大褂,胸前佩戴"双红丝带",像盛开的天女木兰暖暖微笑的样子,就像她日记里的一句话:"做一个明媚善良的女子,不倾国,不倾城,以优雅的姿态去摸爬滚打……"

邹笑春很普通,普通得像我们身边的姐妹;邹笑春很平凡,平凡中体现出伟大的品格。邹笑春生前获得了抚顺市雷锋式十大杰出青年、巾帼雷锋、诚信服务先进个人、辽宁省我最喜爱的健康卫士等荣誉称号。去世后,省、市委分别追授她优秀共产党员称号;省委宣传部、省文明办追授她为辽宁好人·时代楷模;省、市妇联追授她为三八红旗手标兵;她被评选为中央电视台2016年度全国最美医生。

为积极响应辽宁省卫生计生委"开展向邹笑春同志学习的决定",在学雷锋活动月,辽宁省卫生与人口健康教育中心、抚顺市传染病医院共同发出倡议组建"邹笑春爱心团队",首批121名(省健教中心全体55名党员、团员、职工;抚顺市传染病医院医务人员46名,志愿者患者20名)签名加入。团队成立以来,先后有20多家单位、500多名志愿者加入。

"邹笑春爱心团队"在全省广泛开展贴近人们生产生活需求的应急救助、人文关怀、义诊、健康宣传等社会志愿服务,面向老人、儿童、残疾人等特殊群体开展爱心帮扶活动,成为传播雷锋精神的窗口。

"邹笑春爱心团队"还在艾滋病治疗志愿服务领域进行不懈的探索和积极的努力,不断加深人们对艾滋病的了解,现已成为辽宁省内宣传艾滋病防治知识的明星品牌,被推选为生命英雄"志愿团队"奖项。该团队成立后秉承"坚守、担当、责任、奉献"的八字精神，积极参与公益事业，发挥卫生计生行业的优势，广泛开展贴近人们生产生活需求的应急救助、人文关怀、义诊、健康宣传等社会志愿服务，面向老人、儿童、残疾人等特殊群体开展爱心帮扶活动，成为传播雷锋精神的窗口。

"邹笑春爱心团队"统一的标志是以繁体的爱字为原型，伸出双臂环抱一颗心，象征着爱心志愿者伸出热情的双手向社会奉献出自己的爱心，下半部分的红丝带不仅代表着对艾滋病患者的关心，更代表着支持与希望，红丝带的两条飘带好像爱心志愿者的双腿，踏着希望的步伐走向需要帮助的人，整个爱字好像一条飘扬的丝带，象征着爱心志愿者的爱心飞扬，守护健康，志愿同行。

辽宁省12320卫生计生热线是辽宁省卫生计生委的即时信息服务平台，"邹笑春爱心团队"成立后首次走进12320，观摩了预约挂号"高峰"时段咨询员接线情况，志愿者亲身体验咨询员受理咨询、投诉、举报。"邹笑春爱心团队"与12320卫生热线管理中心还签署了专家在线咨询项目合作协议书。"邹笑春爱心团队"将根据季节性常见疾病及群众热点诉求，每月选派一名健康教育、科普专家做客12320接听群众热线，解答询问。辽宁省卫生与人口健康教育中心向辽宁省12320卫生热线管理中心捐赠了健康科普读本2000册。此外，在活动现场的20多家国家级及省市媒体31名记者签名加入"邹笑春爱心团队"，为"邹笑春爱心团队"又添新力量。

曲建武和他的学生们

刘国强

全国时代楷模，全国最美奋斗者，大连海事大学辅导员曲建武，放弃博士生导师、正厅级官员的光鲜职位和丰厚的待遇，一心扑在辅导员事业上，追求别样人生……

为了远方，我甘愿重返枝头

2013年2月，一份辞职书引起辽宁省委组织部的高度重视，时任辽宁省高校工委副书记、教育厅副厅长的曲建武提出辞职，申请去高校当辅导员。

实职副厅级领导放弃现有职务和待遇，去当一名普通的大学辅导员，这消息即使不算石破天惊，也引起人们的心灵震撼，这到底是怎么回事？

人们猜测，一定另有原因吧？

他已经56岁，眼见退休享清福了，怎么这样冲动？

知情者讲述了曲建武的故事：早在1982年8月，曲建武大学毕业就选择做辅导员工作，视学生为亲人，培养学生就是他的"第二条命"。他这样做，既意料之外，也在情理之中。

曲建武向教育厅厅长提出口头辞职申请时，厅长没有立刻表态。曲建武来教育厅工作七年，德能双优，怎能轻易放他？

曲建武多次找，教育厅厅长答应把曲建武的辞职书交到省委，建议道："既然你非要干'老本行'，那就争取到省属大学，这样，你既可以当辅导员，也可以享受现有的待遇。"

"我不想吃着锅里又看着盘子里的。"曲建武很坚持。

曲建武当机立断写了辞职书，请厅长上交省委组织部。

在喜气洋洋的春节，曲建武的情绪很低迷：厅长把辞职书交上去了吗？组织部能不能批准？什么时候批准？

还有四年退休，赶紧下去能完整地带一届四年制的本科班，晚了就来不及了！

为了尽早当上辅导员，曲建武破例找到时任省领导的老同学。老同学非常了解他，却果断地打出反对牌！

曲建武又登门拜访，再三强烈表态。

老同学和关心曲建武的人都提出一个问题："你这么大年纪丢了官，将来有病了怎么办？"

好心人"吓唬"曲建武，中国华大基因董事长汪建说："中国有60%的人，在生命的最后28天，花掉一辈子60%的积蓄用于医疗。"

曲建武回答道："李大钊牺牲时38岁，方志敏就义才36岁，刘胡兰15岁就为革命捐躯，他们在意过待遇吗？"

为了国家可以随时献出生命，这不是一句口号，而是曲建武青年时代勇于践行的志愿。

参加工作30多年来，曲建武向组织提出了唯一要求："不要行政职务，给我一根教鞭就行！"

好心人担心他辞职丢了待遇"有病了怎么办"，曲建武有"深入骨髓"的体会——

2005年1月，曲建武洗头时发现脑皮下长了个花生米粒大小的瘤子，工作太忙，曲建武没理它。瘤子长得飞快，5月份瘤子已经长到鸽子蛋大小。教育厅厅长几次催他到医院看看，曲建武仍忙得抽不出空来。9月份，瘤子竟有鸡蛋大小，影响睡眠了！

曲建武选择国庆节休假时间在大连一家医院做了切片检查，化验结果令人大吃一惊：恶性肿瘤！亲友们瞒着他，直到国庆假期结束，教育厅领导来看他，建议他转院北京，曲建武才意识到"得了不好的病"。

药费像大旋涡吸树叶，大额票子一堆一堆吸进去，术后北京医生建议曲建武赶紧做放疗、化疗、植皮……

曲建武果断拒绝："那么多事情要做，我不能在医院'耗死'。我觉得生命的意义不在于长短，而在于活得是否有价值。"刀口还没长好，曲建武"强行"出院。

病魔丝毫威胁不了他，越到生命尽头越要抓紧工作。曲建武头缠绷带给大学生上课，照旧热情饱满激昂精彩……

想到留给他的时间不多了，他更加绷紧生命之绳，白天上班晚上写作，一部30万字的辅导员专著奇迹般地完成，并夺得全国纪念思想政治教育学科30年著作类一等奖。

真正的勇者不是没有眼泪，而是含着眼泪带着笑奔跑。

曲建武飞快地忙着，忙着，边走路边思考，边吃饭边在本子上写着什么，上楼一步迈两个台阶，他在跟死神搏斗，在跟时间赛跑，把工作的螺丝拧紧，再拧紧……

诗翅膀只为善良而飞，上苍眷顾好人。几个月后，"罢医"不治的曲建武被家人逼着去检查，结果令人万分惊喜，肿瘤早已灰飞烟灭！

在曲建武的再三请求下，他终于如愿到大连海事大学去当辅导员。

从省城沈阳登上奔赴大连的火车，曲建武的心情比万物萌发的春天还蓬勃！

列车奔驰，大地飞箭一样向后闪过，曲建武还嫌慢！仿佛他不是一位即将退休的老人，而是刚刚拿了入伍通知书，急着要去军营报到的热血青年！

在最好的年龄遇见你

社会氛围纷繁复杂，怎样趋利避害呢？

曲建武一直站在这个重要的转折点上，引导他的学生们。

道德教育不是开在树上不结果的花，不是光打雷不下雨，而是学生们亲身感受的真实，寒冷时盖在身上的被子，饥渴时送到嘴边的水……

面对边上课边打工的困难大学生，曲建武捐助5万多元，倡导组建了爱心基金；担心困难学生回家没有路费，曲建武筹集了数万元作为学生回家的"车补"；牵挂学生冬季不舍得买水果影响健康，曲建武自掏腰包买几十箱苹果，分给困难生每人一箱；看见困难生冬天的棉衣太单薄，曲建武一个一个"目测尺码"，给他们送去厚衣服……

学生病了，曲建武第一时间开车赶到医院，安排好治疗并送给学生500元钱。得知一个学生家长患重病，曲建武寄去1万元钱。

曲建武十分清楚，物质关怀能迅速拉近与学生的距离，但要凝结这美好，让这美好天长地久、伴随人的一生，则必须做好精神关怀和心理关怀。

曲建武在日记本中工整地记下每一个学生的生日。

多少个重要的时刻，连学生自己都忘了，却突然收到辅导员曲建武老师的生日礼物，还根据学生的特点，量身定制了四五百字的美好祝福！

曲建武把手机短信当成是传播理论、坚定信仰、传授知识、播种爱心的"空中课堂"！

"空中课堂"是一片肥沃的土地，谁都可以去"耕耘"，人们可以任意去撒种。我们不要抱怨"网红"和"水军"，更不要抱怨"抖音"太火，撒什么种出什么苗，我们应该大步迎上去，主动去这片沃土开荒、播种、拓展……

曲建武来海事大学半年，就在"空中课堂"为学生们发了10多万字的微信。

本科四年，曲建武给学生们讲了200多万字的微信课，以长者的温厚，师者的深情，智者的风范，架起心与心的桥梁。

心寒冷时，学生们靠回忆辅导员而温暖。那么多微信，那么多从曲建武手指下飞出的文字，能化解迷茫与忧愁，也能点亮一颗一颗心灯。

心田上播下善良的种子，总有一天会开花结果。

一位学生发来微信："曲老师，真的很感谢您像父亲一样照顾我们，关心我们，成为您的学生，我感到万分荣幸。我不会让您失望，我一定会努力学习，以后把这种爱心继续传递下去，让世界充满爱。"

曲建武出差在外，收到学生发来的短信："老师，我到大连看您，您不在。不是每一朵鲜花都代表爱情，玫瑰做到了；不是每一棵树木都耐得住饥渴，柏杨做到了；不是每一个人都这么想你——老师，我做到了！"

一位学生说："大学的四年生活，对于一个人的一生来说不是很长，却是一个人一生最重要、最关键的成长期，是一个人的人生观、世界观的成熟期。作为我们大学生的辅导员，您身上那种诲人不倦、不断进取的敬业精神，您那种严谨细致、一丝不苟的工作态度，您那种既严格要求又宽以待人的胸怀，深深地影响着我们。特别是您的敬业精神和您非凡的毅力，一度是我们学生宿舍议论最多的话题，您是我们当时大学生活中最敬佩的人。"

人性是复杂的。我们不知道比浮云飘得更快的观念要飞向哪里，下一刻会出现在什么地方。我们每个人都有过瞬息变化的时候。但，我们知道，云的根是水，苗的根是种，美好的根是善良。

曲建武先放下身段，建设好道德生态，价值观已经与学生们同频，"唤起雄兵千百万"的时候到了，他再挺直腰杆，以手势，以板书，以声音，以微信，以威严却又亲切的演讲，在同学们至关重要的交叉路口，为同学们导航！

什么是幸福？曲建武说："若是到殡仪馆与遗体告别，活着就是幸福；若是躺在床上的病人，能下床走动就是幸福；生在穷乡僻壤的人，能生活在繁华的城市就是幸福；我患癌症在北京治疗的时候，想到的是能在同学们面前讲几句话就是幸福。"

曲建武激情四射地向同学们背诵他在北京八宝山革命公墓看到的"无名碑"："我是谁？这不重要。我做过什么？也不重要。我的经历、我的职务、我的待遇等等，都不重要。人，就是人，光荣的人，神圣的人，即共产党人。"

曲建武被深深地震撼并产生强烈共鸣，他恭敬地向这座"无名墓"鞠躬，想："我辞去职务当了大学生辅导员，这就是我的幸福！

"幸福就是一种活着的态度，也可以说是一种心情。幸福与权力、金钱无关。

"一个懂得珍惜当下、珍惜平常、珍惜现在拥有的人，就是一个幸福的人。

"有了学生便有了幸福，有了学生就有了一切。"

即使在假日，曲建武也导引学生"青春不是用来浪费的"，春节期间，他告诉学生，"你们不是带薪回去休假的"，要抽时间看书，要多陪父母、多尽孝。

曲建武在方方面面深入思考："徒有其名的党员，白给也不要。""心就那么大，要腾出点儿地方装别人。""到图书馆不要占座，你装进了知识，挤走了灵魂。""节约时间就是延长生命。""你的不努力凸显了别人的能力。""不一样的结果缘于不一样的追求。"

"以典型为镜，照照自己差在哪里。""你有责任不容许别人对祖国说三道四。"

曲建武把如上格言警句分成150类，近4000条，出版了30多万字的图书《大学时节》，发给他的学生。

毕业前夕写给家长的一封信，发给学生的一段微信，写给党员毕业生的一封信，写给读研学生的一封信，写给学生的临别赠言，对学生的最后一次嘱咐……

你是一个什么样的人，很大程度上取决于你想成为一个什么样的人。青春一经典当永不再赎。

当爱情的激流在每一个大学生的脉管里呼呼流淌，曲建武直言："大学生是自我的一代，大学却根本不是恋爱最好的季节。"曲建武提醒他们："你准备好孩子的奶粉钱了吗？你准备将来怎样孝敬你的父母？你准备一毕业就失业吗？你准备一辈子都成为'啃老族'吗？""只要你是个好孩子，总有个好孩子在等着你。"

大学生们毕业，曲建武仍在指导他们："姑娘们，一定要找那些爱祖国、爱父母的人，一个不爱祖国、不爱父母的人，怎么会爱你呢？祖国那么大，他都看不到，他能看到'渺小'的你？父母多可爱，给了他爱的权利他都不爱，他能爱你这个'陌生人'？别被蒙骗了呀，有的人'爱'的面纱下面涌动的就是一种发泄、一种本能。

"小伙子们，你们也是一样啊！千万不要把美貌作为你恋爱的首选。漂亮的'鲜花'谁都愿意'品尝'。只有长在肥沃的土壤（美好的心灵里）里的鲜花，你才可以摘取。再美的鲜花（容貌）也有谢落的时候，只有心灵的美丽才永不凋落。"

一位做了博士生导师的学生说："我感谢专业老师给了我专业知识，我更感谢您给了我人生的引领。"

考上浙江大学硕博连读的魏丽娜说："我们不是一门课的关系，也不是四年课的师生情，而是一辈子的朋友。"

一位已经荣升局级干部的学生，给曲建武写来一封5000多字长信《我的精神导师》，向曲建武汇报他的人生观和价值观，感谢这位影响他一生的精神导师。

纵使力压千钧也按不住理想的奔腾

一尘不染不是没有尘埃，而是尘埃让它飞扬，我自做我的阳光。

曲建武多年前就为学生鼓与呼，像呵护眼珠一样呵护学生，为他们仗义执言。

"大学生是撑起祖国未来的栋梁，他们的事没小事。"

这天，学生向曲建武反映，学校食堂用了过期油，炸的油条太难吃，直辣嗓子。曲建武专门尝了油条，确认油有问题，便给食堂负责人打电话如实反映。接电话的人一听便火了："多管闲事，这该你什么事？"

"这不是闲事，这涉及学生的利益，也涉及学生的健康！"

不等曲建武说完，对方挂了电话。

曲建武先礼后兵，亲自去食堂核对此事，要求更换食用油。负责人表面答应，背后仍在使用劣质食用油。

曲建武火了，拿了油条去找校长："食堂使用劣质油炸油条的事，学生反映多次没人理，我也反映多次，他们还是不理。这么干，良心何在？"

校长火了，对主管后勤的副校长说："把他们都给我叫来！"

管食堂的三个人都来了，边听校长训斥边用眼睛斜曲建武，每个眼神都带回钩，似乎在说："为了学生你告我们，值吗？学生几年就毕业了，你和我们可是在一个单位共事的同事呀！"

此后那几个人见了曲建武话都不说，但曲建武非常开心，因为学生们终于吃上了喷喷香的油条。

这天，时任学生处处长的曲建武接到领导指示，要处理一名

"斗殴"的同学。按惯例，领导发话了执行便是。曲建武熟悉这名被列入斗殴"黑名单"的同学，觉得他打人难以理解。这名同学平时学业好，项项活动积极向上，怎么会突然打人呢？而且出手挺重，竟打坏了人家的眼镜！

曲建武找了主管领导："让我处理这学生，我要调查调查。"

"调查什么呀？"领导指着报告书，"这不写得明明白白吗？"

"处理学生一定要慎重。"曲建武郑重地表明自己的观点，"处分学生的目的是教育，让大家警醒，不再犯错。一旦处理错了，会起副作用的。"

领导不高兴了，扭头看向别处。

真理面前人人平等，牵扯到学生利益的事，曲建武一定要管。

质疑本身就是科学精神。一旦质疑的苗芽冒出来，就要正确对待。是苗，就要呵护。是草，则要铲除。在善恶同体、正误难辨时，更要揭开事物神秘的面纱，露出真相。

真相浮出水面，避免了一宗冤案。

打捞依旧光芒四射的往事

课外的家访能有效地拉动课内。老师与家长对接，能将学生的"弯"取直，也能激励和鼓舞学生更上层楼。可惜，当年的"家访"热词早就被打入冷宫，无人问津。

我们欣喜的是，这个消失的优良传统，却被大学辅导员曲建武继承下来。大学家访很不方便，学生分布在祖国各地，要克服地理距离、交通安全、时间和经济等许多困难——曲建武利用假期"空档"，居然走遍了全国，家访了上百名大学生！

1983年大年初三，一扇农家院门刚被打开，曲建武连人带自行车一下倒在墙边。学生双手来扶，曲建武使尽平生力气站起来，学生的母亲骂她的儿子："不是东西的，怎么给老师惹了这么大的气，大过年的来家访？"

"大婶，"曲建武连忙解释，"我是感谢您来了。您的孩子是班长，快入党了，帮我做了很多工作。"

那天特别冷，迎头大风像一只看不见的大手，使劲往回推。自行车脚蹬怎么使劲也不转，像有人向后拉扯。曲建武的腰弓成半月，脸几乎贴到车把上，每前进一步都非常艰难。从大连到金县农村往常只需三四个小时，这次，曲建武骑了12个小时！

腿又酸又疼，浑身像散了架。可知道学生家非常困难，他的学业和表现这么优秀，将成为激励全班同学的标杆，这就值了。

可是，这个"值得"是身体磨难换来的。12个小时的冷风，顺口腔鼻孔灌进胃肠，曲建武坏肚子了。在院子里，曲建武夜间来来回回去了厕所十几趟。第二天，曲建武又骑了6个多小时，到旅顺的学生家去家访。

若把学生的在校表现比作"枝头"，其茂盛程度往往取决于家庭的"老干"，打通两者之间的经脉，是家访的重中之重。这次家访，知道一名同学的弟弟因患心脏病在大连住院，曲建武前去看望，迎着凛冽的寒风骑自行车去医院送一饭盒水饺，路面结冰，他生怕摔倒。越怕越出事，胶轮在冰上一滑，自行车咔地摔倒，饭盒甩了出去。在车子摔倒的一刹那，曲建武在空中一跃，拼命朝饭盒扑去……

上苍眷顾哇，饺子完好无损！

学生的弟弟吃了曲建武送来的美味，感动得热泪双流。他在临终遗言中说："哥哥，你将来要替我报答父母，还有曲老师。"

这看似"校外闲笔"，却是拉动甚至左右"校内学生"的正题。

这天，在辽宁师范大学主楼二楼，红瀑布般垂下一张大红纸，"瀑布"前密密麻麻站满了赏看者。

这是家长给辅导员曲建武写的一封热情洋溢的感谢信。

这扑面的热情，出自寒冷。

在东北，一年中数三九天最冷。在三九的一天中，数后半夜最冷。那时，曲建武正与这两个"最"搏斗。

夜幕中，一列从大连开来的火车在海城小站张开口，将曲建武孤零零地吐出来。

车站的月光被铁轨支出去好远，好像铁轨就是月亮走到人间的梯子。月亮惨白，若一张晒褪色的饼。星星像倒扣的扎满窟窿的大锅盖，一些捂不住的光亮漏了出来。

曲建武抬腕看看手表，才凌晨3点钟。这时候去学生家岂不难为人家？没有取暖设施的候车室简直像个大冰柜，曲建武是唯一的"保鲜品"。

看不见的寒冷一波又一波合围而来，比复仇还狠，一口接一口狂猛吹进的冷气戳透衣服，再狠命地一口接一口吸出体温，曲建武实在挺不住，便原地向上跳。这点儿热量入不敌出，曲建武便升级运动量，在候车室里来来回回跑步。

打更的大爷以为曲建武是疯子，从屋里出来厉声呵斥："出去！出去！"

"对不起，"曲建武礼貌地说，"大爷，打扰您休息了吧？"

见曲建武亲切地叫大爷，打更人知道他不是疯子，这才和蔼地说："小伙子，你跑吧！"

大爷听了曲建武的来意，进屋去了。不大工夫，大爷又反身出来："来，小伙子，我给你生炉子。"那一刻，曲建武眼睛湿润了，在火车上没座位一直站着很累，现在冻得嘴都瓢了，冷得就要挺不住，素不相识的大爷却给自己生起了炉子！

正是这样的人，在你需要的时候毫不计较地帮助你，他们的孩子上了大学，我们不把他们培养成具有家国情怀的人，心里有愧呀！

天亮后，曲建武赶到学生家，学生家长紧紧握着曲建武的手："这么冷的天，您怎么来了？"

学生家长感激不尽的样子："我家孩子变了，出息了，我应当到学校感谢您的！"

曲建武谢绝了所有赠品，学生家长便请了身边学问最高的人，给学校写了封巨幅感谢信。

这天，一位身患高血压很少活动的年迈母亲，在儿媳的搀扶下，亲手到地里摘了草莓，昏花的眼充满期待与渴盼，哆哆嗦嗦递到曲建武的嘴边："您吃了吧。"

曲建武吃了草莓，她又转过身对儿子说："儿啊，你妈能闭上眼睛了。"

这位母亲说："30年前您来家访，家里太穷，亏待了您。多亏您对我孩子的帮助，他成才了。"

把时间翻回30年前，曲建武风尘仆仆地进了学生家院子。学生母亲说孩子上山挖花泥去了。假期挖花泥，卖给植物园凑学费。

从高处眺望村庄，一座座屋舍孤孤零零，像缩着肩膀的孩子。曲建武按照学生母亲手指的方向，找到了学生。学生见辅导员老师来到这么偏僻的山里，激动得丢了担子，一下跪在地上，热泪双流。

山沟细线一样又弯又长，已经没有出沟的车，曲建武只好住在学生家。夜里躺在炕上睡不着，隔窗望着一眨眼一眨眼的星星，曲建武浮想联翩。乡村的孩子们也像这星星，弱小，但一直放着光。学生的母亲怕曲建武冷，夜里一次又一次起来往炕洞里续木柴，曲建武感觉炕要烧爆了，后背像贴在烙铁上。但他一直挺着，挺着，因为，这是学生和家长的深情厚谊……

第二天临别，曲建武把相当于自己月薪1/3的10元钱送给学生的母亲。

曲建武到哈尔滨家访，学生的母亲感动地说："我孩子拿了大学录取通知书，我就高兴一小会儿。我怕她到大学了没人管。曲老师，我给您磕一个，有您在，我就放心了。"

许多人企求着生活的完美结局，殊不知美根本不在结局，而在于追求的过程。

1986年暑假，曲建武决定去一趟辽西喀左县乡下，到系里最贫困的刘同学家看看。

坐了一整天火车才到喀左，又等了5个小时，他才挤上一辆公共汽车。

路途惊险连连，车轮在一道道闪电形的山路上拐来拐去，眼见要撞上大山，又豁然呈现一片天。土路坑包太多，人们像装在箱中的豆粒，忽而蹿上，忽而跌下。突然，车子停下不走了。司机说，大凌河发大水，汽车肯定过不去。司机要掉头往回开，曲建武急了："不行，我要下车！"

在车上曲建武就问好了路，已经快到学生家了，怎么能半途后退？

曲建武蹚水过河。

河里的浪花与西山的晚霞共同跳一支舞。河水挤满河床，喧哗放浪。你看两岸河床的表情，好似久别重逢的亲姐妹伸出胳膊拥抱，迎接坍塌。

"你不要命了？"

"快回来！"

岸上的人喊他，替他担心——河水没过膝盖，没过大腿，没过腰了！这些水扭转、挣脱、抢夺，一大群"白翅膀"乱飞，啸声传出几十里外。

漩涡好像河流开的花，像西瓜那么大，绽放一秒钟即消失，身边冒出新的漩涡的花朵。激流像个侦探，检查入河人的行踪。

浊浪任你扑打，漩流任你奔腾，曲建武又来了不怕死的劲，与洪水顽强搏斗，制服一连串的趔趄和摇摆，强行过河。

柳枝在河面练书法，字被波浪咬掉。

对岸是一片庄稼地，连个人影都没有。曲建武顾不上饥饿和劳累，沿着农民们走的毛毛道抄近路前行。太阳被黑夜吞没，一直走到朗月升空，总算到地方了。

刘同学和家人既感动又惊讶，他们无论如何也想不到，一个大学老师怎么会千里迢迢来乡下家访？

请带我飞过绝望

零社会经验的大学生，从一个学校到另一个学校，很可能在突如其来的困难前迷失方向。此时，我们不能袖手旁观，更不能视而不见，而是按准脉搏，找准病因，把他们从绝望的沼泽地里拉出来，送上一程……

大年三十，万家团圆。孤儿小郑却觉得自己是多余的人，独自在大街上徘徊。他像一条晾在浅水里张口喘的鱼，下一刻会怎么样，他不知道。在亲戚家，他觉得自己像扎进肉里的刺，很招人烦。他要拔掉这根刺，强撑微笑向亲戚告别，一出屋子便眼窝潮润。走得腿酸了，他突然发现，世界这么大，他竟然无处可去。酒店打烊闭户，快捷酒店也关了门，自己没地方吃饭，也没地方睡觉！

跪在黑夜里的草叶在呼唤黎明。

城市这么大，竟然没有他的容身之地！他熟悉的地方只有他的学校。他知道学校放假，宿舍都上锁贴了封条。又饥又饿的小郑实在忍不住，他撬开了窗户爬进了宿舍。除夕夜，在中国人最喜庆的大团圆时刻，小郑直挺挺地躺在宿舍冰冷的床上，独自忍受被遗弃的悲凉。小郑先是小声哭泣，嘴里喊着妈妈、爸爸，悲凉突然决口，小郑的哭声和喊声越来越大，仿佛这世界什么都没有，只剩下撕心裂肺的悲伤……

哭声引来保安，"违规"的小郑因"私闯宿舍"面临处分。

曲建武闻讯火速去找小郑。小郑浑身上下都是冷漠，冷漠的面孔，冷漠的表情，甚至连眼神都是冷漠的。曲建武却与他相反，表情是温暖的，声音是温暖的，每个字都散发着温暖。这是妈妈才有的温暖，这是爸爸才有的温暖。

他亲切的眼神仿佛是一块布，轻轻擦去小郑心里的疑虑。

夜幕降临，小郑被感化了，他一下子剥掉包裹在自己身上的外壳，把藏在肚子里的话都说了出来……

这个世界太小了，小到只有曲建武和小郑两个人，他们像父子久别重逢那样相见恨晚，双双泪流如雨……

曲建武一直在说"我来晚了"，备感愧疚。

曲建武找到校领导，时任副厅长、拥有博士生导师头衔的男人顿时成了老实巴交的普通家长，代学生诚恳地向校方检讨，请求原谅小郑。学校研究后开了绿灯，不处分这个孤儿大学生。曲建武却"得寸进尺"，校方再次研究后同意了他的要求：逢年过节，给无处可去的孤儿开绿色通道，允许他们住在宿舍。

"撬窗事件"引起曲建武的警觉，他立刻深入各高校摸底调查，现实吓得他目瞪口呆：辽宁省高校居然有1076名孤儿！

这些孤儿能站满满一操场，相当于两个营，相当于35个排！

曲建武在大学工作期间，就关注孤儿、资助过孤儿。在省教育厅工作，加强了调研和家访。这次他与上百个孤儿有过贴心的交流，每一次交流，都让他吃惊、心疼，夜不能眠。孤儿们的身世、性别、住地各不相同，相同的是都有一肚子苦水，都缺少爱，缺少心理疏导。有的孤儿在春节上网吧"躲年"，有的孤儿整个正月以方便面为主……大部分孤儿来自经济欠发达地区，除去学费，连吃饭都很难解决。

调查后，曲建武向有关部门写了建议减免孤儿大学生学杂费的报告。但报告迟迟不见回音，1076个"小郑"的面孔整天在曲建武眼前闪现，他急得满嘴起大泡，吃不下饭，睡不好觉。

"这件事等不得呀！"曲建武双管齐下，一手再打报告，一手请省人大代表杨颖帮忙，将此事写成建议上交省人大。

2013年，曲建武捧着文件笑出声来，他兴奋地一个字一个字读，仿佛看到孤儿们笑逐颜开。辽宁省政府正式下文，免除省内公立高校孤儿大学生的学费和住宿费。目前，辽宁是全国唯一以文件形式明确规定一律不收孤儿大学生学费和住宿费的省份。由此推动，辽宁基础教育阶段孤儿学生的学费也一律免除。

这天，闻知海事大学的学生闫沛兴已经退学，曲建武当即决定去甘肃农村家访。

闫家太穷了，50只羊是生活的唯一指望。因为邻靠腾格里沙漠，草又少又矮，闫沛兴的父母每天要赶着羊走上50多公里的路。

这是一片失去了肌肤的土地。零零星星的草，像听候首长命令埋伏的士兵，时刻等待冲出去与草原的大部队会合。可惜望眼欲穿，"伏兵"大多阵亡，大部队连影都没有！闫家的生活也像这草一样，越等越绝望。闫沛兴和哥哥两个大学生的开销，像一双大针管抽干了这个家的经济血脉。父母已经很努力，收入仍像大人穿小孩衣裳，四下够不着。因为家穷，父母经常吵架。闫沛兴跟父亲"结了仇"——这书实在读不下去了！

这个家一贫如洗，一样家具都没有，房梁歪了，墙也斜了。曲建武掏出5万块钱修缮房子。闫沛兴的父亲当即热泪滚滚。

闫沛兴毕业后，耳边响起曲导的话，"到祖国最需要的地方去"，他选择去西藏干一番事业。

曲建武说："沛兴，国家的事你去做，你家我来管。"

闫沛兴感动万分，其中一段微信留言写道：

曲老师您好！

时光荏苒，转眼已是秋去冬来。回首大学校园时光，有许多未曾弥补的遗憾，也有许多意外的收获。您说得对，我是急于打探这个世界的孩子。也许是第一次走出大山的缘故，也许是第一次实现心中的梦想，对身边的一切都充满了好奇。孤身一人置身大城市，犹如一叶扁舟漂泊于汪洋大海，偶尔会迷失方向。曾经来自家庭的压力，来自学业的压力，来自生活的压力，让我痛苦到无以倾诉，让我压抑到无可救药。我被生活戏弄，在爱与恨之间纠缠。有人说，上帝为你关上一扇门时，也为你打开了一扇窗。就像冥冥中注定，和您相遇，您来化解我心中的矛盾，治愈我遭受的伤痕。您拯救了我，拯救了我的家庭。我曾经几乎想要放弃我的家庭，逃离那个令我绝望的环境。而您，抚平我的伤痕，点燃我的希望……

……困难总会有，但我已不再那么脆弱。老师您放心吧，我会成为一个坚强的男子汉，在迷失后找回自己……

每个大学生的身后，都站着一个充满了期待与渴望的家庭。对于国家来说，一名大学生成功与否，只是数千万分之一，而对于一个家庭来说有时却是百分之百。每个学生身上，都凝聚着一个家庭，甚至整个家族的希望。

曲建武在新生入校就开了生活困难同学的座谈会："从今天开始，谁也不许饿着肚子要求进步，谁也不许饿着肚子来学习。我管不了你们吃好，但是我一定管你们吃饱。"

陈罗家庭非常困难，曲建武找他谈话，决定每月给他卡里打500块钱生活费，陈罗没有要。闻知陈罗弟弟得了重病，出差在外的曲建武马上联系中队长用年级资助金先垫付1万元救急，他回来立刻还上。

陈罗抖擞精神一心向学，因为成绩突出，他大二转到理科学院学习。曲建武自掏腰包，放假送本班每个学生一箱上等烤鱼片，中秋节月饼，发一箱苹果，都有陈罗的份儿。

陈罗积极靠近党组织，"首先在行动上入党"，学业拔尖，正式被哈尔滨工业大学研究生院录取，研究方向为飞机发动机。

你的唱针摩擦我，我必须歌唱。陈罗给曲建武发了段长长的微信，其中几句这样写："昨天晚上您期待我以后成为院士，我不敢大言不惭，但是也不会轻言放弃，我很郑重跟您承诺：在将来的岁月里不断拼搏努力，读硕，读博，做博士后，成为青年学者。我会在勇往直前在路上，一步一个脚印，踏实工作努力研究，不敢说为中华之崛起而读书，但愿为中国航发贡献自己微薄的力量！"

曲建武回复道："随时可以找我。你为祖国服务，我就要为你服务。祖国已经把我们紧紧地连在一起了。"

曲建武借出差去哈尔滨看望陈罗。刚下飞机，曲建武没顾得上休息，第一件事就带着陈罗直接去日军七三一部队罪证陈列馆，要让陈罗感觉到国家落后就要挨打的道理，鞭策他我辈当自强，要肩负起民族复兴的重任！曲建武动情地说："老师要求你，一定不要被物欲迷了双眼，要坚定信心，一定要研制出保家卫国的利器。"

陈罗眼含热泪："老师请放心，在未来的航发史上一定有您学生的成绩，我一定终身为国家服务。"

曲建武像一只在树林中结网的蜘蛛，把四面八方的学生串联在一起，共同吸吮网上的露珠。

新疆维吾尔族学生阿布都一报到，曲建武就热情地对他说："有事一定跟老师说，老师会尽全力帮助你。"曲建武又告诉班干部："阿布都来这里一定有很多不适应，要多关心他，不能让他在这里感到孤独。"

曲建武说："汉族离不开少数民族，少数民族离不开汉族，各民族之间相互离不开，我们要团结一致，共同建设我们伟大的祖国。"

维吾尔族特别重视的古尔邦节，相当于汉族的春节。曲建武陪同阿布都过了4个古尔邦节，每个节日都送他礼物或请新疆的学生们共同聚餐庆祝……

曲建武送给阿布都一件冲锋衣，他说："老师在大连不需要，你去大西北需要。"

阿布都说："老师不是不需要，而是老师把我的需要看成了比自己的需要还需要。"

阿不都在辅导员曲建武的帮助下，解开了基础薄、有语言障碍、高数听不懂等一连串"扣结"，以优异的成绩顺利毕业。

大学四年，曲建武给阿布都写了十几万字的微信！

阿布都在毕业感言时说："曲老师四年里对我的关心是无微不至的，可以说没有他，我的大学生活也不会这么顺利。"

阿布都毕业后在恒大麾下的伊宁分公司就职，因为表现出色，被挑选为后备干部。

西藏姑娘曲珍上大学是第一次走出大山，腼腆、内向、没有自信。她家里非常穷，曲建武掏钱补贴伙食费，担心学习跟不上，又为她买了平板电脑，给她安排了勤工助学岗位，放假回家为她筹路费。

老师的情谊已深吸入肺，想吐都吐不出来。

尊敬的曲导：平安夜快乐！很感谢您对我的关心与照顾，很荣幸在这里能够遇到您，曲导真的很感谢您像父亲一样照顾我们、关心我们，成为您的学生，我感到万分荣幸。从小在山沟里长大的我，第一次受到这么多好心人的帮助，在这里我感受到家庭的温暖，尤其是您——曲导，您对我的照顾，我无法用语言来形容，我本以为我到了这里后，会很孤单、很无奈。但因为有了您，我摆脱了这些，我真的很感谢您，在这里，您是我最亲的人，就如同我的爸爸。您对每一位学生都像对待自己的子女一样，我们在这里真的体验到了家的温暖。您说了很多令我们一辈子都铭记在心的话，您说了"我绝不会让你们任何人饿着肚子上课"。当时，我流泪了，因为第一次遇到这么好、这么关心我们、这么为我们付出的老师，我真的很感动，这句话我一辈子会记在心上……

曲珍郑重地向党组织递交了入党申请书："在我心中，中国共产党是一个先进和光荣的政治组织，而且随着年龄的增长我越来越坚信，中国共产党的全心全意为人民服务的宗旨，是我最根本的人生目标。成为党员，一直都是我的梦想，我也很荣幸我一直在党的关怀下成长。党一直对我们西藏地区给予政策的支持……我也想成为一名优秀的共产党员，未来西藏的发展，也需要一批优秀的共产党员，因此，我会发奋学习，以一个真正的共产党员的标准严格要求自己，积极完成党的任务。"

曲珍早就为自己设计好了人生定位："我牢记曲老师的话，走出来是为了更好地回去。"

为遭遇难题的学生"兜底"，曲建武的认识至高无上："我们的良知告诉我们：我们不能看着学生在我们的面前倒下。我们要帮助学生矫正他们错误的看法，系好人生的扣子。"

人生的目标，在于向前，也在于拐弯。

曲建武反对单一的"分数至上"，道德出了问题的学生，专业本领再好，其人生值必然是负数。

假如没有道德这个压舱的货物，任何风暴都会把生活之船翻掉。

现在，每天曲建武晚上睡前都要写三四千字的原创文章。无论繁星满天还是电闪雷鸣，无论在校生还是毕业生，无论身居国内还是移学国外，学生们都会从"空中课堂"收到他的"导航信号"……

虽时光向晚，然岁月沉香。在新的时光里过着老日子。在老去的路上，揣着一颗清新的心。大学辅导员曲建武赢得了全社会的广泛赞誉，继摘取辽宁省师德标兵、辽宁时代楷模荣誉称号后，2014年荣获全国高校理论课教师年度十大标兵人物称号，第六届全国高校辅导员年度人物唯一荣誉奖，教育部授予他全国优秀老师、全国优秀教学名师，2017年，中宣部又授予他时代楷模的荣誉称号，2019年荣获最美奋斗者称号。

面对面聆听习近平总书记在全国思想教育理论课教师座谈会上的嘱托，曲建武立刻行动，把自己的全国优秀教学名师50万元奖励全部投入到"时代楷模曲建武立志基金"中去，该基金建立公众号后，热心的关注者平均每月打赏1万元，这些钱都作为奖励基金。

奖励制度规定：不是奖励生活上有困难的学生和辅导员，而是感情升华，突出"立志"二字，着眼为社会做了什么，为祖国做了什么，奖励那些有困难但学业优秀的学生和工作出色的辅导员。基金的宗旨：你为祖国服务，我为你服务。

如果说一位辅导员为一名学生奉献一次爱心很简单，那么为每位所教的学生奉献无数次爱心却不是那么简单的事情。但，曲建武做到了。

曲建武信奉：人生有两条起跑线，一条是知识的起跑线；一条是品德的起跑线。人生跑到理想终点的人，都是品德线不输的人。

"水韵盘山"进行时

杨春风

盘山档案

【归属】辽宁省盘锦市辖县。

【位置】位于省境南部、市境北部,地处辽河下游。东隔辽河、大辽河与台安、海城相望,南接盘锦市兴隆台区、大洼区,北连北镇、黑山。

【面积】1976.4平方千米。

【人口】27.3万人。

【辖区】辖9个镇、4个街道,共154个行政村、20个社区。

【驻地】太平街道。

【河流】24条。

【水库】6座。

【耕地】116万亩(人均4.1亩,为辽宁省人均耕地面积的2.8倍、全国人均耕地面积的3倍)。

【沼泽】66万亩。

【滩涂】29万亩。

【林地】15万亩。

【草地】2万亩。

【荣誉】国家现代农业示范区农业改革与建设试点县（全省唯一，全国24个）。

国家农村产业融合发展试点县。

国家河蟹出口示范基地。

国家生态文明建设示范县。

全省文明城市（县级）。

全省物流标准化试点县（全省唯一）。

一　"水"当先：谋求盘山新生态

漫漫辽河，于盘锦市盘山县穿城绕田而过，在县境南缘注入渤海。无山无矿的盘山，仅凭此水便在世间存续下来，在养育了一代代辽河儿女的同时，也使"蟹肥稻香"成了对自身物产的经典概括。改革开放以来，盘山人已将"靠水吃水"这句老话的真义几乎阐释到了极致，他们首开河蟹养殖之先河，使盘山荣膺"中国河蟹第一县"的美誉，更使几十万蟹农率先体验到了富裕的滋味。进入21世纪之后，盘山人又隆重推出了"一水两用""一地双收"的理念，将稻田养蟹、蟹田种稻发展为稻蟹生态立体综合种养模式，进而使蟹更肥、稻更香，蟹农、稻农也更富。

事实证明，"老县"盘山虽为"九河下梢"，却依然禀赋超群。如今，惯于向实践求真知的盘山人又构建了"水韵盘山"的愿景，期待以此使自己的家乡呈现更为丰饶的新姿。

早在十八大将生态文明建设纳入社会主义建设的总体布局之后，盘山人就跟"生态"较上了劲。到十九大将生态文明提升为中华民族永续发展的千年大计之际，盘山人便闷头盘点了一番，试图权衡出自己的家底儿究竟"生态"几何了。在人们的预想中，那与完美的生态应该还会存在些微差距的，但不至于很大，毕竟从2012

年起他们就已把生态理念贯穿到一切行动当中了，业已过去的5年光阴终究不会空掷。

然而事实打破了他们的预想。

如果单就成绩而言，光阴属实未曾空掷，5年中盘山人的生态建设也确是可圈可点的：境内24条中小河流的堤防已全部完成10年设计标准、20年校核标准的整治；作为与锦州市界河大凌河的盘山段堤防，已完成50年一遇标准的整治；6座中小型水库已全部完成除险加固任务；辽河与大辽河、辽河与绕阳河的水系连通也已完成，实现了3条大河的水量互调、丰歉互补，以此保证县域东部60万亩人工湿地的健康发展，确保盘山大米的连年丰产……如此种种，也使盘山县在2019年获评了"国家生态文明建设示范县"（第三批）的殊荣，这当然是对其生态建设成就的一份难能可贵的肯定。

不过此刻关起门来按照严谨的生态标准自我衡量，竟发现现存的问题仍然不容忽略。

比如县境西部的东郭街道、羊圈子镇的两大芦苇湿地，总计80万亩，规模为亚洲第一，盛产芦苇之外，还分布着219种野生植被，栖息着包括珍稀的丹顶鹤、黑嘴鸥等在内的448种野生动物，由此获评"中国最美湿地"之一，许多年来令盘山人深以为荣。但是由于近年万金滩闸的拦蓄水、挡纳潮作用已经失效，红旗泵站、胜利塘泵站等也因老化而不能正常提水，使这大片湿地的灌排能力严重下滑，导致芦苇亩产已由10年前的800～1000公斤骤减至目前的500～600公斤，而且还显现着进一步退化的趋势。那意味着这浩瀚湿地将渐行缩减，域内的野生动植物的生息繁衍也将同时受到威胁。

比如绕阳河左侧36千米的堤防，还应由50年一遇标准提升到100年一遇标准，双侧堤防及河道（除红旗水库库区外）也应建设生态河道，如此方能增加水安全系数。

比如辽河水系的外辽河、小柳河、一统河，虽然岸线清晰明朗，却存在着严重的行洪障碍，居民、套堤、大棚以及"四乱"问题突出。而绕阳河水系的西沙河、鸭子河、月牙河、大洋河、西鸭子河、锦盘河、丰屯河，在存在行洪障碍的同时，还没有河道自然景观，影响水源涵养及水土保持，实在还算不上生态河道。

再比如县境西部的大洋河、西鸭子河、锦盘河、丰屯河这4条中小型河流，近年土质沙化、河道淤积等问题已非常突出。这4条河的本身径流只有丰水年份的汛期来水，平常年头及平常月份则都是干枯的，而且没有实施水系连能，即使想外援也没法实现。这就造成了西部地区地表水的匮乏，进而超采地下水，致使湿地逐年退化……

显而易见，突出又棘手的问题主要表现在县境西部的3个街/镇，即东郭街道、羊圈子镇、石新镇，也就是早年著称于盘锦市的"西三场"。"西三场"虽说资源丰富，且是那种在全国范围内都独一无二的丰富，近年却显现了经济的疲态，尤其看不到振作的曙光。这3个街/镇的城镇建设、工业园区、基础设施等，在完善程度上都与盘山县中东部的10个街/镇存在着不小差距，进而使县域经济的发展呈现不均衡的态势。尽管"西三场"在2018年年底才划归盘山县，可这也并非对问题视而不见或任由这种失衡继续恶化的理由。

实际上，这种状态让盘山人更真切地认识到了生态的基础性。

生态俨然就是一切建筑的柱础石，倘若不曾事先基奠或者搞得不够坚牢，那么所有的建筑，包括经济发展、社会文化、人居环境、精神文明等，都将失去持续发展的可能，不仅失去了未来，就连对当下的把握也会深感力不从心。

将生态建设扩大化，从而覆盖全域，同时将生态的文明程度上升到一个新的层面，跨越到一个更高的台阶，就此成了盘山人的集体诉求，且更为迫切。

"水韵盘山"方案的宗旨就在于此。

这是一场即将奏响的生态乐章。

这首乐章由水利部门来开启。

如果说生态建设的全域提升是盘山县在新时期的一个宏大目标，那么这目标的实现就仰赖于对水的科学应用。或者说，对水的科学应用是实现这个宏图伟愿的必需前提。

水对盘山而言，就像一首诗的诗眼。

一首诗灵气与否全凭诗眼，盘山的生态建设则需看水：水资源是否充足，水布局是否均衡，水调度是否灵敏，水环境是否达标，水生态是否健康，水文化是否优秀，水安全是否靠谱。对一个无山多水的县域来讲，水在一定程度上决定着一切：社会生产是否顺畅，经济发展是否活泼，民众生活是否舒适，精神文化是否充实……当水能够适宜有效地润泽全域，那么全域也就运转起来了。

盘山的地表水之丰，在全省数一数二：

有4条大河：辽河、大辽河、绕阳河、大凌河。

有20条中小河：小柳河、旧绕阳河、东沙河、辽绕运河总干、西沙河、鸭子河、贺张沟、月牙河、外辽河、潮沟河、南屁岗子河、大羊河、锦盘河、丰屯河、六零河、新开河、一统河、太平河、小道子河、西鸭子河。

有9条干渠：黑坨子排水干渠、三台子排水干渠、新开河排水干渠、六六排水干渠、前屯排水干渠、军属屯干渠、双绕引水总干渠、沟盘运河、西绕引水总干渠。

有6座水库：其中中型3座，即青年水库、红旗水库、八一水库；小型3座，为鸭子河水库、张家沟水库、胡家水库。

然而盘山仍然缺水，水资源总量严重匮乏。

情况之所以如此，因素很多，如水资源年际变化大，导致周期性丰枯；年内变化也大，导致年度内丰枯；水生态系统不健康，导致水质不达标及水土流失等。但总的根源，还在于水资源的时空分布极不均匀。时间上，水量大多分布在汛期雨季，多到用不完，却因没有均衡的蓄水设施而只能任其滔滔过境，还得时刻防着涝，在极渴的春季灌溉时节，却没水可用；空间上，县境西部几条河的基流不足，已成季节性河流，东部相对充沛，却因水系不曾全面连通而致东水无法西济，于是，涝的涝，渴的渴。

也就是说，河网密布的盘山虽然地表水很多，却多属过境之水，切实润泽这片土地的水量相当有限。盘山地下水资源量本就少，且大多属咸水或微咸水而无法利用。这就导致盘山水资源的缺乏且越来越缺。这种持续多年的状况对社会经济、地方发展等事业所带来的阻滞，越到近年越发明显，而且其程度已远远超出了人们最大胆的预估。

为结束这种局面，也为县域生态的晋级升格，盘山县水利局率先开启水系连通工程，并与农村水系综合整治工程紧密结合。届时将通过水系连通、清淤疏浚、岸坡整治等措施，逐步恢复河湖水系的完整性，改善或恢复江河湖库之间的连通性，整体提高水资源的统筹调配能力、防洪除涝减灾能力，最终实现从传统工程水利向现代水利的彻底转变，进而使33条河渠周边都成为水清流畅又设施完善的生态景观带，区域联动又产业兴旺的经济发展带，宜居宜游又活泼文明的百姓福祉带。

每个乐章都是一曲和谐的和声。

盘山县这曲生态乐章也不例外，尽管以水为重心，却并非水利部门的孤军奋战，而是全县多个部门的通力合作。实际上这是一场声势浩大又兴师动众的繁复工程，包含了库湖生态景区建设、乡村生态林网建设、宜居乡村建设、现代农业建设等多项内容，需要县发改委、县财政局、县生态环境局、县自然资源局、县住房城乡建设局、县交通运输局、县农业农村局、县文化和旅游局、县林草局等众多部门的精诚努力、精密配合，且每一家的业务量都不小。

比如仅2020年这一个年度，宜居乡村的建设项目就需要提档升级20个宜居乡村示范村，使农村生活垃圾处置体系全面覆盖全县的154个行政村，使县域所有村屯都实现24小时供水、使天然气入村率达到100%，新建镇（街道）新时代文明实践所13个，新建村（社区）新时代文明实践站174个，对全县村级卫生所进行维修维护；现代农业的建设也包含了节水灌溉系统的升级、有机肥的推广、化肥的压减、稻渔综合种养的扩展等多项工程。

尽管各个部门的负责项目都具有相对的独立性，最终却能合成一个有机的整体。或者说，各个部门都在谱写相对独立的乐章，最终合拢之际却会成就一首震撼人心的交响曲，而这首曲子的总指挥就是盘山县委县政府。

十九大以来，全国各地都已将生态文明建设贯穿到社会经济发展当中，盘山县的生态升级工程也是践行"绿水青山就是金山银山"之绿色发展理念的积极举措。众志成城，诸事可就。相信"水韵盘山"精准落地之日，"老县"盘山将在"全国生态文明示范县""乡村治理体系试点县"的基础上，如愿以偿地更上层楼，全域乡村将成为具有闲适田园风光、湿地苇海特色的现代乡村，全域街/镇也将成为产业兴旺、生态宜居的现代街区。水润的盘山，水韵的风情，若能以此摘得"辽河第一水乡"的桂冠，也就意味着"盘山模式"的热乎出笼，那无疑会为全省以至全国各市县的生态建设提供一个有益的模板。

水系连通：绿水清流可期待

如果说"水韵盘山"是一幅水墨画，那么"水系连通"就是这幅画的基调，决定着它的整体气韵。概括地说，"水系连通"就是通过扩挖河道、沟通涵管、配套设施、改造老旧等工程措施，使条条河流相互通连，达到互调水量、互补丰歉，从而实现水资源的均衡调度。其目的在于将有限的水资源在最适宜的时机应用于最适宜的区域，使之最大限度地发挥作用。这也是盘山人竭诚与大自然和谐共生的一次有益尝试。

作为"水韵盘山"方案的一项子方案，"水系连通"计划用5年时间，按照习近平总书记提出的"节水优先、空间均衡、系统治理、两手发力"的16字治水思路，通过充分的内部挖潜、水利行业的强化监管等有效举措，使盘山这座"湿地之城"的生态文明得以有效提升，进而成为辽河口地区的一颗璀璨明珠。

这个方案的形成经历了一个逐步扩充的过程。最初是为了拉齐盘山水利工程的短板，也就是解决"西三场"的水资源问题，从而使其走出困境。

"西三场"是盘锦地区土生土长的一个历史名词，特指位于市境西部的3个街／镇，也就是东郭街道、羊圈子镇、石新镇。三者早在新中国成立初期，就以"东郭苇场""羊圈子苇场""石ⅡⅠ种畜场"之名广为人知，拥有着令其他场／乡深羡的地位与美誉，因三者都坐落在这片退海之地的西部，就被人们俗称为"西三场"。

2018年年底，"西三场"划归盘山县。

往昔风光却不曾跟着同来，因为那只是往昔了。

实际上"西三场"还陷入了从未有过的困境，最大的麻烦就在于水资源的不足。目前东郭尚存苇田54万亩，羊圈子尚存苇田26万亩，由于灌溉用水的缺乏，导致压盐不充分，使苇田逐年退化，产量锐减。据统计，每亩苇田约略缺水20立方米，浩浩80万亩苇田也就有了一个1480万立方米的巨大空缺，且是每个年度。

拥有盘锦市唯一一处草场的石新镇，状况也差不多如此。

而这样的状况已持续多年。

多年来，为了补足这块缺口，人们就尽可能地求助于地下水，致使那片区域的地下水严重超采，地下水位大幅下降，且咸淡水渐趋混杂。时至2018年，"西三场"已显现水田退化、土壤盐渍化的趋势。事实是无论其早年声誉几何，今时今日的"西三场"与盘山县其他街／镇，尤其是东部的高升、沙岭、古城子等镇相较，都已是一种短板式的存在了。

不过事情并不至于令人绝望，因为"短板"的存在往往就是为了拉齐的。

至少盘山人这么认为。

于是人们开始想辙。

盘山的其他街／镇都属于盘山灌区，"西三场"则独立于这一系统之外，既无供水指标，亦无供水能力。"西三场"地面的中小河流也有几条，如今却多半成了季节性河流，在最需要水的灌溉时节大多是干枯的。待汛期降雨或河道来水的时候，又因没有蓄水工程而没法储水，只能眼睁睁地任由其滔滔过境而去，"闲水忙用"也无从实现。浩荡苇田里的浩繁调水工程，很多也在几十年的光阴里渐趋破损老化，能用的不多了。

诊脉至此，那治疾的药方也就有了：沟通水脉，均衡调度。

"水系连通"由此出笼。

"水系连通"的初衷，在于沟通县域东西两地的河道，在方便东水西济的同时，也期待西部的几条河流经此一浚，亦能实现自给自足。不过在再度深入摸底之际，也在早已成熟的盘山灌区发现了一些问题，比如有的水系是连通的，但水流不畅；之所以不畅，多因基流不足；有的基流挺足的，却因闸、泵等河流配套设施的老化，而致储水或排灌水功能减弱了……问题或大或小，却总是存在的，或隐或显罢了。

视而不见是不可能的，"水系连通"的方案由此得以扩充。这项原本只以整治"西三场"的几条河流为核心的举措，就这么扩展到县域的诸多河流。

要不还能怎么样呢？

"水系连通"的目的在于让水能够在多条水道之中顺畅流通，而且储能储、出能出，倘若顺而不畅，或者畅而难储、储而难出，一切就都失去了意义。那么既然事实已经表明对全域的河流进行一次大规模的系统整治势在必行，也就不由人再迟疑了，对一贯肯于实事求是的盘山人而言更是没有二话。于是，县域所有存在问题的河流全被纳入方案当中。

这就是一项结结实实的大工程了——

需对丰屯河、锦盘河、大羊河、西鸭子河、月牙河、东升干渠6条存在明显淤积问题的河渠进行清淤疏浚，以便做到成片推进。

需对多条河流存在的水体淤滞、引排水河道卡扣段、断头河等问题，通过拓宽河道卡扣段、增大过水涵洞、新增引排河道、沟通断头河等措施，促进水体流动。

需对部分拦蓄工程、泵站增建或改造，以保障提水扬程和灌溉能力。

需对计划中两相通连的河道进行底高程的找齐，以便于彼此衔接。

需对承载量不足的河道进行扩挖……

种种极富针对性的举措，相当于给县域的所有河流来了一次大梳理，盘山县的河流品质无疑将得到一个空前提升，河将更通畅，渠将更清澈。所有河渠的水动力，由此将变得前所未有的充沛，从而在连通的水系中自由地涌动。

河流对一个地区而言，俨然人体的动脉，当动脉动力十足的时候，机体自然会充满蓬勃的生机。想来"老县"盘山的容颜，也将因之而令人刮目相看。

然而事情并未到此结束。

显然在盘山人看来，水系连通、水流畅通虽然确实是期待中的美好成果，却并非终极目的，他们的终极目的是使民众的日子过得更滋润，也更舒适。如此一来，人居环境就成了必须郑重考虑的一项。然而"西三场"的现时状况并不容人保持乐观。

东郭街道、羊圈子镇、石新镇共有居民4.91万人，其中大部分家庭的经济来源是在苇田搞淡水养殖，或者掘井晒盐。由于近年的水资源缺口越来越大，地下水位也越来越低，这两项营生也就越来越不够景气。年度收益的缩减，导致民众的生活条件、家居环境等都不怎么尽如人意，至少与盘山县的其他区域存在着不小差距。

事实上这也是"西三场"被视为短板的重要原因之一。

那么使之得以改善，自然也成了考量拉齐短板工作究竟成效如何的一个必要参照。

即将实现的水系连通、水流畅通，可使"西三场"的民众直接受益，无论他们经营苇田、稻田，还是在苇田里开展淡水养殖，状况都会因此好转，居民家庭收入这块也就有了基本保障。在此基础上尚需额外动作的，是要将羊圈子镇西北部那片约一万亩的盐碱化水田进行土壤改良，断绝盐水的继续侵蚀，使之恢复往昔的生态。

尤其需要"重打鼓，另开张"的是人居环境的改善，那得靠政府的统一部署。鉴于此，盘山县人民政府便决定将"水系连通"工程与"农村水系综合整治"项目同步进行、有机结合，过程中需因地制宜、因情施策，对"水系连通"涉及的河渠及其周边进行必要的生态建设，以此确保沿岸村镇的人居环境都能得到有效的提升。范围也因此再次突破了"西三场"的境域，而几乎含纳了县域的所有沿河村镇。

此举也由此成了一项同样繁复的操作：需将丰屯河、锦盘河、月牙河、西鸭子河、大羊河、丰锦连通河、鸭锦连通河、月沙连通河、大板总干这9条河渠进行生态绿化，总长92.34千米；这9条河渠总共流经18个村屯，或者紧邻，或者穿越，无论哪一种，都需对这些村屯进行必要的景观改造。对其中7个村容村貌相对较好的村屯，还需结合"生态景观文明村建设"的指导，使其人居环境的文化含量得到进一步充实；与此同时，还需恢复或重建河湖生态廊道，使各村屯的河湖防洪、排涝、供水等基本功能得到保障。

就连诸河渠堤顶、坡面的绿化植物也都考虑好了，并翔实地纳入了方案：因"西三场"各河渠均位于潮间带，土壤多属盐碱性土质，选取的护坡植被须是具备耐盐碱特性的本土植被，主要是垂柳、金丝垂柳、连翘、灌木柳、马莲、荷花6种；流经村镇的河段，则需栽植具备景观效果的树种，以优化村屯段的河道面貌……

至此，原本只为通畅县境西部沟渠的"水系连通"方案，已切实升华为含纳盘山县水生态修复与再建的综合性治理工程。其意义也由此突破了提升沿岸村镇人居环境的范畴，而同时具备水源涵养、水土保持的长远价值。最为可贵的，是以此为县域水生态系统的自我修复创造了必要的前提条件。如此坚实的基奠，无疑使盘山的"绿水清流"指日可待，而对于境无拳石的盘山而言，显然"绿水清流"就是"金山银山"。

水泽福润：旧貌由此换新颜

截至2020年9月30日，"盘山县水系连通及农村水系综合整治项目"的首期工程已全面进入施工阶段，预计年底相继竣工。这标志着盘山县东、西部地区的水系连通即将实现，盘山人对县域水资源的全盘调控已为时不远，也意味着盘山西部地区的4个镇街、2个苇场的民众就要迎来一个更加美好的家园。

"芦苇黄了"是盘山县水利局人员纷纷借用的一个时间表征，他们边说边微微笑着，笑纹里还流露着些许如释重负与自豪。他们说上一次芦苇黄了的时候，"盘山县水系连通及农村水系综合整治项目"刚刚启动，正处于设计阶段，然后上报省水利厅、国家水利部等进行逐级技术审核，回头再根据专家意见反复修正完善。当年6月底完成了项目的可行性研究报告，七八月份对设计方案又做了进一步细化。继而于8月20日组织招标，9月20日结束后陆续开工，到9月30日就全面开花了。这时候抬头一看，才发现芦苇又大片大片地黄了，就是说这个项目从启动到开工，正好历时一年。

这是不平凡的一年。

盘山人在这一年里所取得的成绩，相信会被历史翔实记录，因为他们在这一年里推动了盘山县水利史上的一个大手笔，借此实现了盘山人梦寐以求的对县域水资源的全面调控。在此次工程彻底完工之后，盘山水利将不再需要大规模的举动，接下来若干年只需在此基础上进行修复或改进。意即，一方绣锦自此织就，此后唯需锦上添花。

为促成这方绣锦的编织，盘山人在这一年里也付出了太多。

此项目酝酿于 2019 年 6 月。当时省委巡视组来盘山县视察，指出了县域东西部发展不均衡的问题。这对县委、县政府的领导班子产生了很大触动，继而提出了"西部大开发战略"，并组织有关部门调研讨论，很快发现水资源匮乏、水利发展落后是制约西部湿地、水产养殖业、水稻种植业和工业发展的"牛鼻子"，严重影响了西部4 个镇街、2 个苇场的全面振作。为突破这一历史性瓶颈，以"水系连通"向西部地区输送水资源的想法迅速形成，并在接下来的推动过程中屡经完善，最终在省水利厅的竭力争取下，成功入围"全国水系连通及农村水系综合整治项目"试点县。

这一重大机遇的赫然在握，振奋了全体盘山人的精神，更使他们尤为珍视。为保障项目高质量地如期完成，自启动之日起，盘山县委县政府就把它作为全县第一号工程来抓。先是依托水利服务中心成立了法人单位，整合所有技术骨干，集中所有力量，全力推进项目建设；继而于水利局成立了督导、协调组和西部水利工程管理机构设置组，同时成立了由县长、副县长亲任总指挥、副总指挥的工程指挥部。一个由水利服务中心建管、水利局监管、西部指挥部指挥的管理模式，很快得以形成，且实践证明为卓有成效。鉴于此项目涉及面广、区点多、涉民区域多的突出特点，还由县政府督察室派出专人进行全程的全面督查，以便及时协调与处理推进过程中的各种矛盾与问题。

此项目虽以"水系连通"为核心，却并非水利部门的一己之责之力，实际上参与者众，几乎涵盖了盘山县的所有部门，如交通局、住建局、自然资源局、生态环境局及林湿中心、农业中心等等。为了及时形成强劲的合力，县长办公室还下发了《督办通知单》，要求各牵头责任单位将工作的推进落实情况每半个月一调度，并形成督查反馈，于每月15日、30日上午呈报县委、县政府主要领导。这一举措将一直持续到项目的全面落地。

"水系连通及农村水系的综合整治项目"实在是盘山人上上下下的心头大事，令诸多部门协同合作，共同发力，令无数人时时牵念，刻刻挂记。它在今日的如期动工、全面开花，折射了在业已过去的一年里，盘山人的竭诚努力与完美合作。

"盘山县水系连通及农村水系综合整治项目"总体包括45项水源工程、河道生态工程、农村水系连通工程；0.78万亩"盐"改"水"的土地复垦工程；月牙河、鸭子河的跨河大桥工程；西部镇街河系及村内水系绿化和水文化建设工程；污水处理厂工程；田间节水改造工程等等。整个规划总投资5.28亿元，其中申请中央补助2亿元，地方自筹资金2.58亿元，社会资金0.7亿元。

此类工程受季节性影响较大，河道内的工程需避开汛期，河岸带以及村屯水系沟渠的整治等也要兼顾农作物，只能在秋收后进入现场，施工时间因此相对较短。为保障整体进度，盘山县采取了多标段一次性完成招标的方式，将总项目划分为8个标段，以便及时利用施工黄金期。目前进入施工阶段的为1～6标段的工程与万金滩新闸及红旗站工程。

其中1标段为月沙连通河段工程，2标段为月牙河工程，3标段为大阪总干工程，4标段为大羊河与西鸭子河工程，5标段为丰屯河工程，6标段为锦盘河工程。这些工程包括进水闸、节制闸、河道疏浚及清淤清障、护坡整治等建设内容。

万金滩新闸及红旗站工程的建设任务是抬升水位，为西部地区的河流渠系连通提供保障，同时兼顾纳潮和灌溉，涨潮时开启闸门，纳入潮水；落潮时关闭闸门，拦蓄绕阳河水与从辽河双绕引水口输送的灌溉水，形成一定比例的咸淡混合水，同时可以满足东郭、羊圈子两个苇场苇田及水田的灌溉需求。

此时此刻，这些工程正在以"大干100天"的节奏如火如荼地进行着，预计年底将全面竣工。这样的事实，预示着盘山县水利工程的短板将就此初步拉齐。

水利在盘山始终具有举足轻重的地位，实际上盘山就是一个因水而兴的农业大县，自新中国成立之后相继经历了防洪工程、灌溉工程、涝区治理等屡次大规模的水利建设，进而成就为辽宁省七大灌区之一。在最近的十几年当中，还先后完成了灌区改造、水库除险加固、农村饮水等重点水利基础设施的建设，尤其实现了辽河水系与大辽河水系的互连互通，盘山的水利工作由此提档升级，基本完成了从传统水利向现代水利的转变。

西部水利工程短板的此次拉齐，实际上也是盘山县在"全国水利建设先进县"之根基上的再次腾越，与此前的几次大规模水利建设一样具有划时代的意义。西部的东郭、羊圈子、石新、甜水4个镇街和东郭、羊圈子2个苇场总计1073.7平方千米的土地，将借此全部融入盘山灌区，这应该也会成为西部民众再创辉煌的一个大好契机。

也就是说，"盘山县水系连通及农村水系综合整治项目"首期工程的全面动工，标志着勤劳执着的盘山人在这个金色的秋天里收获了一颗硕果，也同时播下了一粒希望的种子。

对盘山人而言，"盘山县水系连通及农村水系综合整治项目"还有一个简称，即"水韵盘山"。或者说，大部分盘山人乃至盘锦人都知道"水系连通"项目只是手段，它所要达成的目的是"水韵盘山"。又或者说，大部分盘山人乃至盘锦人都知道"水韵盘山"是盘山人的一个梦想，而他们没有仅停留在梦想的层面，而是正在通过水系连通、水源涵养、水土保持、河湖管护、防污控污、景观人文、农村道路等诸多措施来实现这个梦想。

据盘山县水利局的一位负责人透露，早在此项目酝酿之初，盘山人想到的第一个名字是"水润盘山"，每每见了却又总觉名不对意，斟酌再三，才最终择定了"水韵盘山"。显而易见，"水润盘山"只是技术性的，"水韵盘山"则包含了浓厚的文化气息。

　　两个名字仅一字之别，落实起来却差之千里，那实是"水润盘山"的升级版，意味着盘山人在落实"水润"全域的进程中，还要实现全域生态的整体提档，需要沟通环村水系、绿化沿河村镇、建构生态河道湖泊甚至水文化博物馆，等等。这样的愿景不仅增加了施工难度，也平添了资金上的负担。对此，盘山水利人又微微笑了，这钱说啥都得花呀，值个儿，我们已自筹了6000万元资金。

　　如此毫不迟疑地"自加压力"，表明盘山人已不再满足于水利建设单纯的兴利除害的功能，而是在建设的同时兼顾了水生态、水景观、水文化、水环境。盘山人显然已具备"跳出水利看水利"的胆识与魄力。

　　如果说盘山是个"因水而生"的农业大县，那么此刻就可以期待"水韵盘山"的规划将使之"因水而兴"，坐标辽河口的地利也将由此得到更为深入的应用。当"水韵盘山"全面落地之际，呈现在人们眼前的将是一个蓬勃的新盘山：24条生态水脉、8座河道水库、4座景观湖泊、127座村屯小微湿地与绕村水渠，将构成一个卓有生机的水网框架，框架里的水不仅水质达标，且全是活水，它们彼此通连，自由调度，互补互济，互储互输，共同滋养着县域的80万亩芦苇湿地、70万亩稻蟹湿地。

　　那时候的盘山将成为名副其实的"辽河第一水乡"，在践行生态观的同时，也会使栖居在"水乡"中的盘山人由此拥有更为充沛的获得感与幸福感。而这一切也定然会为区域经济发展奠定坚实的生态环境基础，助力生态产业的良性发展。史上的盘山曾备受水患之扰，今日以及明天的盘山，无疑会成为一个水泽福润的新盘山。盘山人接下来的持续努力，无疑会使那破茧成蝶的一天尽快到来。

最美"数据侠"

——记沈阳铁路局集团锦州电务段车载信号工刘博

杨　明

引言　追星（数据之美）

如果把机车比喻成一个人的话，机车上的车载设备就是人的眼睛、鼻子和耳朵，人最重要的是大脑，车载设备中最重要的就是列车运行监控装置，简称LKJ，俗称火车黑匣子。它比飞机上的黑匣子功能更齐全，责任更重大，前者只负责记录技术参数，并不参与驾驶，而火车黑匣子不但要为机车导航和记录，更要全程监控驾驶，绝对保障列车运行安全，它是机车的"大脑"。支持这个"大脑"工作的就是LKJ数据，

列车运行中，沿途线路、桥梁、隧道、坡道、弯道、信号机、车站等，在火车黑匣子里，就是一个个抽象的数据。数据看不见摸不着，但对于安全来说它就是真理；数据是海量的，每台机车的黑匣子里每年都需要80~100版数据，每版数据就达17万多条270万个字节；数据并不是一成不变的，举个最简单的例子说，每次线路施

工，线路设备发生变化，基础数据就会随之发生变化，数据更新再换装到机车上也同样多达数版，上千万个字节几十万条，发生毫微错误，后果都极有可能不堪设想。

把万象纷呈的实物具体凝练成精确无误的抽象世界，在这个奥妙无穷的世界里，车载设备是一顶王冠的话，数据就是穿起王冠的明珠，浩如夜空里的繁星。

刘博，就是那个追星的人！

一 山海关前初论剑

刘博，1982年出生，1998年考入沈阳铁路机械学校。在校园里，勤奋刻苦、求知若渴的他成了当仁不让的学霸，曾被全校师生冠以"电工小王子"的美誉。寒窗数载，2002年7月，刘博以优异的成绩毕业，踌躇满志地走出校门，走上了工作岗位。

一腔热忱的刘博没有预料到前方征途的坎坷，那会儿他很自负地觉得，一片崭新的广阔天地已经为他的人生徐徐拉开了大显身手的序幕，可没过几天，他第一次"出征"的经历就为他上了生动的一课。

秋雨中的一个下午，在单位接到去山海关折返段换装机车数据的紧急任务后，刘博跟随带班师傅冯运河冒雨前往。

到山海关已经是晚上了，雨仍绵绵不停，折返段院内停满了机车，冯师傅和刘博立即开始工作，爬上爬下，不一会儿身上的衣服就湿透了。他们一口气干了三个小时，车外雨不停，车内闷热，衣服湿了又干干了又湿，唯独脸上一直没干过，除了雨水就是汗水。

机车驾驶室内空间狭小，车顶灯光昏黄，能见度极差，更讨厌的是众多小飞虫围着灯飞来绕去干扰光线。一块数据芯片只有一块学生橡皮长，半块橡皮宽，两侧各有16根管脚，像只小蜈蚣似的，密密麻麻，看多了头晕眼花，每个管脚不及指甲长，只有1毫米粗细，还不如那些捣乱的小飞虫大，然而每台机车都要换装4块芯片，共128根管脚，只要有一根插错芯片就不能工作，整个LKJ装置也就随之失灵。

夜越来越深了，满院子的机车终于全都换完了。他俩下午赶来，忙到现在水米没打牙。冯师傅忙把手机号给了折返段作业车间的一位工友，请人家帮忙看着点儿，有入段的机车麻烦给打个电话，拉着刘博匆匆往外跑，找到个小吃铺要了两碗面，才端起碗没扒两口电话就响了……

干完这台机车，两人不敢再跑出去吃饭了，关键现在出去也无饭可吃了，所有饭店都打烊了。冯师傅说："老实等着吧。"刘博说："是呀，人家是干等，咱湿等。"两人在漆黑的雨夜中躲没处躲，去没处去，有心去作业车间休息室暖和暖和，可人家夜班职工也挺疲乏的，进去了连个坐处都没有，怎么好意思去蹭地方呢？师徒俩蹲在门口的雨檐下，细雨斜斜打在脸上，小风飕飕吹透湿衣，都在使劲咬紧牙关，上下牙齿却直打架，小腿还直转筋……

扶杆滑，车梯陡，一上一下没有啥，十上十下腿发麻。凌晨四五点，刘博说："不行了，爬不了啦，腿都打不了弯了。"冯师傅一拍刘博的肩膀，啪叽啪叽的，一拽自己的裤腿，说："你看看我，小伙子，干啥要么别干，干就必须得干好，爬！"

刘博简直不敢相信自己的眼睛，冯师傅的腿静脉曲张得太严重了！他在心里深深自责："冯师傅那么大岁数、身体那么差还照样爬，我年纪轻轻的咋就爬不了？"忙蹲了几蹲，活动活动膝关节，一咬牙又抓住扶杆。

东方破晓，一夜的淫雨终于停了。冯师傅对刘博说："知道我们一夜换装了多少台车吗？"手像枪一样一比画："82！你看——"顺着师傅的手指，车站上、折返库里，一台台机车如昂首挺胸的战士列好队伍，整装待发。一股自豪的成就感伴随初升的红日在刘博胸中喷薄而出。

二　大虎山上始成名

不知经过了多少次"山海关"式的历练，一晃近10年过去，刘博在实践中练出了过硬的功底，打下了深厚的基础，在风霜雪雨中成长为车载数据领域的业务骨干。

2011年，大虎山车站更新改造，刘博觉得是时候检验一下自己的所学所得和综合能力了，不满30岁的他主动请缨，承担了全部LKJ数据模拟检验工作。

大虎山站是一个多方向的编组站，数据模拟检验内容近3万个试验点。随着项目的深入，碰到的困难远远超出了刘博的预料，特别是对着电务平面图、工务配线图研究径路、道岔、限速等非本专业的内容，更是让他举步维艰。刘博既要保证工作进度，又必须以蚂蚁啃骨头的精神，一点点地学，一行行地编，一个个地试，边干边学。实在不懂的问题，他千方百计请教，他把20多个能请教的师傅按专业分别编上号，遇到相关的问题就给他们轮流打电话，哪一天手机都得充电两三次。每天都要不停地用左右手操控LKJ显示器，两个拇指摁得没知觉了，就换成两个食指，再没知觉了换两个中指，时间长了形成了软组织挫伤，双手酸痛握拳吃力，架着两个"剪刀手"，六根手指像小木棍一样立着。

连续十几天、每天连续十几个小时在试验台上反复试验，刘博终于一项不差、一点儿不漏地完成了任务，形成了1400多项的检验大纲和记录表，得到了上级专业部门的充分肯定。锦州电务段LKJ数据模拟检验工作从此在全局挂了号。上级领导对刘博赞誉有加："你小子一战成名，真是块干数据的料！"

学以致用，刘博在丰富的实践中不断超越自我，砥砺前行，用寂寞和苦修跳过了龙门，曾经青涩的少年踌躇满志，越来越增添了求胜欲望和游刃有余的自信豪情。

三 站如松，坐如钟

登上机车在运行中比照实物检验并完善数据，是车载数据技术工作中的另一个不可忽略和替代的重要手段。就像医生出诊一样，是检测线路设备和复核车载数据的重要途径。

在机车上旅行，普通旅客一定会觉得新奇。是呀，旅客只可以坐在车厢里，从来也不许登上机车，在飞驰中面对一马平川，无遮无挡地尽情领略山川景色，那种扑面而来一览无余的奇异，该多风光、多好玩、多激动啊。

而这对于刘博来说，一点儿也不风光不好玩，激动没有，一动不动是真的，一站就得十几个小时甚至更长时间。驾驶间里没有地方坐吗？有，不能坐，必须站姿，坐着无法工作。刘博说，知道人站到极限时什么心情吗？这时你要是递给他个凳子，真的就像流浪者在沙漠里看到了天边的绿洲一样，只想坐一秒钟，哪怕一秒钟也好哇。至于欣赏山川美景大好风光？那简直是开玩笑，添乘过程必须眼观六路耳听八方，从始至终保持注意力高度集中，看的是以屏幕为中心的各种车载设备，观察各种线路设备实物与图标信号的对比状况，听的是在机车轰鸣中的设备提示语音，各种行车命令，辨识仪器发出的正常或不正常的细微声响，研判各种变化，督导列车正常运行。

刘博说过，每次添乘结束从车上下来，头晕眼花耳鸣如鼓是小菜一碟，机车上没厕所，开起来停不下，刘博每次上车前都尽量少吃东西少喝水，可人不是钢铁，钢铁还有个抗压极限，血肉之躯谁没个赶上特殊情况的时候。

2011年，一次，刘博添乘在机车上工作了30多个小时后，腰椎间盘突出突然发作，俗话中说的"病来如山倒"，真是一点儿都不假，病可不管你何时何地，说来就来，一点儿征兆都不给你，就像欠债还钱一样，没条件还得带利息。

　　腰椎间盘突出病多发于中老年，刘博年纪轻轻怎么就得了这个病？原因就一个：坐的。随着铁路事业快速发展，线路数据也在不断更新变化。有一段时期，刘博要面对每个月至少3次，有时甚至七八次的数据升级，而一个完整的数据库多达270万个字节，为确保数据万无一失，刘博必须要对这270万个字节的字符进行反复核对和模拟试验。他坐在电脑前，目不转睛地盯着密密麻麻的数据，一坐就是十几个小时。什么叫忘我？这就叫忘我，工作占据了全部身心，让他想不起需要偶尔站起来活动一下，有时坐得腰都麻木了，结束工作时一下子竟没站起来。"站如松，坐如钟"，少林武僧的功夫都让刘博给练了，不是亲眼看见，谁敢相信那个站着想板凳、坐下起不来的竟然是一个人呢？冰火两重天的工作境界呀！

　　超负荷的工作让身心超负荷地付出，亏欠了身体就会使青年人也得中老年的病，得了病就得用痛楚来加倍偿还。

　　司机看到刘博疼得脸色发白，额头上滚出大颗汗珠，不一会儿就站不稳了，伸出手撑住驾驶台的沿角，手直抖，忙说："马上要到锦州了，你快下去吧，赶紧找个医院看看吧！"刘博摇摇头："不，还有几百公里线路没看完，这是首次新模式和数据与设备实物的比对复核，不看完我心里不安，必须得坚持到终点。"司机说："你不要命啦？"刘博擦了一把汗说："要，因为要命才不敢马虎。"他手指了下司机指了下自己再指了下身后，连忙又撑住身休，"你安全，我安全，整个列车更要安全，我们身上承担着全体旅客的生命安全哪。"司机眼睛湿润了，一挑大拇指："好兄弟，真汉子！"

　　列车到达添乘终点山海关时已经快凌晨4点了，机车偏偏又直接进入了货运编组场，刘博已经下不去机车了，寸步难行，好心的司机找来个熟人，连搀带架帮刘博出了货场大门。万籁俱寂，眼前一片空荡漆黑，大街小巷阒无一人。此处离车站尚有3公里，刘博僵在原地一动不能动地站了一小时。万幸有一辆中巴驶来停下，刘博挪上前对司机说："师傅，我是锦州电务段添乘的，腰犯病了，真走不了了，能不能麻烦您把我捎到车站去？"司机面有难色，中巴是来接机务乘务员退乘的通勤车，司机向后一努嘴说，"这车去乘务员公寓，和车站反方向啊，捎你一脚我倒没啥，上边一车人呢，都挺困的等着回公寓休息呢，要不你问问他们。"火车司机们忙说："没事没事，快上来吧兄弟，快坐下。"刘博哪敢坐呀，腰疼得早已没有了一丝支撑力。在中巴上手压栏杆身体悬空，练双杠一样到了车站，道过谢，下中巴，也不知怎么进的站，打听到一列回锦州的列车，还好早发的列车上旅客不多，人造革的座席面上冰凉冰凉，刘博从包里翻出一瓶矿泉水，随身带着的，半道犯病了怕上不了厕所没敢启瓶喝，倒掉水用空瓶子接了一瓶开水，拧严盖垫在腰下躺下去。疼痛让两天一宿没合眼的他仍无睡意，就这样一动不动地用瓶子"硌"回到了锦州。刘博的父亲接到儿子在机车上犯病了的电话，马上骑电动车赶到车站，老人已经在出站口翘望好久，忍不住打电话问怎么还没出站，铃响七八声才听到儿子的声音，刘博疼得连掏电话都得慢动作了。整整半个小时，刘博才捂着腰眼一步一步艰难地挪完了站台到出站口的短短300米距离。老父亲看到满头大汗步子都僵了的儿子，心疼得紧皱眉头，张了几下嘴却说不出话，小心翼翼地将儿子扶上电动车。

常言道，"知子莫若父"，刘博的父亲是个老铁路，深知铁路安全有多重要，60多岁的老人心里五味杂陈，怀着既心疼又支持理解的心情埋头骑车，带儿子快点儿回家……

四　空手扳倒拦路虎

在刘博心目中，数据也是有生命的，也是自己亲密的工作伙伴，为了让数据更好地发挥工作效能，刘博爱护设备，革新研发，攻克了一个又一个技术难题。

2009年起，LKJ2000型设备频繁发生单机运行故障，导致机车时常出不了库，出了库也存在随时中途"趴窝"的风险，不仅影响机车运用效率，更对行车安全构成严重威胁。如果都返厂维修，耗资预算将是个天文数字，仅一个主要配件检测费用就要1800元，更不要提更换配件了。刘博屡次向厂家咨询问题症结和故障解决办法，开始连碰钉子，厂家根本不予理睬，后来被刘博"纠缠"得多了，厂家笼统地说是硬件芯片问题，好歹给了点儿方法，刘博一试，治标不治本。刘博又气又急，发了狠：不就是一个机车"单机运行故障"吗，我就不信弄不明白它！刘博一头扎进模拟数据室，一屁股坐在电脑前又"入定"了，调取两年间涉及机车运行状况的文件2300余个，对比分析20多万条关键数据。坐功练完了照例是站功，只要有时间就去添乘，对所有返厂维修过的板件进行跟踪监测。找了三个多月的故障规律，终于发现单机运行故障的根源根本不在硬件，而是软件出了问题，是设备自带软件清不干净无效数据造成的。刘博带着自己的结论再次咨询，结果厂家总算开了金口交了部分实底：刘博的判断是绝对正确的，怎么解决，实话实说厂家也没有根治的办法，只能拿回来做做格式化，过一段时间还会故障复发。回到单位，他亲手将一块一块的故障板件打包返厂，刘博仿佛一个医生把一个个满怀希望的病人挥手打发出门，心中充满难以言表的焦虑、自责、无奈、心急如焚和欲哭无泪……

刘博再一次把自己锁进了数据模拟室，查资料、编程序、算公式，不断地写数据、清数据……同事说，你上顿没吃这顿还不吃呀？再不吃我们可不替你打饭了呀。刘博端着饭盒，目光不离电脑显示屏，辣椒在他嘴里吃不出辣味。一次又一次忘记时间，一次又一次推倒重来，有一天刘博突然大叫一声："空啦——"把刚给他打饭回来的同事吓得饭盒差点儿掉在地上，懵懵懂懂地问一句："啥，疯啦？谁疯啦？"

谁也没疯，刘博空手扳倒了拦路虎，找到了清空无效数据的办法，形成了DALLAS芯片人工写入空数据的方案！经过了反复车载试验之后，彻底解决了LKJ设备主机单机运行故障率居高不下的难题，成果得到了当时铁路局电务处的认可，并迅速在全局推广。

刘博没有沾沾自喜，只是淡然地在工作日志上记下了一句话："只要路是对的，就不要怕路远，方法永远要比困难多。"

刘博视挑战为乐趣，在各种难题的钻研工作中如鱼得水，一发不可收拾。

常言道"手巧不如家什妙"，又有句话叫"巧妇难为无米之炊"，刘博复核数据、搞检测、给徒弟们设置模拟故障留"作业"，乃至研究成功DALLAS芯片人工写入空数据的方案，靠的都是车载车间数据工区那台LKJ数据模拟检验机，平时刘博和车载技工们亲切地称它是"我们的好哥们儿"，离了它就像战士没了枪。可这台专门定制一直作用良好的机器，有一天却也突然出了问题，检验台上的薄膜键盘罢工了，"好哥们儿"昨晚还生龙活虎，今早就休克了，怎么按也按不醒它。定制的机器市面上没有兼容的配件出售，键盘无法更换，模拟试验台就此无法启动了。难道就让成本十几万元的设备因一个小小的薄膜键盘而报废了吗？而且再定制一台机器还不知要等多长时间，数据如海，工作不等人哪。刘博先找设计厂家去买，没有；去各大电子市场和网上搜寻同类产品，还没有；刘博又心疼又心焦，找来其他类似的键盘进行改造，可连续尝试了多次效果均不理想，面对着满工作台被他拆零碎了的键盘元件，刘博暗暗一攥拳头：对，自己动手，重新做一个！说干就干，马上画设计图，和原键盘对比论证。刘博很快发现，别的都好办，薄膜键盘需要同时控制两套对比设备来实现检验功能，设计起来有相当的难度。查阅了大量资料，画废了几十张图纸之后，刘博找到了正确的方向，一个近臻完美的电路图终于跃然纸上。这个方案仅需一款不足1元钱的双通道触点开关，就能实现所有的电路功能。刘博再一次体味到了工作和研发的乐趣，凡事亲手做一做，只要方向对了，有科学理论依据为后盾，再大再多的困难总会迎刃而解，很多时候看似山重水复，其实柳暗花明就这么简单，而在不断探索奥妙的过程中不断取得发现的欣慰和狂喜，是局外人根本不能理解和享受到的。刘博立即行动起来，但在制作过程中又遇到了新的麻烦，双通道触点连线多，原来的电路板是单层式的，总会出现线路交叉的情况，互相干扰，极易短路，烧毁原件，刘博重新设计了一块双层电路板，再托朋友找专业的人定制出来，费用当然又是刘博自己掏腰包。刘博又发现，他越干越顺手了，连干一个星期，到了最后一天深夜，刘博看到，曙光已经在向他招手，模拟键盘已经初具雏形，刘博乐得要哼起小曲来了……完成的键盘安装在模拟机上，刘博忍住内心的狂跳屏住呼吸按开关电钮——设备复活了，不但全部恢复以前的功能，而且键盘的灵敏度比原装的高了许多，刘博试着输入一连串待栓数据，轻敲键盘，好家伙，机器立竿见影给出正确结果，工作效率至少提高了30%。刘博嘿嘿一笑，扭扭发僵的脖子，窗外早已天光大明了……

早晨，同事们发现LKJ模拟检验机比他们更早就开始了勤奋工作时，工作室里一片欢呼，有人忙在唇边竖起食指："嘘，嘘——"大家回头去看屋子角落里和衣歪在椅子上的刘博，整个房间静极了，只有刘博那轻微的鼾声……

一个小小的薄膜键盘，让刘博一次性给电务段节省了十几万元。

刘博再接再厉，乘胜前进，同年，刘博提出并主导编写的专门用于统计的工具表，提高数据换装统计效率80%以上，2015年，他根据数据模拟对比实验台原理，研制了数据模拟比对实验台，为轨道车安全上线维修、抢修作业提供了可靠的数据依据。

五　蟾宫折桂

2014年11月18日傍晚，一列北京方向驶来的动车组缓缓驶入锦州南站，站台上，迎候的人群早已期盼多时。车门打开的一刻，刘博看到了一张张熟悉的笑脸。刘博跨出车门，向热烈鼓起掌来的欢迎人群敬礼。

刘博刚刚在武汉参加完第四届全国铁路行业技能大赛，勇夺冠军后载誉归来！

第二天一清早，一天未休的刘博在朝阳未升的晨曦里出门上班，准时回到工作岗位。班前会上，刘博第一个站起来，指着胸口说："半年多的时间里，为了支持我参赛，让我安心训练，车间和工区其他同志替我分担了大量工作，其实我心里明镜一样，大家都忙得脚打后脑勺，我从这往外过意不去，从今天起我多分担多付出，有我在，数据复核这方面大家就放心吧。"

2014年对于年仅32岁、已有12年路龄的刘博来说确实是不平凡的一年，在年初和年中，他已经两次将锦州电务段、沈阳铁路局集团公司技能竞赛的技术状元纳入囊中。

"岁岁梅花寂寞开，一瓣清香苦寒来。"从崭露头角到蟾宫折桂，偶然吗？不！为什么刘博被冠名为"车载数据大师"？就是因为他入路工作17年以来，换装数据2000余版，总计超过上亿字节，完全实现零差错。无数次现场核对发现设备代码不符等问题并及时修正，确保行车绝对安全。

"一声春雷绽新芽，缤纷绚丽竞催发。"刘博在此后短短几年内，迎来了人生和事业当仁不让的辉煌——先后被授予火车头奖章、辽宁省劳动模范、辽宁省高功勋技能人才、全国技术能手、全路首席技师等称号；2018年被铁路总公司授予铁路工匠荣誉称号，成为以工人职名享受国务院政府特殊津贴的高技能人才；2020年再铸辉煌，被中共中央宣传部授予最美铁路人荣誉称号。

2016年4月，国铁集团以刘博的名字命名，正式成立了刘博铁路信号工技能大师工作室和劳模创新工作室，两个团队皆由刘博担纲，精英荟萃，大有可期。

春华秋实，硕果累累，几年来，两个工作室在研发和培训人才上取得了令人瞩目的成绩，大量研发成果获得专利，广泛应用于实际生产工作中。

两个工作室里，宽敞的空间已经显得狭小了，刘博和他的团队研发成果的样品已经快放不下了，请看——

车载设备操作仿真系统

车载安全信息管理系统

CIR设备故障点判断系统

微机联锁驱动板自动检测装置

那厚厚的一摞摞专利证书和获奖证书、奖章、奖牌、奖杯就是对他们辛勤耕耘、付出智慧和心血的褒奖和肯定，仅"微机联锁驱动板自动检测装置"一项，就被铁路总公司评为铁路技能大师工作室成果展示项目一等奖，"CIR设备故障点判断系统"，让检测人可以准确判断故障部位，大幅度缩短了设备故障处理时间。

大师工作室、事业里程碑！

六　严师益友永铭初心

"一千人的眼里有一千座山"，刘博身上虽然没有生出光环，但在不同的人眼里也折射出不同的光彩。

诚：诚恳、真诚、忠诚。现任锦州电务段车载车间党支部书记刘卫东说，刘博同志是个真正"不忘初心，牢记使命"的优秀共产党员，他不光技术过硬，辛勤工作，也深知具备优良的政治、业务素质和政策水平，是新时期党务工作提出的更高要求，在政治素质方面，他具有坚定的理想信念，较强的政治责任感。在思想素质方面，他从提高自身政策理论水平入手，认真学习党章和理论知识，做好学习笔记，撰写心得体会文章，经常与党支部进行思想沟通，把思想动态第一时间回报给组织，积极参与党支部活动，带动车间青工都活跃起来，不断严格要求自己，加强党性锻炼，自觉塑造一个工人党员的先进形象。

严：这是刘博的徒弟们对师傅的第一印象。车载车间数据工程师张新荣回忆说，有一天早晨上班，他刚走到二楼就听到三楼传来一阵厉声斥责，张新荣循声而去，发现刘博正在狠批几个准备参加技术表演赛的青工，刘博大发雷霆，几个青工耷拉着脑袋面红耳赤。原来是他一天让他们掌握的知识、给他们留的"作业"，大家都没有认真复习和完成。惹得刘博大为光火，当即增加了模拟试题和"作业"量，责令几个青工加倍罚学罚练。

刘博在工作上管得严，也是在段和车间里都出了名的，他要求他的班组成员对待工作命令必须绝对服从，不能有半点儿含糊。2019年8月份开始换装"20190217"新版模式，本次模式换装时间紧，任务重，尤其模拟检验必须加班加点完成。多数成员产生了畏难情绪，说反正是模拟，慢慢检验吧，晚几天也无所谓。刘博瞪起了眼睛，斩钉截铁地说："模拟检验必须在换装前完成，一旦装上车再发现问题可能就是车毁人亡的结局！"大伙没人敢再说什么了，因为刘博的坚持与执着，新版模式模拟检验工作提前完成。

"90后"青工沈军，既是刘博的徒弟，又是劳模创新工作室的主要成员，为了让他早日练就过硬的技能水平和心理素质，刘博曾把一个连续四天的添乘任务交给沈军独立完成。当任务进行到第三天的时候，刘博接到沈军的电话："师傅，火车司机都换了好几班了，这几天我一直没能吃顿热乎饭，睡个囫囵觉，能不能让我下车调整一下，明天再接着登车？"刘博当即说："不行！你必须坚持下来，我马上出发，到前面的车站等着你。"在下一站，刘博见到两眼熬得通红的沈军，看到沈军向自己投来满怀期盼和纠结的目光又低下头去，刘博心里一阵不忍，可他双手一拍沈军的肩头，说："打起精神，抬起头，看着我。"沈军看到的是刘博坚毅而充满信任的目光，刘博递给他一罐红牛说，"剩下的添乘咱们一起来，上车！"直到完成任务下车之后，沈军才说："其实累是次要的，主要是一个人在车上太久了，那份寂寞让人抓狂。"刘博说："干咱们这行第一条就是必须耐得住寂寞。"

有了刘博这样的严师，沈军很快脱颖而出，从一个普通信号工成长为LKJ数据联锁骨干，并于2018年获得全路首届"双创杯"青年职业技能竞赛车载专业第一名、总排名第二名的优异成绩，荣获全国青年岗位能手称号，2019年集团公司技术状元。

在工作中，刘博常说："授人以鱼不如授人以渔，一枝独秀不如百花齐放。"他对自己刻苦学习发愤钻研来的成果毫不保留，而且心细如发，能做到因材施教。他只有一个愿望，大家都成为骨干和栋梁，为行车安全正点保驾护航。

车载车间器材检修工区技师储晓倩说，2015年，她在博哥的鼓励下报考了车载技师，考前的某一天，她被刘博叫住，指指她身后的LKJ主机监控板指示灯问："这灯长亮是什么意思，闪烁是什么意思？"储晓倩挠挠头说："好像是A主B备吧？"刘博摆摆手说："还好像，就你这样还想考技师呢，自己对技术不上心，不懂还不问，指望谁天天主动来教你吗？"储晓倩的脸腾地红了，尴尬地说不出话，心想："这以后也不好意思问他问题了呀。"没想到刘博没一会儿就给储晓倩传了一张关于LKJ监控主机板各板件指示灯的详细图解，储晓倩对刘博的敬佩之情油然而生，督促自己发奋图强，不懂就问，一举通过了技师考试。

储晓倩说，2017年，LKJ数据换装频繁，不仅各测试点工作量巨大，他们工区的器材检修任务同样艰巨，忙得她每次到数据换装室直接领取换装设备就走，被博哥发现了，嘱咐她，一定要验过程序才能领走，不是不相信别人，是对自己负责，对工作负责。打那以后，储晓倩也学会了独立检验数据模板，在刘博身上，她学会了一丝不苟。

刘博10多年前的工友，如今已成为电务段职训科工程师的张秀秀说，2006年，她在负责做机车三号、八号电磁阀的拆解、清理、组装、测试等整修工作时，由于不得要领，阀门经她手整修完毕返装机车后不好用，弄得司机们抱怨连连，工区工长几乎天天都拉着脸强调电磁阀整修问题，张秀秀难堪极了。就在这时刘博来了，工区派他来配合整修电磁阀。他嘻嘻哈哈，轻松自如，一个个电磁阀经他手整修后返车，司机们乐了，好使，太好使了。张秀秀乐得轻松自在，悄悄松了口气，美滋滋地想："博哥真够意思。"万没想到，够意思的博哥通过一天工作实践找到了张秀秀整修过的电磁阀存在的症结后，第二天就"罢工"了，观察张秀秀如何操作，自己在旁边背着手"监工"，脸上一本正经。张秀秀如芒在背，甭提多难受了。越难受越干不好，脑袋乱糟糟手也不听使唤。张秀秀女孩的野蛮劲也上来了，回瞪着刘博，请他离远点儿。刘博好脾气，潇洒踱步，优哉游哉，一言不发。就这样别别扭扭地"配合"了一天。第三天，刘博不再缄默，对张秀秀说："我在确定你的问题出在哪里之后，要是不仔细看你是怎么操作的，能判断你出问题的原因吗？我会帮你把问题解决，但自己的工作能总让别人来解决吗？技术得自己掌握才能真正成为自己的东西呀。米，现在我和你一起做，一会儿你要仔细看我上螺丝时的顺序，要对角带紧，不要依次固定，不然阀门就会'跑风'"。那一刻张秀秀恍然大悟，不但破解了工作上的难题，心中不快的疙瘩也烟消云散，最感动的是，刘博给她的是向上的动力，这会儿她才真正领悟到什么叫"授人以鱼不如授人以渔。"

这就是刘博，有血有肉，仁义温情，不仅是工匠和大师，更是一个大写的人。

大国飞翔

——飞机设计师顾诵芬写真

关　捷

北京城，北苑2号院里有座普通的二层小楼，这是中国航空工业集团有限公司科技委的办公楼，这也是顾诵芬院士工作的地方。

老人家气质儒雅，目光柔和，微笑里面深藏睿智。

一个跋涉过万水千山的人物。

91岁了，他仍然坚持到办公楼来。1986年，他离开工作了35年的飞机设计岗位，从沈阳来到北京，担任航空工业部第二届科技委副主任。从那时到现在，每个工作日的早晨，他都要从500米之外的家走到这里。只是当年他只需走三五分钟，现在他要走10多分钟。他是每天早晨第一个到办公楼来的人。

书柜上，有5架飞机模型列队摆放。最右边的一架歼-8Ⅱ型战机，总设计师正是顾诵芬。作为我国第一架具备超视距空战能力的歼击机，是我军长期的主战装备。它的前身，是我国自主设计的第一款高空高速歼击机——歼-8。

安静地坐在椅子上，老人家开始翻阅中外飞机设计理论书籍。空中偶有飞机飞过，他的目光会习惯性地发亮，然后思索，然后微笑。

顾诵芬，1930年2月出生。诵芬，父亲为他选用这两个字为名有两层含意，除按家族排辈的"诵"字之外，还取了"咏世德之骏烈，诵先人之清芬"之意，这是西晋陆机《文赋》中的名句。

他是新中国著名飞机设计师，是我国飞机气动力设计奠基人之一，是我国航空科技事业的引领者。他先后参与和主持了歼教-1、初教-6、歼-8和歼-8Ⅱ等机型的设计研发。

1991年，顾诵芬因为卓越的成就当选中国科学院院士。1994年，他又当选中国工程院院士。他是第六、第七届全国人大代表，第八、第九届全国人大常务委员会委员。

一

顾诵芬，出身于赫赫有名的苏州顾氏家族。远祖顾雍为三国时代吴国的丞相，曾以贤达闻名天下。从那个时候开始，读书就成为顾家世代相传的良好家风。到了清代，康熙曾盛赞顾家为"江南第一读书人家"。祖父顾元昌，原为清末的四品官员。后来，辞官做书法教师；父亲顾廷龙，著名书法家、一代国学大师。

母亲潘承圭，出身于苏州著名的"彭宋潘韩"四大家族中的潘家，是那个时代苏州为数不多的知识女性。族兄顾颉刚，是大名鼎鼎的历史学家。

在顾诵芬的记忆里，当年经常到他家里来的有顾颉刚、张元济、胡适等人。

1935年，顾诵芬5岁，父亲顾廷龙应邀去燕京大学任职，全家迁往北京蒋家胡同，住在顾颉刚的大院子里。

两年后，就是1937年，顾诵芬正在燕京大学附属小学读二年级，七七事变爆发了。7月28日那天，日军疯狂轰炸二十九军的营地。那个地方，离顾家不到2000米。

那天早上，7岁的顾诵芬从睡梦中被炸醒。他趴着窗子向外面看，天空中，日军的飞机群向西飞去，一边飞，一边疯狂投掷炸弹。爆炸所产生的火光和浓烟仿佛近在咫尺，地动山摇，玻璃窗被冲击波震得粉碎。

北京城，顿时变成一片火海。

这个惨烈的场面，对幼年的顾诵芬刺激特别大，顾诵芬因此决定了今生唯一的人生选项。他暗暗在心中立下"航空报国"的志向："长大以后，我要让中国的战机飞上天！"

1939年，顾诵芬随父母来到上海，在父亲的指导下，他开始编写古籍索引，心里却一直想着造飞机的事。

1940年2月，顾诵芬10岁，做物理教师的堂叔顾廷鹏似乎看明白了他的心思，生日那天，特意给他买了一个杆式机身航模作为生日礼物。

这个礼物太珍贵了，顾诵芬如获至宝。可是，由于是用橡皮筋做动力，撞了两次，航模就坏了。

父亲见他如此迷恋航模，就带他来到一家航模店，在这个店里，为他买了一架舱身型飞机模型。这在当时，是一般的小朋友难以想象的礼物。

可是，玩的次数多了，这个航模也不免要损坏。这时，顾诵芬就尝试着自己修理。一时买不到胶水，他就找来废弃的电影胶片，用丙酮溶解后充当黏合剂。修好了，再去试飞。有时候，框架撞坏了，他就用火柴棒代替轻木，重新加固起来。

每次看到自己修好的航模重新飞起来，他的心情都十分欢快。他的心与航模一同在天上飞，他走进了一个新世界，一个飞翔的新世界。

航模，让顾诵芬着迷。在一期美国通俗科学杂志《流行科学》上面，他发现世界最先进的航空模型制造方法。但是，受当时的条件限制，他做不了。

1945年，父亲从开明书店为他买到一批苏联航模制作技术书，顾诵芬认为家里的条件可以做成。

家里和爸爸工作的图书馆门前都有一片开阔地，都可以在做好模型之后进行试飞。他当时做的航模，至少在上海的青少年当中是高水平的。反复的航模飞行训练，让他的航空知识一天一天丰富起来。

1947年，顾诵芬从上海南洋模范中学毕业。经过考试，浙江大学航空系、清华大学航空系、上海交通大学航空工程系都同意录取他，但他最后选择了上海交通大学航空工程系。

1949年4月初的一天，胡适来与老朋友顾廷龙告别，在顾家吃了午饭。席间，胡适问顾诵芬："你在大学里学什么专业？"顾诵芬答："我学的是航空工程。"胡适说："这是实科，不像现在报上写文章的那些专家都是空头的。"顾诵芬从这句话里感受到了激励。

进入交大，顾诵芬很快成为系主任曹鹤荪博士的得意弟子，并因此逐渐成为交大的高才生。1951年8月初，顾诵芬以优异的成绩毕业。曹鹤荪早已明确表示，请他留校当教师。

早在1939年，顾诵芬的哥哥因病不幸去世。从那时起，母亲更加疼爱顾诵芬，舍不得他远走，他也不忍心离开母亲。父母都特别希望他留在身边工作。

这年春天，我们国家发生了一件大事。1951年4月17日，为了形成抗美援朝的空中战斗力，中央人民政府革命军事委员会和政务院宣布成立航空工业管理委员会，不久，成立航空工业局，局址在沈阳。

在这样的背景之下，上海交通大学接到了命令，这一批航空工程系的毕业生都要另行分配，到位于沈阳的航空工业局报到。顾诵芬有幸被选中。

8月24日下午，顾诵芬离开上海，父母送他到火车站。母亲对儿子千般不舍。

在沈阳，21岁的顾诵芬遇到了徐舜寿、黄志千、叶正大等当时中国最权威的飞机设计专家和航空科技人才，他在他们身上学习到了好多精粹的东西，这对他后来从事飞机设计事业产生了巨大的影响。

此后的五年里，顾诵芬和同事们的主要工作是就是修理苏联支援的各型飞机。通过这些工作，他和大家一步步走进飞机的自行设计制造领域。

历史性转变的一天，终于来到了。

二

1956年8月15日，航空工业局发布命令，成立新中国第一个飞机设计室。设计室接到的首项任务，是设计一架亚音速喷气式中级教练机，临界马赫数0.8，定名"歼教-1"。

设计室迅速组建而成，有近百人的队伍，平均年龄22岁。徐舜寿为主任设计师，黄志千、叶正大任副主任设计师。陆孝彭、顾诵芬、屠基达、管德为骨干力量。

26岁的顾诵芬担任气动组组长，人们叫他为"小顾"。据说是因为他长得比实际年龄小，又经常呈现天真的微笑。当时，相关的资料和设备都极其匮乏，办公场所也异常简陋，整个设计室只有临时腾出来的几间办公室。

他们所面对的，几乎全部是困难。

顾诵芬和一群年轻的同事，在设计室主任设计师徐舜寿和副主任设计师叶正大、黄志千的率领下，开始着手研制歼教-1教练机。

歼教-1的设计制造和新机试飞，都是新中国飞机设计制造史上伟大的第一次，它是我国第一架自主设计的喷气式教练机。而这架飞机气动布局的设计任务落在了顾诵芬头上，他的压力也就特别大。

顾诵芬双眉紧皱，一张爱笑的娃娃脸变得严肃起来。

歼教-1飞机的特点，是要用两侧进气，要让出机头来置放雷达。然而，对于学习螺旋桨飞机设计基础课程的顾诵芬来说，这是一个陌生的领域。他压根就没学过，他要重新学，而且是自学。

顾诵芬最不怕的就是学习，艰苦的学习又开始了

那段时间，顾诵芬在晚饭后，大部分时间要在办公室里继续工作，找资料、看书、摘抄，回到独身宿舍的时候，已经很晚了。每次回来后，他都先拿暖水瓶到茶炉间打一瓶开水，冲一杯奶粉放在旁边的小桌子上。剩下的热水倒在脚盆里，这样，他就一边泡脚，一边看英文书。书看得差不多了，他拿起杯子一饮而尽。然后，进入休息状态。

飞机设计，那时在国内是一张白纸。可这次设计又是高标准，它要求平直机翼飞到0.8马赫，这就更是一个难题。

没有条件请外国专家来指导，顾诵芬只能咬紧牙关，自己慢慢摸索。

为解决机身两侧进气的难题，他专程来到北京，住进航空工业局驻京办事处的单身宿舍，然后到北京航空学院图书馆查找资料。

那个时候，北京航空学院正处于草创时期。白天，图书馆都是学生在使用，他只能晚上去。从宿舍到学院的路还没有修好，更没有三环路，他只能从黄亭子绕过去，晚上也没有路灯，雨天满路是泥泞。他借了一辆自行车，来来回回跑了一个星期。还车的时候，他才发现自行车的前叉已经开裂了。

终于，他找到了一篇总结进气道设计的文章。

那时没有复印机，为了尽可能准确，他自己动手"影印"——买来描图纸、三角板、曲线板，把相关的图都描下来。

顾诵芬把所能搜集到的信息加以整理、汇总，最终形成了可以进行气动力设计计算的一套方法，圆满完成了翼型、翼身组合形式选择与计算、进气道参数确定和总体设计所需数据的计算。

歼教-1的气动力设计一步步走向成熟。

可是，验证的方法又是个大问题。没有梳状测压探头，国际上倒是有，但人家对我们实行封锁。

绞尽脑汁，顾诵芬与南航首届毕业生胡同一起想出了办法。他们找来二四二医院的废弃针管，把不锈钢的针头焊在铜管上，然后，在外面用薄铁皮做个整流罩。就这样，他们做成了符合要求的梳状测压探头。

试验，总算可以进行了。

那个时候，甚至连像样的风洞也没有。顾诵芬就去哈尔滨军事工程学院，找到个1.5米口径的小风洞，在那里去做试验。

白手起家，就是除了困难，几乎再也没有什么。做试验还需要一种鼓风机，当时市场上根本买不到。怎么办呢？上级说："小顾，你设计一台吧。"顾诵芬听了一愣，但他还是接下了这个任务。

顾诵芬根本没学过鼓风机专业，赶鸭子上架，硬着头皮也要上。几经周折，他在哈尔滨外文书店找到了鼓风机的参考书，根据这本书，他设计了一个鼓风机，然后安排实习工厂加工出来。

终于，在一个月过后，他们搞成了试验。

1958年7月26日，中国第一架自行设计的喷气式飞机歼教-1首飞。

全体机务人员在检查完歼教-1后，在飞机旁列队。组长跑到试飞员于振武面前立定，敬了个军礼，报告道："准备完毕，飞机良好！"

空气越发沉寂，大家的表情严肃而又充满期待。现在，人们是与重大历史事件面对面，是的，一段重大历史即将在这里实现转折。

到此刻，于振武对这架飞机只熟悉不过两周而已，这在世界试飞史上很少有过。顾诵芬和试飞站的同志对他的飞行技术充满信心。他1951年毕业于空军航空学校，在飞米格-17的时候，飞直线平飞，在记录仪的蜡纸上画出的就是一条直线。他的飞行技术一直是高人一筹。

于振武很镇定，他走到了登机梯的前面，看了看这架银白色的战机，在地上蹭了蹭鞋底上的泥土，然后，毅然登上飞机。

啪！啪！指挥台上升起绿色的信号弹。

歼教-1启动，在跑道上加速，一眨眼，飞上了天，越飞越高，甚至还灵活自如地转了一圈。然后，它飞回机场方向，绕场一周后，它轻轻松松地下滑进入着陆航线。

歼教-1稳稳地停了下来。

歼教-1凯旋。

机场上，一片欢呼。于振武微笑着走下了飞机，徐舜寿快步上前，与他紧紧拥抱，顾诵芬热泪盈眶，人们把于振武抛了起来。

作为试飞英雄，于振武后来发展越来越快，1994年担任空军司令员，1996年，晋为上将。

从设计到首飞成功，这架歼教-1只用了一年九个月的时间，其速度之快，在国外也是相当罕见。

那一年，顾诵芬年仅28岁。

鉴于当时复杂的国际环境，这则特大喜讯没有公开报道，新华社只发了条内部消息。

8月1日，为庆祝八一建军节，歼教-1飞机在沈阳于洪机场做了一次飞行表演。

8月4日，在沈阳召开庆祝大会。

10月，两架歼教-1飞机从沈阳飞往北京南苑机场，接受中央领导检阅。

在这之后，顾诵芬又成功完成初教-1（后改为初教-6）飞机的气动力设计任务。

在国外严密封锁的前提下，顾诵芬和同事们一起白手起家，创造性地完成了我国第一架喷气式飞机（歼教-1）。从此，中国航空工业迈入了自主研制的新纪元。

三

1961年的时候，国外敌对势力对我国领空制造了新的威胁，空军和海航部队急需高空高速歼击机，以此来拦截那些入侵的敌机。

于是，国防部第六研究院第一设计研究所成立，对外简称六〇一所。3年后，六〇一所承担的歼-8歼击机的研制工作正式启动。

1964年，歼-8设计方案敲定。黄志千任总设计师，34岁的顾诵芬担任副总设计师。

1965年5月20日，总设计师黄志千在出国购买试飞测试设备的途中，因飞机失事不幸遇难。

形势一下变得危急起来，王南寿率领蒋成英、顾诵芬、冯钟越、胡除生等临危受命，接过帅印。

在歼-8飞机之前，虽然有过歼教-1、东风-107的研制经验和教训，但是完全自主研发功能强大新一代的歼击机，这对于刚刚起步的中国航空工业来说，困难实在是太多了。对顾诵芬个人来说，更是前所未有的严峻考验。

越是先进的东西，各国越是注重保密。顾诵芬他们几乎找不到任何公开资料。为了得出最精确的结论，顾诵芬夜以继日地查找资料、不断地计算载荷。

在那段特殊的岁月里，顾诵芬的心理压力特别大。

1969年3月，顾诵芬从学习班出来，回到了歼-8飞机身边，他兴奋不已，他步履加快。

1969年7月5日，我国自行研制的第一架高空高速歼击机——歼-8飞机在沈阳首飞。

这一天，试飞机场上人们屏住呼吸，注视着跑道一端的歼-8飞机，顾诵芬手持秒表，准备测算滑行时间。

9点38分，根据空军副司令员、航空产品定型委员会主任曹里怀的放飞命令，首飞指挥员苏国华大声下令："起飞！"

两颗绿色信号弹凌空而起，第一架歼-8飞机长啸一声，风驰电掣地从人们眼前滑过，它抬头、拉起、爬升，最后，飞向了天空深处。

天从人愿，秒表测得的数据与计算完全相符。

20分钟后，歼-8飞机在3000米高空盘旋3圈，开始返航，最后落在地上，滑行一段之后，平稳停下。

歼-8飞机就此宣告首次试飞成功。从这一天开始，中国不能自行研制高空高速歼击机的历史结束了。

观看的人群一片欢腾。

顾诵芬泪水滂沱。那段历程实在是太艰难了。

首飞虽然成功，但歼-8在跨音速的飞行试验中还是出现了问题，这就是抖振。在此后9年的试飞中，抖振的问题一直没有得到解决。

那么，抖振是什么情况呢？

飞行员的描述特别形象，他说："就好比一辆破公共汽车开到了不平坦的马路上……"顾诵芬听了这话，陷入痛苦的思索。

又是几个不眠之夜，最后，他大胆提出了一个土办法。

试飞小组的人买来了红色毛线，把毛线剪成20～25厘米长，粘贴在机尾罩的前后，围绕机身，就像穿上了一条红裙子。

顾诵芬决定乘歼教-6飞机上天，直接跟在歼-8试验飞机的后面，观察歼-8飞机的飞行流线谱，观察毛线条的扰动情况。

黄志千空难之后，顾诵芬的夫人江泽菲就与他有个约定，就是"从此不再乘坐飞机"。然而，解决抖振问题刻不容缓，现在，他必须违约了，他别无选择。

这一次的危险系数很高，他乘坐的不是安全系数高的民用飞机，而是危险系数高的战斗机。更危险的是，要求他所乘的歼教-6与歼-8距离在5米左右，甚至还要更近。这样的距离，稍有不慎，很可能就要两机相撞，那就会酿成大祸，直接危及他与飞行员的生命。

然而，顾诵芬现在顾不了那么多，他心里只想着飞机抖振的事。

"48岁""从未经受过飞行训练""万米高空的飞行"，在这样的条件下去飞行，这实在太危险了。领导起初说什么不同意。顾诵芬说："我不上去，问题就解决不了。歼-8高于一切呀。"领导只好请示更高一级的领导。

最后，经过航空部和空军司令部的特别批准，顾诵芬的请战顺利通过。

上飞机前，要吃一个月的"空勤灶"来补充营养。顾诵芬担心会引起夫人的怀疑，晚上的那顿"空勤灶"他不敢去吃，要骑20分钟的自行车回到家里吃。

1978年夏，顾诵芬连续三次随歼教-6上天，与歼-8飞机等速度飞行，在不同高度、不同方位上，他用望远镜、照相机观察、拍摄飞机的飞行状态。试飞员鹿东鸣看了，内心特别震撼，那么大的年纪，不顾生死，眼睛一眨也不眨地盯着前面的歼-8飞机。这是世界现代飞机研制史上罕见的壮举，这是什么精神哪？

第一次没有发现问题，第二次也没发现问题，顾诵芬又第三次上了飞机，终于，这回他发现机尾根部的锐角区毛线全部被气流撕掉了，那里气流严重分流，并因而造成了抖振。

抖振的问题根源，就在这里。

回到地面以后，顾诵芬对飞机后机身整流包皮做了修形设计。这回试飞之后，果然，抖振消失了。

1979年12月30日，歼-8飞机定型。

31日下午，在工厂的食堂，顾诵芬与参与研制、试飞的同志们一起喝庆功酒，那天，他们用的是大碗。

从来不喝酒的顾诵芬也和大家一样用大碗，平生仅有的一次酩酊大醉，他醉得人事不省。

有什么比这样创世纪一般的成就更让人兴奋的呢？

歼-8飞机，是我国首架自己设计的高空高速歼击机。它的成功研制，满足了我军对高空高速、大作战半径的歼击机紧迫需求，结束了我国歼击机完全依赖引进的历史，初步建立了歼击机设计体系，开创了我国自行研制歼击机的先河。

1985年，歼-8飞机获国家级科技进步奖特等奖。在获奖者的名单上，顾诵芬的名字排在第一位。

四

1980年年初，有关部门开始酝酿歼-8Ⅱ，顾诵芬受命担任研发主帅。

4月13日，顾诵芬主持讨论设计方案。在会场，他被黑板架绊了一跤，面朝前摔倒了。他觉得很疼，他勉强站了起来，却没有了知觉，身体再一次摔倒，头部重重地撞在水泥墙壁上。同志们赶紧把他抬上救护车，在车上，顾诵芬不断呕吐，同事李明用他的棉手套接住，他就往这只手套里吐。到了医院，经过紧急抢救，总算醒了过来，他的夫人在旁边万分焦急，他却没有理会，而是对同事杨凤田说："今晚，你必须去北京向部里汇报我们的方案，我去不成了，你乘车去北京。你去……"说罢，又昏迷了过去。

顾诵芬这一跤摔得不轻，被确诊为脑震荡。

空军副司令员曹里怀听了这个消息，非常着急，特别批示，让顾诵芬住进了大连空军疗养院。在住院期间，他仍然坚持办公，听取杨凤田的汇报，并形成技术文件，上报给各级领导，耐心地等待审批。

1980年9月4日，歼-8Ⅱ正式立项。

1981年4月，顾诵芬光荣入党。1981年5月，国防工业办公室副主任邹家华宣布任命顾诵芬为歼-8Ⅱ型飞机型号总设计师的命令。他是我国第一位国家任命的型号总设计师。

在歼-8Ⅱ飞机设计研制中，我国第一次使用现代系统工程管理方法，取得了举世瞩目的成就。

在他的引领下，呈现出一派火热的劳动场面。大家白天紧张忙碌，晚上加班加点继续作业。

速度惊人，很快，他们发图纸3.9万多张，到1983年3月，发完全部飞机结构图纸，提前完成了发图任务。

在整个过程中，顾诵芬一直是在现场指挥。他每天都与大家碰头，研究进展状态，哪里出现了岔头，他就出现在哪里，每天都要工作到深夜，星期天也从不休息。对于工作效率，他特别关注，分配下去的工作，都要限定时间完成。由他负责审核的报告、签发的文件，他都会及早办完。为了按时完成任务，他多次放弃出国考察的机会。

在一年多一点儿的时间里，顾诵芬带领大家完成了所有地面模拟试验和试飞准备，然后，一一进行了评审。歼-8Ⅱ飞机研制周期之短，创造了国内的奇迹，在国际上也是先进的。

1984年6月12日，上级决定："歼-8Ⅱ首飞！"

那天早上，人们来到了沈飞试飞站。在人们寻找顾诵芬的时候，神奇的事发生了，顾诵芬骑着自行车飞奔而来。

除了所里同志之外，这超出了现场所有人的想象。保卫部的同志惊讶地问："顾总怎么能骑自行车来呢？出了事怎么办，所里要派车呀？"顾诵芬说："油这么紧张，要车干吗？还是给国家节省点儿油吧。"顾诵芬身边的人都知道，多少年来，他的主要交通工具就是这辆传奇的旧自行车。

6月12日中午11时，首席试飞员曲学仁走进机舱，开车检查之后，他报告飞机一切正常，指挥员王昂下达命令："起飞！"

11时14分，瞄向万里高空，歼-8Ⅱ终于一飞冲天。飞机飞至高1500米、速度500千米／小时。曲学仁报告说："飞机发动机及其他系统工作正常，飞行感觉良好。"顾诵芬听了这句话，满脸都是笑意与光芒。

飞机在完成规定任务后，王昂下达命令："返场着陆！"

11时28分，歼-8Ⅱ安全着陆。

地面上，一片山呼海啸，机场上的人们突然狂欢起来。

歼-8Ⅱ飞机的成功，树立了我国航空发展史上一座新的丰碑。歼-8Ⅱ飞机，是我国第一型具备超视距空战能力的歼击机，是我国当时作战性能最好、唯一能和周边主流战机相匹敌的先进战机。这项成果，获得国家科技进步一等奖。

歼-8和歼-8Ⅱ型飞机的实践，建立了简捷、高效而实用的飞机气动设计计算方法，顾诵芬因此成为中国飞机空气动力学的主要奠基人之一。

1989年，歼-8Ⅱ飞机参加了世界上历史最悠久、规模最庞大、最有影响力的巴黎航展。歼-8Ⅱ一亮相，世界同行起初以为是日本造的，当他们确信是中国自主生产之后，脸上除了尴尬，还有惊讶。

那一天，歼-8Ⅱ飞机是展览会上的骄子，它代表中国傲视业界的能力。

顾诵芬始终强调团队精神，他说："这是一个团队的劳动成果，从设计师到试飞员，以及厂里的技术人员和工人师傅，每一个人都为飞机出过力。"

歼-8Ⅱ的常务副总设计师陈嵩禄的贡献比较突出，顾诵芬和夫人代表工会到陈家去看望，为了表达谢意，他还将父亲从上海带来的茶叶送给陈嵩禄。看到陈嵩禄的住房条件困难，他回去后，立即与班子成员讨论，与工会讨论，最后分给陈嵩禄一套新房。

顾诵芬常常会说起歼-8Ⅱ的大批功臣，他想着他们，记着他们的名字：管德、李明、陈嵩禄、解思适、杨凤田、潘凌阁、吴正勇、黄昌默、肖默何、宁树权、钱家骝、骆长天、张权等200多人。

五

那么，顾诵芬到底是怎样一个科学家呢？或者说，他到底有着怎样的传奇人生呢？

60多年来，除了研究飞机，他几乎没有任何嗜好，他不抽烟、不打牌、不看戏……他是个距离世俗烟火很远的人，他只与飞机融为一体。

顾诵芬天生就属于飞机。

1961年，顾诵芬的上级黄志千将妻妹江泽菲介绍给他。

恋爱的时候，两人偶尔在星期天还会到公园走一走。可是，结了婚以后，顾诵芬就对妻子说："我可真是没有那么多时间陪你了。"妻子默默答应，公园去不上，商场总是要去的。每到星期天外出采购的时候，顾诵芬都与妻子约定好，兵分两路，妻子去商场，他去书店。大约3个小时后，妻子到书店来找他会合，然后，两人一起回家。

80年代初，江泽菲作为访问学者到挪威一年五个月。那段时间，顾诵芬的食谱上，就是挂面、面包、压缩饼干和军用罐头，再没有别的。

多少次，同事到他家汇报工作，都看到他一边吃压缩饼干，一边看书。妻子回家的时候，一看，全明白了，顾诵芬这段时间基本上没开火，只是偶尔做点儿白菜炖肉。

顾诵芬对吃饭的理解，仅仅就是填饱肚子。他对科技人员上街买菜做饭很不以为然，他曾经说："像我一样买点儿罐头、吃点儿面包多省事，有时间应该多学点儿东西。"人们听了，偷偷笑他。

顾诵芬在担任六○一所所长期间，有些职工向他反映食堂饭菜做得不好。他听了，特意到食堂里里外外走了一圈，做了一番细致的调研。然后，他说："我看，还不错嘛。"职工们说："你自己吃得太简单了，看到食堂有热的饭菜，当然就很满意了。"为了这事，他受到不少职工的批评。直到后来，大家才认识到："顾总是看到我们的航空工业落后于欧美，他心里着急呀，他不想在吃饭上浪费时间。我们错怪他啦。"

是的，他不是不爱同志们，他特别爱同志们。离开六〇一所以后，在他的谈话中，常常讲到好多他一直想念的人。

听说技术人员孙新国和爱人相继去世，丢下两个正在读书的儿子。他多次写信给所里，希望照顾这两个孩子。所里只要有人到北京看望他，他都要委托他们给孩子带上一笔钱。

他念叨做出过重大贡献的去世的工程师邝厚全，他念叨那个逝世在工作岗位上的钳工师傅……

顾家的客厅，陈设十分简单。

一套枣红色的老式橱柜，沙发上罩了一个白布缝成的罩子，其他装饰，也都是20世纪七八十年代的风格。

到80年代中期的时候，他家的电视机依然是一台黑白9英寸的。顾诵芬多次出国，却从没有为自己买什么高档家用电器。每次给的补助，他回来都要上缴。有人建议他买一台好的电视机，他说："我哪有时间看电视呀，任务这么重，我没时间哪。"

顾诵芬确实没有时间看电视，更谈不上追剧。

1985年夏，他与同事出差到西安看歼-8Ⅱ试飞。在西安去试飞场的路上，同事与司机聊天，司机说："路太远了，今晚的《女奴》可能要耽误了。"《女奴》是当时风靡一时的电视剧。同事问司机："你喜欢伊佐拉，还是喜欢莱昂休？"伊佐拉是剧中美丽的女奴，莱昂休是庄园主的儿子，两人热烈相爱。坐在后排座的顾诵芬突然问道："莱昂休是哪个单位的？"同车的人一听，忍不住哈哈大笑，而他自己却一时摸不着头脑。

他的椅子是60年代的木椅。工会关心他，特别送他一把转椅，他认为这与周围同志的椅子不一样，心里不得劲儿，最后还是让人搬走了。

顾诵芬那辆"只剩一个车把的自行车",也很特别。这辆德国"钻石"牌自行车,他买得比较早,来到沈阳,就成了宿舍里大家的公车,他也不上锁,谁都可以骑。后来,车把摔断了一个,自行车成了"独角龙"。修了几次也没修好,索性就不修了。他长年累月地骑着这辆破旧自行车,上班、到试制车间、到沈飞现场办公,当他骑着这辆"只剩一个车把的自行车"跑来跑去的时候,没有人会想到他是一个大科学家……

对物质生活,顾诵芬没有什么追求。对名利,他依然很淡泊。

2009年3月,有关部门向上级提交了一份"关于祝贺顾诵芬院士80华诞活动的请示",建议在2010年2月他生日的时候,开展一系列活动。上级批准了这个请示。

然而,顾诵芬却婉言谢绝了。他在致领导的信中说:"集团公司拟宣传我的事迹,要拍电视片,还要为我80岁生日祝寿,我听了非常不安,两夜未能安眠。回顾参加航空工业以来,也像大多数航空人一样,在党的领导下,在老专家的引领下,做了一些力所能及的工作,不值得突出宣传……真诚希望你们理解我的心情,千万不要拍成电视片和祝寿!"最后,集团公司总经理等领导只好接受了他的意见。

2011年,为了纪念顾诵芬工作满60周年,中航工业集团特意为他颁发了终身成就奖,奖品是一块定制的金镶玉奖牌。这个奖牌,具有重要的纪念意义和极高的收藏价值。

两年以后,有关部门要对奖牌拍照存档。结果,摄影师来到顾家的时候,顾诵芬找了半天也没找到,他带有几分歉意地说:"对不起,我不知放在哪里了。"

然而,转过身去,当他投入工作的时候,他却能精确到最细微之处,处处体现标准劳动模范的精神,一个大国工匠的形象。

上下班的时候,人们常常会看见顾诵芬夹着一本书,从家走到办公室；下班时，他还夹着一本书，从办公室走到家。他家距离办公室，并没有多远的路程，他却要手不释卷，为的是随时辅助他一直处于运动状态的思路。即使出差在外地，在宾馆里，他每天晚上仍然在看书。因此，他才会有身怀绝技的故事。

在研究所里讲课，顾诵芬经常会在黑板上随手写下一串长长的、复杂的气动力数学公式，而这根本不需要看书，全凭对书的记忆。

六〇一所的一位专家说："如此神奇的记忆，我只在大学里听钱学森先生讲课时看到过。在以后的工作中，我所见到的工程技术人员中，就只有顾总可以做到。"

每当有学生请教问题，顾诵芬随口就能举出国内外相近的案例。而且，他还能说出国际上相关领域的最新研究成果。如果有谁提到哪一篇最新发表的学术文章，他略一回忆，就能说出基本内容，有时甚至连页码也能记得八九不离十。

20世纪90年代，我国与俄罗斯进行合作，顾诵芬常到莫斯科出访。在莫斯科，只要一有空闲时间，他就拉着同事李明去书店。李明对莫斯科的书店一点儿也不熟悉，他惊奇地发现，顾总却对那里的书店了如指掌，甚至他还知道到哪里能找有用的书籍，只要是需要的，掏钱就买，从不问价钱。他对李明说："作为一名总设计师，必须掌握国外航空科学技术发展的前沿信息，这样才能满足国防安全和军方的需要。"

作为专业带头人，顾诵芬不仅熟知国内本专业的现状，还时时跟踪本专业领域内的国际先进成果，并能针对飞机研制工作中的难点，找出国外研究报告用以参考、指导攻关。

在飞机设计方面，尤其是气动力设计领域，他对美国、西欧等航空工业先进国家的研究报告文集，如 NASA、NACA、AGARD、AIAA 等，每期都要仔细阅读，对针对性强的技术报告，他都能熟记在心。

有一次，在讨论完歼-8飞机在马赫数0.86时的振动问题后，他对同事姜作范说："走，我带你到资料室看看，你也开开眼界。"在资料室，他向姜作范介绍了哪篇技术报告是什么内容，发表在哪个刊物的哪一期里，全都说得准确无误。

姜作范在惊讶的同时，意识到顾诵芬在攻关会上谈到的某些技术见解，都是来源于常人所难以企及的苦心钻研。

1986年，顾诵芬离开工作35年的飞机设计岗位，从沈阳来到北京，担任航空工业集团科技委副主任。

离开了一线，但他的心始终在一线，他的眼睛始终盯着天上的飞机。

顾诵芬的研究涉及通用航空、大飞机、轰炸机、高超声速飞行器、无人机、教练机、轻型多用途战斗机、外贸机，从北苑2号院的两层小楼里，他送出了关于中国航空工业发展的数十份研究报告、咨询报告和建议书，还有中国先进战机的发展方案、大飞机的发展建议……

这个时候，他将主要精力转向了飞机的主动控制技术研究，以及推动国产大飞机的发展上。

"我们国家要有自己的大飞机呀，一定要有！"那些年，他天天在心里念叨的就是这句话。

2001年6月，由16名院士、9名资深研究员组成了大型运输机发展战略咨询课题组。已经71岁的顾诵芬上阵了，他带领课题组远赴上海、西安等地调研。数次争论之后，顾诵芬的观点开始逐渐被人们接受。

2002年，中国航空工业第一集团公司完成国家重大项目ARJ21支线客机的多项重大技术决策。在这个过程中，顾诵芬带领专家组对研制工作及设计方案进行了评估，提出了重要的咨询建议。

2006年7月的一个周末，顾诵芬接到国防科工委的通知，请他到中南海参加一个大飞机高层会议，并让他准备书面发言。顾诵芬写好了《关于我国发展大型客机的几点想法》。在这个会议上，他就我国发展大飞机谈了自己的想法。

2007年2月26日，召开国务院常务会议，批准大型飞机研制重大科技专项立项，同意组建大型客机股份公司。这项重大国家决策，吸收了顾诵芬建议的核心内容。

顾诵芬踌躇满志。2009年国庆60周年，他应邀登上天安门观礼台，看到成队的战机凌空而过，心中充满无限的欣慰。他的思想有如飞机的翅膀，辽阔而坚强。

在住院期间，他叮嘱资料室的工作人员给他送外文书刊，看到有用的文章，他会嘱咐同事推荐给一线设计人员。他说："我现在能做的也就是看一点儿书，翻译一点儿资料，尽可能给年轻人一点儿帮助。"

2015年11月29日，首架ARJ21支线客机飞抵成都，交付成都航空有限公司，正式进入市场运营。

半年后，2016年6月，首批大型运输机运-20交付部队。

一年后，2017年5月5日，运-20催生的国产大飞机C919首架机在上海首飞成功。12月17日，第二架C919大型客机在上海浦东国际机场完成首次飞行。

2018年10月，水陆两栖飞机AG-600完成水上首飞，向正式投产迈出重要一步。这些国产大飞机从构想变为现实，与顾诵芬的艰辛努力密不可分。

在他的建议和主持下，2020年航空科技发展战略研究、2030年航空科技发展战略研究为长远规划提供了强有力的技术支撑。

如今，尽管不再参与新机型的研制，但顾诵芬仍关注航空领域。

每天，他都要在互联网上浏览最新的航空动态。这样做的目的，他说得很明确："学习是应该伴随一生的，有点儿时间就用来看书、看学术刊物、查阅资料，我不会放过跟飞机相关的任何有用的信息，找到这些信息，可以及时提供给一线。"

作为《大飞机出版工程》主编，顾诵芬已出版6个系列、100多种图书。全书共计100多万字，各企业院所近200人参与。每稿完毕，作为主编的顾诵芬都要亲自审阅修改。这个出版工程，对我国国防建设和航空武器装备体系发展，同样也是重大贡献。

顾诵芬十分重视人才培养和学术传承，培养出以一位科学院院士、三位工程院院士为代表的一大批航空科技领军人物，还有强大的支撑我国第二、第三、第四代战斗机发展的技术队伍。

他对年轻人充满期待，他说："我国航空事业发展需要年轻人才，他们是祖国的明天。我只想对年轻人说，心中要有国家，永远把国家放在第一位。多读书，多思考，努力学习，认真做好每一件事。未来我们的飞机，要具备很强的隐身能力，电子和火控系统要做好，要有好的发动机，因此，你们要比我辛苦，你们的路还有很长……"

坐在办公室里，倾听来自空中的那些铁蝴蝶的飞翔声音。这声音，在顾诵芬听来，就如听贝多芬的《英雄交响曲》，是中国的英雄交响曲，中国航空人的英雄交响曲。

从1958年自行设计的第一架喷气式教练机歼教-1一飞冲天，到今天国产大飞机C919翱翔万里高空，新中国的航空工业历经了从无到有、由弱变强的70年。

"我实现了航空报国梦吗？中国人要有自己的飞机，是的，我实现了！"他这样问自己，这样回答自己。

然后，他温和地笑了，就像小时候在家门前的草坪上看放飞的航模那样开心地笑……

让豪横"变形金刚"冲出国门

——记辽宁省劳动模范、威跃集团董事长兼总经理曹凤奎

柴宝侠

如果历史真的可以穿越，我如是想，在辽北明珠城市，具有800多年历史古老传说的调兵山曾经弥漫着怎样的战火硝烟？那曾经在此地调兵遣将的金兀术怎会想到当年厮杀鏖战之地有如此惊人的改变？又怎会想到一个民营企业——辽宁威跃集团会鲤鱼跃龙门一样，将中国制造的豪横"变形金刚"送出国门，走出一条大长中国人志气之路？

历史的烟云早已散尽，时代的车轮滚滚向前。一代又一代风云人物创造着历史，也创造着奇迹。

辽宁威跃集团董事长曹凤奎就这样谜一样地闯进我的脑海。连日来，随着资料的收集整理，多年从事记者职业的习惯，让我迫不及待地想采访他，揭开威跃集团成功的神秘面纱。

突然想起一句话，人逢喜事精神爽。

2020年1月22日，阳光不是很好，天色有些暗淡，但丝毫不影响我采访曹凤奎的心情。

因为曹总特别忙，几次相约均以失败告终。今天能约到他我特

别开心，整个人像上满发条的钟摆，精气神十足，脚步也轻飘飘的。

上午9点，我如约坐在辽宁威跃集团的会议室，与曹总等人一起观看威跃集团专题宣传片。眼前，如小时候看过的露天电影一样大的屏幕让人震撼，鲜艳的五星红旗和威跃旗帜在蔚蓝的天空迎风飘扬，彰显气魄，瞬间让人有种自豪感，浑身热血沸腾。航拍呈现的全景威跃集团，像巨龙一样屹立在天地间，仿佛一幅立体画一样呈现在眼前，昂首矗立，威武雄壮，主持人高亢浑厚的解说伴随着音乐声在耳畔响起。

"打开历史长卷，在人类不断寻找能源、利用能源的漫长过程中，煤炭始终是我们祖先最重要的发现之一，直到今天也不能被取代。中国作为当今世界第一大煤炭生产国，在全球煤炭能源的开发和利用方面做出巨大的贡献。辽宁威跃集团机械制造有限公司针对煤炭行业性难题，积累多年工作经验，汲取中外研发教训，舍得投入，大胆攻关，先行先试，为国人交出了满意的答卷……"

专题片从"威跃精彩、威跃雄起、威跃成长、威跃领航"4个部分介绍威跃集团的历史、现状以及未来，观后让人心潮澎湃，我对辽宁威跃集团，对董事长曹凤奎有了更新的认识，更深刻的解读，同时更加了解一个民营企业发展创新的艰难和崛起。

时间回溯到2020年，新冠疫情像一只猛兽，阻挡了一些企业发展的脚步，经济下滑，发展态势严峻，企业只能想办法自救。面对严峻的形势，辽宁威跃集团在董事长、总经理曹凤奎的率领下，克服疫情影响，栉风沐雨，砥砺前行，凭借自主创新研发具有国际领先水平的矿用液压框架式起吊装置系列产品，解决了制约国内煤炭行业尤其是在综采设备安装回撤领域安全和工效的核心问题，并荣获中国煤炭机械工业优质品牌称号，叫响了"威跃"品牌。全面占领国内市场，豪横"变形金刚"远销越南，挺进欧亚市场，走向世界。为"中国制造"增添光彩，让"中国制造"冲出国门。大长了国人士气，弘扬了"中国制造"精神，为振兴东北老工业基地做出重要贡献。

白手起家创业　砥砺奋进前行

中等身材，衣着朴素，面容亲和，红光满面的曹总一边寒暄，一边帮我续茶。不时洋溢在脸上的笑容，像个宣传者让人读懂了威跃集团的美好前景。茶盏在他手里舞蹈，一会儿轻轻抬起，一会儿斜依落下，流水涓涓，杯盏和鸣。茶不温不烫，刚刚好，仿佛曹总的做事风格，有板有眼，落地有声。几杯茶饮尽，积蓄已久的语言，不疾不徐，轻缓舒畅，伴着袅袅茶香，在安静整洁的办公室飘来荡去……

20世纪80年代初期，中国改革开放的浪潮还没有全面展开，人们还没有完全从计划经济体制中走出来。封闭落后的小农思想束缚了农民的手脚，少之又少的个体经济成为那个时代的宠儿。

辽北农村以种植业为主，受计划经济体制影响，科学技术落后，粮食产量低，收入少，大多数农民都入不敷出，人们生活难以为继。那么，农民的希望在哪里？

希望是方向标，希望是航海的灯塔，希望是开启成功之门的密钥。

鲁迅先生曾说："其实地上本没有路，走的人多了，也便成了路。"人生的路就是希望，就是奋斗的目标和追求。

从小就很懂事的晓南镇张庄村农民曹凤奎，因为家庭困难，初中没念完就开始自谋职业。他是一个言语不多、心思缜密、善于观察的人。那个年代，农村最吃香的职业就是瓦匠和木匠，到哪里干活都被敬为上宾。曹凤奎看到瓦工能挣钱，又受尊重，就开始和老瓦匠学起了瓦工手艺。曹凤奎心灵手巧，有的活不用师傅教，搭眼一瞅，就能整个八九不离十。他的聪明和智慧，赢得师傅的信赖，手把手将瓦工手艺一股脑儿都教给他，曹凤奎很快就能独立干活了。经过一段时间的磨炼，已经成手的曹凤奎凭着对技术的钻劲和年轻的闯劲，带领几个好哥们儿开始干个体，创办了晓南镇工程队，他自己挂帅任工程队队长，开启他新的人生旅程。

人生总是不以人的意志为转移，总有许许多多的未知和变数。曹凤奎还没来得及拥抱胜利，希望就像肥皂泡一样破灭了。

随着经济体制改革浪潮的推进，镇办工程队没有几年就被解体。望着曾经朝夕相处、情同手足的弟兄，曹凤奎为难了。凭着他自己的手艺，到哪里都能找到很好的工作，可是散伙后这帮兄弟怎么办？难道还让他们脸朝黄土背朝天地在土里刨食？何时才能摆脱贫穷落后的面貌？

傍晚，喧闹嘈杂的小村安静下来，不远处偶有几声狗吠，人们开始收拾好农具，陆续结束一天的劳作进屋休息。心事重重的曹凤奎躺在土炕上彻夜难眠，透过窗棂望着满天星斗，愁眉紧锁，暗自深思熟虑。他是个重情义有责任感的人，不能就这样解散了工程队，让一帮弟兄喝西北风去呀！必须找到新的出路。

梦想就像小锤，时时敲打他的灵魂。

第二天，他带领几个好哥们儿开始考察市场。先后考察过化工、塑料门窗、矿山等行业，结果都不太理想。后来他们又做起了木工，曾生产过转椅、石膏镜、大衣挂、水泥花格，还有井下枕木等，可市场前景并不乐观。

于是，他们有效利用当地资料，瞄准了本地矿区的优势，决心立足矿区做文章。经过了解得知，矿用采煤机零部件需求量大，尤其是切割部件——截齿，很多本地厂家争相生产，但由于技术不过硬，产品质量不过关，均以失败告终。

铁能公司各矿综采设备每年都用截齿配件，由于本地不能生产，这些年一直外购。如果调兵山自己能生产那可是件大好事。灵感来了，仿佛一道电光乍现，曹凤奎眼前一亮，心花怒放，决定要上这个项目。他把这个想法向当地政府进行了汇报，得到了当时的晓南镇领导的大力支持。

犹如枯木逢春，人生路遇新风景。

项目确定了，接下来就是资金问题。曹凤奎骑着一辆破摩托车，每天穿梭在各银行和信用社之间请求贷款。一次不行两次，两次不行就跑三次四次，再不答应就天天来。精诚所至金石为开，他的诚心与执着终于感动了一位银行主任，帮他解决了资金问题。1990年铁法威跃截齿厂正式成立了，曹凤奎任厂长，崔士杰任副厂长。

同时，他们得到一个宝贵信息——吉林省辽源市有位截齿专家退休了，其人高永强，是省劳动模范，为人耿直、倔强，技术全面，在生产一线打了一辈子硬仗，人送外号"高铁人"，退休后本想享享清福不工作了。

曹凤奎和崔士杰跑辽源就像搞外交穿梭，三天一小趟，五天一大趟，他们就像当年刘备请诸葛亮三顾茅庐一样，20多次"顾茅庐"去请"高铁人"出山。

有一次，在去往辽源的路上，偶遇大暴雨，因雨大路滑，年久失修的沙石路将车陷住、熄火，他们不得不站在路旁等待行人帮助推车，费了好大劲才将车推出来。历尽千辛万苦，终于打动了62岁的老劳模高永强，答应给曹凤奎当副厂长，主管技术。

厂长曹凤奎是瓦匠，崔士杰是木匠，高永强是铁匠，他们"桃园三结义"，带领几十名庄稼人在一片空地上开始建厂，拉开了创业的序幕。

头一天40万元贷款到位，第二天就打基础、上设备。大部件雇车，小部件用摩托车、自行车运。时值数九隆冬，大雪纷飞，泥冻到锹上，雪落到身上，可人们的脸上冒着热气，傍晚，灯光、雪光映衬着穿梭似的人影，时明时暗，构成一幅雪夜大干图。他们吃住都在工地，每天只休息4个多小时，一个月没有回家。一天夜里，曹凤奎85岁的老妈惦记多日未见的儿子，拄着大棍子来工地找儿子，老太太被这场面惊呆了。"这些人是不是疯了！"她蹒跚着走到满身泥土的儿子身边，颤颤巍巍地抚摸着儿子黑瘦的脸，心疼得老泪纵横……

经过不懈努力，11月末，终于建成了两排共八间的厂房。

万事开头难哪，当时他们没有淬火设备，试验是租用沈阳一家企业的盐液炉进行的。盐液炉挥发的气体有毒，随时都有被熏倒的危险。经过十几个不眠之夜，他们硬是挺了过来。

厂子边上设备边投产，产品外加工和本厂实验同时进行。当时，厂里需要安装煅烧炉，如果请沈阳的师傅来安装，一台炉安装费3万元，且需半个月时间。安装16台设备需要48万元，需用8个月时间。厂里资金少，又急需投产。为节省成本，经过研究，曹凤奎最后决定自己安装。他们连夜跑沈阳、乱石山等6个厂家，大干三昼夜，加工部件200套。第一台煅烧炉安装好了，大大增强了他们的信心。如此下去，土洋结合，企业比预计提前4个月投入生产，节约资金上百万元。被乱石山同行厂家称作奇迹，因为他们筹建同样规模的锻造车间用了两年。

厂长曹凤奎自己不怕累，却总怕高厂长累坏了，多次勒令高厂长必须休息。可是厂子正在起步阶段，谁又能放下工作去休息呢？

经过无数个不眠之夜，他们终于成功地生产出调兵山自己的截齿，顿时全厂沸腾了。曹凤奎手捧截齿，眼冒金光，像捧着星星和月亮一样，激动得一下蹲在地上……

成功了！他们的血汗没有白流。

这时，曹凤奎才想起回家看看。

熟悉的院落像久别的故人期待他的归来。虽然近在咫尺，却遥如天涯，他和爱人似乎好久不见。听说他要回家吃饭，就像有啥喜事一样，爱人梳洗打扮，穿上平时舍不得穿的新衣裳高高兴兴地去市场买菜，回来做了一大桌子他爱吃的菜。当爱人欢天喜地将美味的饭菜端到桌上时，看到曹凤奎竟靠着炕墙睡着了，爱人心疼地流泪了。

此后，为了保证产品质量，厂里每生产一批截齿都严格地把好17道工序检验关。1991年7月，经国家有关部门严格检验审定，认为"威跃牌"截齿完全符合技术要求，并颁发了生产许可证。

1993年以来，有些矿过夹石层需要硬截齿，他们通过反复试验生产出"切石如泥"的截齿来，使过夹石层的矿顺利通过。铁法截齿厂因此声名大振，购货者从当时的铁法矿务局发展到全国许多大煤矿。

为了提高科技水平，他们带领技术骨干搞技术革新，要彻底消灭手工操作。原来套丝手工操作，每件定额为五角钱，工人必须三班倒才能满足需求。而研制成功的套丝机每件定额只要一角钱，只一个整班就足够用。他们改制的煅烧炉，每年可节约煤炭50吨。通过技术革新，全厂每年可节约资金10万元。

根据市场需要，他们在最初的4种截齿基础上，陆续研发了16种截齿，填补了省内技术空白。

市场竞争是残酷的。几年后，铁煤集团成立了一个截齿厂供应各矿，"威跃牌"截齿受到市场冲击，效益下滑。

就像刚刚燃起的希望，不经意间又被一场大雨给浇灭。但星星之火可以燎原，曹凤奎就是那盏永不熄灭的灯火。这条路走不通，转个弯，或许就能找到新的路。

他多少次艰难跋涉，多少次脚踏繁星上路，多少次在风霜雨雪中挣扎，北上七台河、双鸭山、鸡西等煤矿，专找企业一把手，竭尽全力推销自己的产品。

北方的冬天，寒冷刺骨。冷风像刀一样刮到脸上，曹凤奎似乎都没感觉到疼。他的心思一直在如何赢得大煤矿企业老总的认可上。有一次雪后，他一根筋地想事情，脚下一滑，重心不稳，摔进沟里，多亏过路的行人帮忙把他从沟里拽出来。人生地不熟，要是出点儿啥事，家里都找不到，事后家人埋怨他。

开始时那些国有大企业根本不理会这个名不见经传的小厂长，更别说用产品了。这可咋办？既然来了，就豁出去了。曹厂长干脆就住在这些煤矿，他手里提着一个装满干粮的大袋子，渴了就喝口凉水，饿了就啃面包充饥。每天跟矿领导"软磨硬泡"，不达目的誓不罢休。矿领导禁不住曹厂长的真诚攻势，答应试用一下。这一试不要紧，瞬间对他们的产品刮目相看，认为"威跃牌"截齿经济耐用，值得拥有，于是开始批量订购。

"开弓没有回头箭。"接下来，曹凤奎用同样的办法，辗转于山东淄博、河南郑州等地，用滴答的汗水和苦涩的疲惫敲开了南方市场的大门，也敲开了威跃企业走向全国的大门。2003年，他又一鼓作气开发了西部市场。曾经可望而不可即的神华集团海勃湾矿业公司也成为威跃的稳定客户。

当时，乡镇企业非常不景气。威跃是辽宁铁岭市为数不多能够存活下来的乡镇企业之一，成为一个以科技创新为己任，不断发展壮大起来的镇办企业。

曹凤奎和崔士杰、高永强联手合作，打造了威跃企业，并成功地在市场上站稳脚跟。秘诀是什么？长期合作的成功事例并不多，就是亲兄弟姐妹在一起合伙做生意的，最后都因某些利益问题而分道扬镳，他们之间是否有过分歧，遇到这样的问题如何处理？

曹凤奎说："没有啥秘诀。唯一的就是以诚相待。分歧也有过，但大家以事业为重，不是为一己私利。"

多么简单的话语，富有哲理，但做到真的不容易。

人生就像十字绣，表面看着风风光光，又有谁能了解背后交纵错杂的线头。

我好奇地问曹总："在创业过程中记忆最深的是哪一次？最难心的是哪一次？"

曹凤奎说："那是在厂子刚筹建时，第一次进设备没有经验，车行至铁岭前8里处车翻了。那时冰天雪地，天气特别寒冷，前不着村后不着店，真是叫天天不应叫地地不灵啊！设备又不能扔在路上，找救援一时还来不上，我和大家一商量，决定和机器共存亡，因为机器就是企业的支柱。我们冻了将近一宿，第二天好几个人都冻感冒了。我心疼工人，心中满是歉意和愧疚。

"最难心的那是1994年，银行紧缩银根，市场疲软，销售出的产品货款回收艰难，拖欠情况相当严重，最大的一家煤矿欠400多万元无力偿还。咱这样一个小厂，资金周转艰难，企业面临严重的资金问题。当时有人主张不干了，用起诉的方式解决可以追回货款，还能剩点儿钱；如果干就得维持与用户的关系，不能弄僵，生产启动资金又实在难以筹集。是散伙还是继续干出现了分歧，我也很为难。按照当时的情况，我自己找个像样的工作没有问题，可是几十个乡亲跟我干了好几年最后让人回家，这事我做不出来。反复斟酌，我发动全厂职工向所有亲属朋友借钱、抬钱，让企业生产得以顺利进行。众人拾柴火焰高，大家齐心协力，救活了企业，也救活了自己。"

有时候，不是你无能无力，是面对困难，感觉力不从心。只有依靠大家，依靠兄弟姐妹，才能共筑未来的希望。

采访中有件事让我挺感动，也充满好奇。在众多的员工中，有一些职工说他们在这里工作了20多年，是跟随曹总打江山的"元老"。曹凤奎有什么秘诀或者人格魅力，能让职工死心塌地在厂中工作多年而不跳槽呢？职工们回答了这个问题，说曹总有两句话最打动人心：有一技之长就是人才，企业留住人才生命才能延续。公司视员工为真正的主人，让每位员工都觉得他们在这里工作，人生价值得到最大的体现。每到节假日他都考虑职工的福利待遇，安排好大米、面粉、豆油等生活物品送到职工家里。哪个职工家里有什么困难，公司领导都非常重视，及时帮助解决。种下什么因，就会结出什么果。关爱点点滴滴，真情一路走过。与职工处的是兄弟感情，是友情，是亲情。职工们感激地说，在"威跃"上班感觉温暖和安心。

车间主任路风明从20多岁起和曹凤奎一起创业，一起经历风风雨雨。创业路上，有坎坷，有艰辛，有欢笑也有泪水，也曾有过分歧。多年来，在曹总的关爱和扶持下，他成家立业，还有一双幸福的儿女。当初妻子因病卧床不起，多亏曹总出手相助，出人出钱出力，安排去大医院救治，给了妻子第二次生命，如今也在他们厂子里上班，一家人在企业找到了生活的依靠，生命的价值。每每讲到曹总对他的帮助，他总是泪光闪闪，激动地说："没有曹总，就没有我一家的幸福生活。我现在只有努力工作，才能报答曹总的大恩大德。"

1995年，曹凤奎被评为辽宁省劳动模范、优秀乡镇企业家，2005年被煤炭机械工业协会评为优秀厂长（全国仅48人），威跃是历年市里的纳税大户。每一项荣誉都像一根鞭子，啪啪抽打他，加快前行的脚步；每一项荣誉更像一次淬火，提纯人格，开阔视野，升高站位。

2001年企业转制，实行了股份制，成立了铁法威跃矿山配件制造有限公司，曹凤奎任董事长兼总经理，继续率领员工大踏步迈向新的征程。

创新引领时尚　科技铸就辉煌

隆冬时节，辽北银装素裹。辽宁威跃集团的办公大楼里却暖意融融。办公楼正在整修，一派繁忙景象跃入眼帘。

我在三楼曹总办公室翻阅厚重的资料，找到了令人眼前一亮的小蝌蚪一般的数字和各种鲜红的荣誉证书，如跳动的五线谱撩拨心弦。

辽宁威跃集团机械制造有限公司成立于2010年12月，注册资金3000万元。现有员工300人，其中研发和工程技术人员占20%以上。

集团是集研发、生产、销售、服务于一体的辽宁省高新技术企业，下设铁法威跃矿山配件制造有限公司和辽宁威跃集团矿山工程有限公司两个子公司，是中国煤炭机械行业协会理事单位。多次荣获全国煤炭机械工业优秀企业称号。"威跃"品牌连续荣获辽宁省著名商标，是国家"十三五"振兴东北老工业基地装备制造业重点支持企业、中国AAA级信用企业。2020年通过质量、环境、职业健康安全管理体系认证。国家权威机构核准威跃集团为矿用机械化安装回撤设备生产示范基地，肯定了威跃集团在全国的示范引领地位。辽宁威跃机械化安装回撤产品在国内排名位居前列。

多年来，威跃集团秉持"人无我有、人有我优、人优我精"的创新理念，突出"专精特新"亮点，公司主导产品补齐了煤矿井下综采工作面在机械化安装回撤领域的短板，延长了综采机械化装备产业链。目前，公司自主研发的产品已经形成7大系列50多个品种。

这几年，日趋繁荣的企业登上了《中国煤炭》《中国煤炭报》《辽宁工业》《辽宁年鉴》等报纸杂志。曹凤奎站在办公桌的里面，指着手上的辽宁威跃集团机械制造有限公司画册，欣喜地逐一介绍他们的产品。

"首先是矿用液压框架式起吊装置。这个装置我们称它为'变形金刚'，在智能化控制方面取得了突破性成果，应用遥控器实现远距离操作，安全高效，填补了国内外空白。

"第二个是矿用液压臂架式起吊装置，也叫'履带式双臂吊'。主要用于井下综采工作面'三机'的安装回撤，实现全液压控制、独立领走、快捷高效、适应性强。

"三是新型多功能矿用巷道修复机。它外形尺寸小，拥有独立动力源，集多种功能于一身，形成'四位一体'功能，可完成巷道修复全套作业。

"四是小型矿用液压框架式起吊装置。这个装置用于'三机'和掘进机分解、组装，具有小型化轻型化、自爬式行走、展开收回自如等优点。"

除了以上主导产品以外，他们还生产液压支架调移装置等系列产品。威跃集团作为矿用机械化安装回撤设备研发制造的领航者，精诚为客户提供全套技术装备和服务，针对个性化需求，提供全套安装回撤解决方案。

专业的术语，真诚的眼神，执着的热情，都特别让人感动。曹总身上似乎蕴藏着永远不竭的动力和热能。

随着企业的不断壮大，人才是企业创新发展的永续动力。关于如何识才、爱才、育才、用才以及人才工作体制机制改革等问题，总书记提出了"以识才的慧眼、爱才的诚意、用才的胆识、容才的雅量、聚才的良方，把党内和党外、国内和国外各方面优秀人才集聚到党和人民的伟大奋斗中来。"威跃集团之所以能够取得今天的发展成就，得益于以人为本的人才强企战略，得益于高瞻远瞩的创新机制。着力创建学习型企业，搭建人才成长平台，注重打造高素质的经营管理队伍、高能力的市场营销队伍、高技术的专业研发队伍、高水平的生产技能队伍，我想这就是威跃集团成功的秘诀。

栽下梧桐树，引来金凤凰。公司拥有铁岭市级企业研发中心，国家煤矿机器人协同创新中心加盟企业，吸引特殊人才加盟。充分利用高校资源开展"订单式"科技创新和成果转化机制。公司与辽宁工程技术大学建立校企联盟，拥有强大的理论支撑和试验室支撑，有教授、副教授、博士后等参与产品研发论证。2020年2月，公司与辽宁工程技术大学签订了《综采工作面扩帮安装自动化成套设备关键技术研究与应用合作意向书》。

在人才引进培养和产品研发试制方面，公司舍得投入，政策优厚，环境宽松，使科研人员能够放下包袱，解除后顾之忧，一门心思搞研发。2020年，公司投入研发经费550万元。为鼓励科技人员技术创新积极性，公司采取产品销售总额提成年终兑现的激励机制，每年都有3~5项新产品问世，申请专利5项以上。目前，公司已有

12名技术人员被国家应急管理部聘为煤炭工程技术共享平台专家。

企业不断进行技术改造和技术创新。由数控机床取代原来的人工操作，中频淬火技术研制成功并获得了国家专利，既提高了劳动生产率又提高了产品质量。产品合格率为99.6%，被国家煤炭行业指定为截齿、滚筒定点生产厂家。滚筒和风机经国家鉴定属国内先进水平，并获得辽宁省科技成果证书。

威跃公司是铁岭市民营明星科技企业、辽宁省高新技术企业。公司依托矿用机械化安装回撤设备生产示范基地优势，通过实施品牌战略，突出"专精特新"亮点，使矿用液压框架式起吊装置列入《煤矿安全生产先进适用技术装备第三批推广目录》，并获2019年辽宁省中小企业"专精特新"产品。2020年矿用液压框架式起吊装置系列产品荣获中国煤炭机械工业优质品牌，产品填补了国内外空白。目前，公司拥有专利30项（其中发明专利9项、实用新型专利21项）、国家煤机协会"五小"创新成果奖5项。

豪横"变形金刚" 引领行业新风

科技是第一生产力，科技为企业插上腾飞的翅膀，科技让多年的变形金刚梦变为现实。

据资料记载，世界上第一台机器人是在1959年，由享有"机器人之父"美誉的恩格尔伯格先生发明的。机器人自动执行工作，它既可以接受人类指挥，又可以运行预先编排的程序，也可以根据以人工智能技术制定的原则纲领行动。

曹凤奎唯一的爱好是散步，边散步边思考问题。如何把机器人项目纳入到产品当中为企业助力？他琢磨了好久。之后，他带领创新工作室的科研人员紧紧抓住机器人的特点，把它应用到产品生产上，让机器人在煤炭企业新领域大展拳脚。

威跃集团拥有核心自主知识产权就是优势，威跃产品一经投放市场，就在全国煤炭行业产生极大影响。尤其新研发、引领时尚的"机器人"，更是"多才多艺"，叫响了"威跃"品牌，成为东三省以及全国煤炭行业改革的首选产品。

机器人是多功能的，它不仅行动便利，语言也很丰富。

不信，请听机器人的自述：

"我是矿用液压框架式起吊装置，我'爸妈'（邢东）喜欢叫我'变形金刚'。2020年5月3日，对我来说是特殊的一天。这天，我正式在井下'安营扎寨'了。走，先来带你们看看我的'新家'怎么样？是不是更能突显我的高大威猛？要知道，为了能让我来到井下，'爸妈'可是费了大工夫！我来之前，液压支架拆装特别复杂而且安全系数低，组装速度慢。为了让井下液压支架拆装变得简单快捷，我由移动横梁、行走装置、主题伸缩框架组成。我的厉害之处在于每组起吊装置配备两个电机减速机，通过链条传动装置实现液压起吊装置的移动工作。每组矿用液压起吊装置配备6个起吊钩，通过轨道装置在12米范围内可以实现横移、纵移、自由滑动，起吊灵活方便，大大提高了支架组装的速度。现在人员站在框架之外操作，四角起吊稳，降低了作业过程中的风险，提高作业效率。

"因为我的块头大，安装可让工人兄弟费了不少劲。经过共同努力，我终于在井上试运转成功。井上试运行成功以后也暴露出我的不足之处：起吊装置配备的轨道行走系统难以满足邢东矿井下实际现状。技术人员结合井下现有的滑道工艺和矿用液压起吊装置原有轨道行走系统，大胆技术革新，为我设计出新的行走路线。

"我的新路线为分体式构造，由加长特殊横担与22公斤和38公斤轨道构成，既能满足矿用液压起吊装置行走需要，又能满足支架滑行需要，圆满实现新旧工艺的完美融合。11233组装硐室及车场施工完毕后，综合预备区的兄弟们便开始把我往井下搬运、安装。为了让我顺利到'家'，他们在安装工作伊始，就对运输沿线进行大幅度的轨道调整。28度的坡度，我和我的兄弟们配合默契，未出现一起掉道事故。不到3个小班，我和兄弟们就把'家'布置好了，还顺利完成了井下现场的试运转，快来夸夸我吧!"

据冀中能源股份微视窗新闻报道，东庞矿安装队原来在组装支架现场共需要6台绞车，有了"变形金刚"后，可以省去4台组装绞车，只需要留下两台对拉绞车配合，就可以高效快速地完成支架的安装和拆解工作。它的使用，解决了传统回撤时直接用绞车生拉硬拽的难题，是煤矿在综采工作面回撤工艺上的重大改革。采用该套设备，单班可提高工效46%，单班可节省人工4个，每月可节省360个工日，每月可节约工资支出至少15万元。

"雄关漫道真如铁，而今迈步从头越。"党的十九届五中全会，擘画了我国未来发展蓝图。威跃集团也面朝大海，春暖花开。公司按照ISO9001质量管理体系、ISO14001环境管理体系和ISO45001职业健康安全管理体系运作，遵循国际规则和惯例，利用"一带一路"的优惠政策，在与西伯利亚电气集团公司已达成合作意向的基础上，瞄准俄罗斯西伯利亚市场，筹备参加2021年俄罗斯进出口博览会，大力推进中俄贸易合作。

"高飞全凭领头雁，船载千钧靠舵人。"辽宁威跃集团董事长、总经理曹凤奎纵横商海40余年，将一个最初几个人的小作坊做成名声威震四方的民营企业，实现跨越式发展。他多次荣获省、市优秀企业家、劳动模范称号，曾被评为中国煤炭机械工业优秀厂长，连续多年担任调兵山市人大代表和铁岭市党代会代表。在曹凤奎的带领下，辽宁威跃集团以"变形金刚"——矿用液压框架式起吊装置为主导产品的辽宁威跃集团系列机器人产品迎来大批订单，销售与服务网络已经遍及全国20多个省、30多个重点矿区。尤其是得到了神华、中煤、华能、华电等大企业的认可，起到示范引领作用。2017年11月，矿用液压起吊装置已成功远销越南。截至2020年底，累积销售量达500余台，近两年工业产值突破亿元大关! 前不久，公司被认定为"辽宁省瞪羚企业"。

"威"望素著在，"跃"进逢其时。辽宁威跃以创新求发展，将开辟"互联网+"新领域，整合交换全行业资源信息大数据，承担新型煤机设备研发与制造新使命。曹凤奎正带领"威跃"以一日千里的姿态，在神州大地生根、开花、结果并冲出国门！

为了父老乡亲

——记"辽宁好人"郝永德

李 铁

2020年11月30日，辽宁省委宣传部、省精神文明办、省民政厅在辽宁广播电视台"辽宁好人"发布厅举行发布会，授予10名同志辽宁好人·最美城乡社区工作者称号，凌海市阎家镇山神村党支部书记兼村委会主任郝永德名列其中。作为一个锦州人，我对郝永德的名字并不陌生，近年来他获得过许多荣誉，是远近闻名的模范人物。其实在这之前，他的外号就叫"好人"，这外号是村民们起的，是觉得他是好人才这么叫的。提起郝永德，或者他的小名郝柱，村民们就会说，他是好人哪！好人这好人那的，他的大名反而被冷落了。说心里话，我对村民送他的好人称号更感兴趣。

受辽宁省作家协会委派，我去采访郝永德。从锦州市驱车前往山神村，大约需要一个半小时。我一边开车一边想有关郝永德的事，纠结更多的是怎么样才能写出一个真实的郝永德。

咱们的致富经

　　一个多小时后车子进入阎家镇地界，又过一会儿，进入山神村地界。这一带沿海，有滩涂，有水田，也有旱地和盐碱地，偶尔会看见有农民在田间劳作。上午的阳光和煦地照耀在他们身上，往远看，天高云淡，一马平川，滩涂，土地，一池池的稻田与天空相连，田间偶起的树丛成了疏散的点缀，一切都显得静谧而安详。随后进村，眼前一亮，满眼是整齐的房舍，一排排的房舍之间是平坦的小路，路面是水泥的，平整漂亮，路边有树木，绿油油的，涂了色彩的墙壁新鲜干净，整齐划一，银框镶嵌着玻璃的宣传板夺人眼球。

　　车子驶进一个宽敞干净的大院，我以为是村委会，下车，大步朝里走，到了房子门口才发现牌子是"水稻种植专业合作社"。转身出来，正好看见一老汉，打听村委会，老汉伸手一指说，朝前走左拐50米就是了。

　　我突然心头一动，拉住老汉蹲到路边，跟他打听起郝永德书记来。老汉笑了，说："你是问郝柱哇，这么跟你说吧，在这个村，不管你问谁，提起柱子，都会说两个字，好人！"我说："这好人是你们真心叫的？"老汉瞪起眼睛说："废话，不是好人我叫他好人干啥？"

　　我连忙解释，说好话，老汉的情绪这才缓和下来，跟我讲起了他眼中的郝永德。

　　老汉讲："柱子打小就是个好心娃，见有要饭的乞丐进了村，他就会跑回家拿了吃的给人家。他最见不得欺负人，记得他也就十二三岁吧，村里有个女孩子被外村的无赖欺负，他捡起一个砖头就跟人拼命。我当时就说呀，这娃心善，不孬，长大肯定错不了。后来他当了村书记，还是心善，不孬。有一次一个80岁的老婆子掉进了下水沟，他衣服都没脱就跳下去，硬把老婆子拖了上来，背着她去了卫生所。还有穷汉王树林家的日子过得紧巴，没钱给儿子娶媳妇盖房子，柱子见了就主动帮着跑银行贷款，自己又掏了5000元，一下子就把老王家的困难给解决了。逢年过节，柱子总是拎着年货到村里上了岁数的老人家拜望，挨家挨户，一个都不落，就说我吧，哪个年节他都会来看望我。你说他是不是个好人?"

告别老汉，我没有直接去村委会，而是从村委会的院子绕过去，去了一个村民小组，采访这个村民小组的组长张绍勇，让他讲讲他眼中的郝永德。

张绍勇介绍，郝书记2007年当选村委会主任后，一直带着大家奔小康，几年下来，他以自己的人格和能力赢得了村里2470多名村民的信赖。2013年，他又以满票当选村党支部书记，从此，他书记、主任一肩挑。讲他的故事，就从他当选村党支部书记开始吧。评价一个带头人的好坏，仅说他是个好人是不够的，一个带头人最主要的是要带着大家一起致富。郝书记一上任就召集骨干开会，他在会上撂下一句话："咱村的乡亲们不致富，我这书记主任就不当了。"郝书记自己从事蛋鸡和肉食鸡的养殖多年，是远近闻名的养殖大户。他还引领村里其他人家也搞养殖、养生猪、蛋鸡。养殖业风险高，有的农户坚持一段时间不赚钱或赔本了，就不想再坚持。郝书记看在眼里急在心上，他在村干部会上说："一家富或几家富都不是成功，只有大家富了才是成功。我看咱们就成立一个养殖合作社，让村民们都参与进来吧。"他掷地有声地承诺："赔了我顶着，赚钱大家分。"会后村干部们分头走访动员，鼓励乡亲们参加合作社，很快养殖合作社就建立起来。有人给担了风险，养殖户没有后顾之忧了，都一门心思地干起来。合作社发展迅速，很快由当初的十几户会员增加到102户，年出栏生猪7万头以上。郝书记凭着自己敏锐的头脑和人脉，在多地建起了供销点，实现了产供销"一条龙"管理，养殖合作社的效益越来越好。

除了搞养殖，郝书记把更多的精力用在了田地上，这叫什么？用一位记者的话说，叫"充分利用现有资源，让资源优势变成老百姓看得见、摸得着的经济效益"。郝书记对大家说："只要肯动脑，来钱道儿少不了，只要敢想敢干，好处就在不远处等咱呢！"在郝书记的倡导下，村里大搞树苗林地和蔬菜大棚，先是几亩地几十亩地地搞，不断摸索，不断扩大，到现在，已经有了2000多亩林地和十几座高效蔬菜大棚，这一块已经成了村民致富的又一个主战场。

2017年1月，郝书记带大家把原有的永德养猪合作社、国富水稻种植合作社、海娟水稻机械化合作社三社合一组建了新的神益农农产品专业合作社，做到了资源整合，合作社的力量更强大了，合作社下设了种子化肥销售公司和农产品经销公司，也是一条龙的运营模式。郝书记是能人哪，举一个例子，2017年3月份，郝书记绕开了中间商，直接从厂家购进了各种化肥300多吨，以最低的价格销售给村民，使村民们每亩地节约了30~40元的成本费。

郝书记主动外出寻找合作项目，成功引进了富硒水稻种植，开辟了300亩试验田。赚了钱后，他又引进2万亩水田绿色示范区建设项目，发展农业示范基地，开发水稻与小龙虾种养结合项目，又带动一大批村民致富。

2015年大旱，据说是百年一遇的，其他村屯的庄稼日渐打蔫，山神村的庄稼却依然苗壮，咋回事？全是郝书记办的好事呗！原来郝书记在刚有干旱趋势时便行动起来，他一次次地往市里跑，争取资金、办理用电、购买设备，打井、挖渠、送水。当一股股的清流涌进干涸的土地时，村民们无不欢欣雀跃，有一些老人感动得流下了眼泪，说柱子真是好人哪，是咱们的好带头人，一些村民敲锣打鼓把一面锦旗送到了村部。这些都有数据可查，村民们水田作物亩产达到1500斤，旱田玉米亩产达到1200斤，实现了大灾之年不减产、不减收。

咱们的营商环境

　　辞别张绍勇，我又采访了几位普通村民，问他们名字，他们都一脸的腼腆，笑着不吭声。我知道这些村民都太质朴了，他们不愿报自己的名字，一是不愿抛头露面；二也是怕有溜须拍马之嫌吧？这样也好，不留名字说出的话也许更真实更可信。

　　一位红脸汉子讲："以前的山神村，对了，就是郝柱当主任和书记以前的山神村，那时的村容村貌不忍直视，村子里的大小街路坑洼不平，都是土路，洼处积水，一过车就会污水飞溅，粪池遍地，那个味道太难闻了，柴堆满道，乡亲们苦不堪言。有一次，我叔拉住郝柱的手说：'柱子，你大叔我今年60多岁了，这临死前能不能走上沙石路哇？'听了这话郝柱沉默了，好一阵不说话。我猜我叔的这句话一定刺痛了他的心。都知道'想致富，先修路'这个道理，可当时村里要劳力劳力少，要钱没钱，巧媳妇还难为无米之炊呢，他怎么修路哇？

　　可他就是要修路了，他召集党员和村民代表开会，决定整治环境，改变村容村貌。他在会上说：'连条像样的路都没有，还谈什么致富，你就是有好的农产品也运不出去，外边有好的项目，人家也进不来。现在摆在咱们面前的只有一条路，那就是修像样的路。'有人说：'修路要钱，哪有钱哪？'他把胸脯一拍，冲着大家说：'钱我来想办法，就是求爷爷告奶奶，也要让山神村旧貌换新颜。'大家被他感染了，都表态要出自己的一份力。

　　"这之后，郝柱四处筹借，真的是去求爷爷告奶奶，总算张罗来一部分建设款。他说干就干，号召大家都参加环境建设，他没白没黑地忙乎，他为了谁呀？还不是为了大家？这样，大家也都积极参与。郝柱把大家组织起来，成立了工程队和建筑队，仅几年工夫，就把全村35000米的村路及8万延长米的田间作业路，全部铺成了水泥路或沥青路，路边栽种花草树木，还配套建成了10个标准井房，7座桥涵和1座3400平方米的文化广场。总之呀，村里村外的路全都沙石化了，乐得我叔拉住郝柱的手，激动地不知说啥好。在郝柱的带领下，咱们全体村民都参加了门前四包、每户轮流值周、垃圾分类和沟渠清运。那真是男女老少齐上阵，共建我们的新农村。"

一个中年妇女讲："我说说咱村的水利达标工程吧，没那个工程，后来能旱涝保收？说起来容易干起来不容易，个别村民有不理解的，还净给添乱。挖村民三组的排水沟时，穆春敏横眉立目地往钩车前一站，就是不让挖。这老穆是个光棍汉，长得五大三粗，因为跟人打架还坐过牢，平时大家不敢惹他，都躲着他走。他这一挡，这活就没法干了。咱们郝书记赶来后，问他为啥这么做，他说这块地是他家的地。郝书记叫来组长，让他看了三组的地账，确定这是村集体土地后，就耐心地说服他，可好说歹说，他就是骂骂咧咧不让道，还冲着钩车嚷：'我看谁敢抓这块地，谁抓了我跟他没完。'咱郝书记也火了，上去拉他，他往外推，二人就撕扯扭打在一起。最后还是郝书记把他摁倒了，回头冲着钩车说：'抓地，干活！'钩车开始干活，郝书记松开穆春敏，对他说：'你有气冲我来，这回我保证骂不还口打不还手。'穆春敏自觉没趣，说：'钩车都抓上了，我还能说个啥！'大家都笑了，都说咱郝书记智勇双全呢！"

后来我到村委会，在张绍勇的帮助下，看到了一个记事本，查阅了村里修路、整治环境的一些详细记录：

2007年9月至10月，争取省水利达标工程，建成10个标准井房，修建7座桥涵，挖通15条田间作业路，3条主要运输通道全部实现沙石化；

2007年11月至2008年1月，村屯全部实现"四进院"，各家门前铺设排水管，两侧挖出排水沟，全村10个村民小组、大小80多条街道、2万多米延长路面全部沙石化；

2008年3月至11月，第一批1000多株景观树栽植成功，全村沙石路补铺、填坑1000多米；

2009年3月，增植绿化树木1000棵，补栽1000棵；

2009年5月，铺设3000米黑色柏油路面；

2010年，村屯绿化率达到97%；

2014年9月，新建370平方米村部和3000平方米文化广场；

村屯实现环境整治全覆盖，村民出义务工4000多个，修村路80多公里，动用石料500车，挖路边沟8万米，清运垃圾7000立方米，植树15000棵，栽花7万株；

…………

我走在山神村洁净平整的村路上，看两侧绿树成行，院落规整有致，花草红绿相衬，心情是轻松愉悦的。这里的确是个令人向往的新农村。

咱们的淳朴民风

一路走，一路采访能够见到的村民。我随口问遇到的一位老大娘："山神村最大的变化是什么？"大娘说："要我说呀，这最大的变化不是路好走了，房子漂亮了，兜里有钱了，这最大的变化我看是乡里乡亲的关系融洽了，即使是锅盖碰到锅沿儿吵架了，也有了说理的地方，也有人为你主持公道，这活着心里有底了。"大娘的话令我眼前一亮。

来之前我是做过功课的，知道山神村以"孝德文化"为引领，营造培养了一种新型的淳朴民风。村里经常开展有关活动，有评选"孝德之星——我们身边的好人""家风三认""书香家庭"等活动，还制定了村规民约。在这里，争做好人，比孝、比善、比心灵美已经成为一种风气。

我问："如果邻里之间发生纠纷怎么办？"大娘说："有柱子呀，柱子会替咱做主，柱子就是咱们的主心骨。"一边的一位大爷凑过来说："柱子是我们的主心骨不假，但判对错不是柱子一个人说了算，是村规村约说了算，村委会里有'村民评理说事点'，也就是'老郝调解室'，柱子是调解员，还有其他村民也来当调解员，向理不向情，柱子说的话我们才服气。"

大爷介绍，不光是邻里之间，就是组与组之间发生纠纷，村里调解大家也服气。有一年开春，因为一块荒地的开荒权，六组和七组的人吵了起来，都说这块地是自己的，各说各的理，又都拿不出有效证据。村里的法治巡查服务团发现后将情况报告给了柱子，柱子就带着村"两委"成员和村调解员一起赶到地头，让大家都席地而坐，柱子说："这块地归谁咱说了都不算，那谁说了算？法说了算，你们说对不对？"大家伙都说对。柱子就叫调解员陈勇现场普法，陈勇说："在历史形成土地账目不清的前提下，这块土地依法应归集体所有，因此村里要将这块荒地收回。"法说了算，大家当然服气。这起纠纷很快就化解了。

我之前翻阅过相关资料，知道山神村已形成了以党建为引领，自治、法治、德治"三治"融合的乡村治理体系，这也为山神村带来全国农村幸福社区、辽宁省美丽乡村示范村、辽宁省精神文明家园等诸多荣誉。作为带头人，郝永德也多次被评为凌海市最美村官、锦州市最美村官、锦州好人、辽宁好人、辽宁省优秀人民调解员等。

一个年轻的农民说："咱们村的人讲究的是向上，向善，破除迷信，弘扬新风气。这些风气都是郝书记引领的。为了狠刹大操大办风，他挨家挨户征求意见，给大家讲道理，讲新风尚，带领村干部挨家挨户签订承诺书，这些年来，咱山神村没有一户违规操办过。

郝书记常说，要把村民从酒桌、麻将桌上请回来，大家都做文明的事。村里组建了广场舞队、秧歌队，搞起了歌舞赛，法制答题，办起了图书室，咱们的业余生活也丰富多彩了。"

年轻农民说到这，朝前喊："张大爷，张大爷！"一个老汉被喊过来。年轻农民说："这是张大爷，今年67了，他编了个顺口溜，正好能代表咱们的心情。张大爷，你就给朗诵一下呗！"张大爷笑道："好，那我就朗诵一下。选举当年众期望，永德领导档次上，实践多年非虚传，山神果真变了样，惠民项目多如林，书记积极去找寻，带领百姓奔小康，全心全意为人民。"

这段顺口溜令我蓦然想起郝永德获得辽宁好人称号的获奖词来：勇于创新，苦干实干，心系群众，甘于奉献，注重家风、村风、民风建设，山神村家风正、民风淳，孝德理念蔚然成风。

咱们这些被郝书记带动起来的人

村民们说，他们的书记郝永德不满足于一个人当好人，他想让村民们都争着当好人，好人多了好办事，好人多了村子也会变成好村子。我频频点头，觉得真是这么个理儿。

朝着村委会走，眼前的精致是令人舒畅的，平整干净的水泥路面，路两边是高耸的树木，枝繁叶茂，绿意盎然。树木的后边是一座座别致的农家小院，北京平错落有致，房与房之间，路与路之间井然有序，路边闲坐的老人安详地聊天，孩子快乐地玩耍，见了我，都会给一个充满善意的微笑。

最吸引我的是那些宣传板和公告栏，都用玻璃镶嵌起来，里边是"身边好人""孝德之星"之类的模范人物的照片，照片下边还配有文字，有打油诗，有顺口溜，还有大白话。这些村民们自己选出来的模范和典型虽然事迹平凡，却个个正能量，个个能起到模范带头作用。我停步观看，这些人物有"发挥余热做保洁，朴实无华情至真"的张玉昌、"善待邻里解危机，分文不取治眼疾"的才景英、"经年累月侍公婆，相夫教子勤做活"的朱志敏、"勤劳能干众人夸，养鸡致富把家发"的胡妍……

有个村民跟我说，郝书记在村里建了个议事厅，凡事都要大家自己说话，大家来议，自己拿的主意肯定自己会拥护，做起事来也就像做自家的事，主人翁的精神就上来了，大家的凝聚力也都上来了。我听了觉得这个村民是有水平的，与传统认知中的农民有着很大的不同，算得上是社会主义新农村的村民吧。

我问起村里评选"身边好人"的事，这个村民兴致勃勃地说："咱们山神村每年都要评选'身边好人'，评选'孝德之星'，这些被评选出来的人有'发挥余热做保洁，朴实无华情至真'的张玉昌、'诚实守信孚众望，勤劳致富一榜样'的杜景全，等等，这些人都是我们可以学习的身边的典范，跟这些人学，跟这些人比，争取也做个好人。"

又走了一会儿，遇上了一个看起来朴实而又干练的妇女，有村民跟我介绍，她叫才景英，已连续三届当选村里的"身边好人"了。我走过去与她搭话，问她当选"身边好人"的感受。她不好意思地笑道："那是大家信任我，其实我还差得远呢！"

我问："你对村里这种评选有啥看法？"她说："鼓励大家都做个好人呗，郝书记带头做好人，我们也跟着要做个好人，咱郝书记说得好，咱搞评选，就是要激活每个人心中的善念，使社会风气好转，使家兴业旺。"我说："效果怎么样？"她说："效果非常好哇，现在村里每年都要搭台搞演出，在台上夸乡亲、夸邻居、夸婆婆、夸媳妇，年底的百姓春晚，这些人的事迹也会出现在快板书、相声、打油诗和歌词里，我被编进去好多次了，怪不好意思的！"

一旁的村民接茬儿说："她帮村民带小孩，帮邻居调解婆媳矛盾，帮缺钱的人张罗养殖的钱，她的事迹可不少，都夸她是大家的好大姐呢！"

我听了感慨颇多，对郝永德也有了更深一步的认识。是呀，自己做个好人容易，让全村人都做好人不容易，让好人多起来，这是件功德无量的事情。

咱们的美好未来

在村委会的大院里，我见到了郝永德。这是一个身材不高，但很壮实的中年人，长圆脸，浓眉大眼，目光坚定，一看就是个精明干练而又踏实淳朴的人。

握手寒暄，穿过走廊，去他的办公室。路上，我被一个房间门口的牌子吸引了，牌子上边写的是"村民评理说事点"。我提出进去看看，他点点头，笑着推开门，里面和一般的办公室没啥两样，但墙上挂着的一溜牌子十分抢眼，主要一块写的是"评理调事、开门说事、便民答事"，接下来依次是"矛盾纠纷调解点""社情民意汇聚点""公共法律服务点""干群关系联络点"等。窗前的两张办公桌边有四把椅子，桌上有写着"当事人"的桌牌，还有"调解人"的桌牌。我问："郝书记，这就是你调解村民纠纷的地方吧？"郝永德又点点头。我的思绪无限延伸，仿佛看见了在这间屋子里发生过的许许多多的场景和故事。

进了郝永德的办公室，和他开始攀谈。我问他当村主任和村书记以来，遇到最大的困难是什么。他没有正面回答，而是说："困难是不少，但不管是多大的困难，只要你做好群众的工作，就什么都不难。在村里，只要你做到民主、公正、诚信、友善，拿父老乡亲当爷们儿，当哥们儿，当自己的兄弟姐妹，你就没有解决不了的困难。"

我说："村里这么多人，人人有事都找你，你忙得过来吗？"郝永德说："乡亲们求到我，证明他们没把我当外人，是瞧得起我，就冲这一份信任，我不怕忙，也不怕难，只要心里想着他们，一切为了他们，我就不信我干不好工作。"

接下来郝永德开始讲他的感受："咱们村村型大，人口多，底子薄，传统观念束缚人的思想，怎么样打破旧有观念是重中之重。国家一系列支持三农、减轻农民负担的政策出台后，村级集体收入在山神村的账面上回归为零。要想富，就要从村民的自身资源上下功夫。而率先致富，你才有能力带动大家致富。无论是搞养殖，还是搞绿色农业生产，我都是先拿自己做试验，失败了，自己承担后果，成功了就向全村推广。

"我对'两委'班子的要求是，以身作则，村务公开，不搞一言堂。我的权力是大家给的，我没有权力指手画脚，山神村的大事小情，全都要由党员代表和村民代表集体决定。村里的党员干部不光要在战斗中冲锋陷阵，还应该是指挥官的智囊团。这些年来，村'两委'班子成员和村民小组长已经成为我的得力助手，也是咱山神村新农村建设的带头人。

"只要你心里时刻装着乡亲，那么你就能得到乡亲们的真心拥护。有一年，八组的穆春才等三个人遭遇了交通事故，我稳住自己的情绪，带着他们的家属多次到交警队、法院解决问题，去找当事人协商，那段时间，我不知跑了多少趟……我曾粗略地统计过，几年来，为村民办事，光车油钱我就花掉了7万多，出车10万多次。村民们这样议论我，郝柱是真好人，有事找他真帮忙。我觉得这是对我最好的褒奖。

"村容环境综合整治的那段时间，我带着大家抢进度，一忙就是到天黑。有一次，老婆打来电话，说今天是我生日，已经做好了一桌菜等我吃呢。可我正忙着，哪有时间回去过生日呀，只能咬着牙让家里人不高兴了。还有一次，我带着村干部到三台子镇订购绿化用的树苗，就在回来的路上，我沉沉地睡着了，有人叫我我也没醒。大家知道，那几天为了一户村民的家事，我外出奔波，已经两天两夜没有睡觉……唉，说跑题了，说这些干吗！

"一个人光溜溜来到这世界，最后还得光溜溜离开，仔细想想，名利都是身外之物，只有尽最大的努力，做有益于乡里乡亲的事，才是有意义的，你说是不?"

我点点头，这是多么质朴的人生感悟哇！郝永德还在说："咱们要做的事情太多了，接下来要扩大合作社的规模，扩大销售渠道，农村社区建设要进一步加强，要将家风、村风、民风高度制度化，要让村子更美，经济实力更强，吸引年轻人回家乡创业，共建美丽新农村……"

铁人让群山再次沸腾

于永铎

一 铁一样的电力工人

鞍山缺电了，形势非常严峻，这是鞍山市民最近几年来的深切感触。远的不说，就和十几年前相比，鞍山主城区已经扩大了若干倍，而主城区的用电设施还停留在20世纪末的水平。多年来，电网设施严重老化、供电负荷低下已经是鞍山城市发展的瓶颈。缺电，就像一双看不见的手狠狠地扼住城市的喉咙。矛盾就摆在桌面上，上上下下都清楚，解决起来却是那么难，牵一发动了全身，一不小心就碰到了哪个环节的利益，碰到了都要喊疼。其实，早在2015年，鞍山市供电公司就上马了唐家220千伏输变电工程，这个工程是专门为鞍山城区送电来的，就好比是从远方调来活水专门来解鞍山的渴的。然而，这些年来，唐家220千伏输变电工程项目始终没有发挥出应有的作用。远水是来了，可是，终端的河床太窄了，当然了，我这个比喻未必准确。准确的说法是鞍山主城区的输变电系统因为设备老化，无法承载大负荷的电压。当务之急必须要改造老旧的输电设施，承载大功率电力入城。具体措施是要在城区内重新铺设电缆，重新修建大功率变电所。

这可不是上下嘴唇一碰这么简单的事，这项工程就等于是一次城区内的地下管网设施的重新整合，各家各户的管网，你中有我，我中有你，其规划施工的难度外人根本无法理解。绝大多数的影响不是鞍山供电公司一家可以解决的。在主城区施工铺设电缆，首先，一定会影响市民出行。另外，在城区施工，将极大地影响临街商家的正常经营。既然全市上下下决心上马建设管网工程，鞍山供电公司也就做好了各方面的充分准备，为了减少压力，公司决定从东山方向人口稀少的地方铺设管线，虽然人口稀少，但是还要遇到一片拆迁区，这让施工单位非常头疼。

见到鞍山市供电公司副总经理宁辽逸以前，我并没有注意到山南、文化系列工程和唐家220千伏输变电系列工程对新时代的鞍山意味着什么，甚至，我对这些工程的规范术语都懵懵懂懂。年轻的宁辽逸副总经理给我解答了几个问题，我才知道这两个工程的重大意义。宁总告诉我，上马山南、文化系列工程和唐家220千伏输变电工程，不但是国网辽宁省电力公司的一项重大举措，更是鞍山市的一项重大工程。工程完工后，鞍山主城区的电力系统将一跃进入新时代，作为鞍山地区"十四五"开局重点电网建设项目，工程投运后可满足鞍山市未来15年的用电需求。这绝对是个利国利民的大项目。鞍山市供电公司在市委、市政府的大力支持下，以罕见的大手笔，规划设计了唐家220千伏输变电工程和山南、文化系列工程，一声令下，一场彻底解决鞍山市缺电的各大项目上马。

对鞍山我还是熟悉的，我很早就读过老作家李云德先生创作的红色经典小说——《沸腾的群山》，那是一部真正意义上的工业题材小说，我从书中了解了千山山脉，也了解了英雄的鞍山工人阶级。20岁以前，我坐火车去北京的时候路过鞍山，当时，只见一片火红的云彩，那是我见过的最美的火烧云。印象中，象征着热烈，象征着追求，象征着希望。我从《沸腾的群山》记住了鞍山，也记住了鞍山的火红辉煌的年代。我在火车上记住了鞍山的火烧云，记住了钢城。

后来，我又来到了鞍山。当时，我们去千山旅游，当我爬上仙人台，远眺一轮喷薄而出的朝阳的时候，心中突然生出万丈豪情。我看到了群山，是的，我看到了火红的群山，看到了沸腾的群山。那一刻，我感知到了鞍山的神韵，感知到了这片土地的神韵——这是可以创造奇迹的地方。

几年前，我们单位在鞍山设有项目，从那以后，我就经常来鞍山出差，有时就在鞍山住下。感谢生命中有了这个机会，让我能近距离观察鞍山，感知鞍山，不知不觉，我走入了鞍山，成为鞍山的一分子。有一阵子，下班后，当地的朋友约我出去转转。他们问我想去哪儿，我说我想认识认识鞍山。朋友们就带我在市里转，去吃各种各样的小吃，去看熙熙攘攘的人群，去品读鞍山的街市。后来，朋友又带我到郊外转，我们一天一个地方，越走越远，有一天，我们爬到了一处不知名的山巅，我忽然看见了许多施工人员，看到了亮闪闪的铁塔。朋友说，这是鞍山市供电公司在架设输变电线路。我饶有兴趣地看着施工现场，看着工人们在高空架线铺网，这是多么壮美的场景啊，到处都充满了力量，充满了激情。忽然，我听见了雄壮的施工号子，号子响彻云霄。我仔细地观察着施工人员，看着他们劳动的雄姿。此刻，他们的身姿被夕阳映得火红，犹如一群行走着的雕像，雕像静止了，在我的眼里，他们就成了一群新时代里的铁人。

火烧云下，我看见了一片沸腾的群山。

火烧云下，我看见了一群铁一样的电力工人。

二　新时代铁人群雕

施工现场上，到处都是陈官如的身影。即便没看见他的身影，也会在人堆里听见他辨识度很高的南方口音。陈官如不是别人，正是山南、文化系列工程的总协调兼施工负责人。当我被介绍给他的一瞬间，我看到他面有难色。我很理解，因为，他当时忙得脚打后脑勺。如果不是上级领导硬性指派，我估计他都能当场拒绝接受采访。说了没有几句话，我一眼就发现了他有一个与众不同的特征，不是说他有两部手机就与众不同，而是他的两部手机的铃声此起彼伏响个不停。我也算见过很多忙得不可开交的人了，却从没有见过像陈官如这么忙的人。我刚要进入主题，电话铃就响了。陈官如满怀歉意地朝我扬扬手机。这通电话打完，我们又聊了几分钟，又有电话打进来，陈官如依然抱歉地扬了扬手机。就这样，10分钟内，他接听了7个电话。我的采访总是被电话打断，我完全可以用痛苦这个词来形容当时的状态。我注意到，陈官如的电话几乎都是各工地打来的，偶尔也有上级部门打来的。我还注意到，无论是谁打来的电话，陈官如的回话都是干净利落，三言两语就交代清楚了。有一个电话很有意思，我听到他跟对方说："这个情况我不熟悉，5分钟后，我了解清楚再回答你。"放下电话后，陈官如又朝我说："对不起老师，请稍等片刻。"然后，就开始打电话，情况了解清楚了，再汇报出去。

陈官如给我留下了深刻的印象。

老陈苦笑着对我说，家人都知道他这种状态，几乎从不在工作时给他打电话，担心占了电话线，影响他的工作。家里如果有急事，都会给他发信息，让他方便时回电话。由于陈官如的电话不断，我索性停止了采访，请他安心工作。我想做个旁观者。陈官如的电话一个接一个，我听了几段内容，有环保检查工作的，有施工出现问题的，还有施工纠纷的。老陈像个指挥员一样干脆利落地下指令，有耐心解释的，有严厉批评的，还有急切询问的。虽然我不清楚每个电话的背景情况，却从老陈的语气和表情看到了一种紧张的工作状态。我对陈官如这个人物突然有了某种理解。

我猜得没错，陈官如确实是一名军人。他是从江苏来鞍山当兵的，后来，在鞍山娶妻生子。2003年，陈官如转业分配到国网鞍山市供电公司。从这时开始，他就成了一名真正的鞍山人，除了乡音不变，性情和脾气和鞍山人没有区别。鞍山市供电公司根据陈官如的特长，准备把他分配到机关工作。后来，又考虑到陈官如的发展潜力，就把他分配到了全公司的核心部门——配电专业班组。上级认为，好钢就得锻炼。说起往事，陈官如仍然是一脸的敬畏。他算是一脚踏进了最专业的部门，以前的经验在这里都成了零。陈官如顿觉两眼一抹黑，就像刘姥姥进了大观园里一般。怎么办？向上级打报告要求换个岗位？或者就在这个地方一直混到退休？这样的想法有没有过呢？陈官如说没有，连想都没想过，如果那样的话就不是他了。

陈官如不但没有气馁，还突然来了一股猛劲。再难的技术也是人干的，他不信自己掌握不了。陈官如和自己较上了劲，他决心从头开始，就像刚入学的小学生那样向老师虚心求教。他相信只要功夫深，自己这根铁杵迟早会磨成针的。这么多年来，每当遇到困难，陈官如就会自然而然地体现出在部队里锻炼出来的那股子勇气来。这股军人的勇气早就浸入他的血液。陈官如调整心态，满怀信心地迎接着陌生的岗位。从此，他真的就像一个小学生，主动向身边的老师傅请教。凡是他不懂的都要问个清楚，绝不干不懂装懂的傻事，不耻下问没毛病。老实说，问烦了，人家怼你一句也是够受的。陈官如却不在意，怼就怼，怼完了还问。他把怼当成了鞭策。他学会了有机地分配学习，每天都带着一份任务，一天学一项，甚至一个星期学一项。大家都下班了，他不下班，他要把学到的或者领悟到的知识再重温一遍，直到完全掌握了才回家。

时间久了，大家对老陈就另眼相看了，原以为他只是做做样子走走过场，没想到他还来真的，看起来挺踏实的，不像是到基层来镀金的。一来二去，人们接纳了他，也愿意帮助他。在大家的眼里，老陈特别能吃苦，干活时敢于打冲锋。就这样，陈官如赢得了大家的信任。这期间，老陈不但学实践经验，还阅读了大量的资料和专业书籍。一年半以后，老陈的业务素养脱颖而出，完全掌握了基础知识和基础技能。连经验丰富的老师傅都对他佩服有加，大家见证了一个什么都不懂的陈官如是怎样一步步地变成了技术大拿的。

陈官如顺理成章地被提拔为工程部的负责人，这项任命从上到下没有不服气的，都认为这是公司对人才的最好的尊重。担任领导以后，陈官如还像往常一样扎在班组里，几年来，带领大家专门啃硬骨头，他带的队伍渐渐地成了公司的主力。陈官如告诉我，他最欣慰的是队伍里有股军人般的正气，他认为有了正气的队伍就是一支铁军。我在鞍山供电公司采访时发现，熟悉陈官如的人还把他当成铁骨铮铮的军人，一个不穿军装的军人。电力系统著名作家潘洗恰好和陈官如共事过，潘洗说老陈这个人确实值得写，他是一个合格的军人，更是一个合格的电力工人。职工老赵跟我说，在施工现场，陈官如就像是一个突击队员，哪里紧迫哪里就有他的身影，往往在这边刚处理完工作，一眨眼的工夫，又到那边忙了起来。就没看见过他在工地里站着聊闲天的时候。

说起陈官如手里的两部手机电话，有好事的人还专门有过统计，也不知准不准。他们告诉我，山南、文化工程施工以来，陈官如一天能接打100个电话。

这是什么概念？

山南、文化系列项目涉及鞍山市铁东地区主城区道路10余处，我采访中了解到，施工队上上下下对主城区的施工非常纠结，一听说在主城区施工，施工人员都极为头疼。大家宁可在大山里苦干，即便条件艰苦，即便各种生活服务跟不上，也不愿意在条件方便的主城区干。山里施工虽然艰苦，但是耳根清净。在主城区，施工人员要面对各种各样的想得到或想不到的困难。

在主城区施工，确实考验了队伍。明挖排管及方涵施工超过10

公里，工程95%需要破路施工。破路就影响交通，就影响市民出行。作业难度非常大，煤气、电力、通信、自来水等各单位的管线盘根错节，有很多管线连自家人都不认得，说句夸张的话，有的管线比单位最老的师傅的年岁都大，你让他如何去辨认？施工时遇到管网，不能随意变动，必须由主家来认领，一起商量研究施工措施。一旦弄断了管网，就是一次事故。作为现场总协调，陈官如感觉自己的肩膀上沉甸甸的，每时每刻都揪着心，每时每刻心里都在冒火。

陈官如是一个善于总结的人，每当遇到施工难点，他都要带着经验丰富的人员到现场想办法，每次处理后都要认真总结。陈官如的作风非常强悍，他认为总结不能只做表面文章，需要举一反三，需要深挖细问，还要在施工队里讨论。这样才能让大家长记性，避免在同一个问题上犯同样的错。山南变电站方涵工程有一处宽度不足6米、深度达9米的施工作业基坑，施工期间，由于连续下雨，基坑两侧土质松软，每次施工都会遇到塌方，因为问题多，总也解决不了。事情报到陈官如这里，陈官如二话不说，带着技术人员蹲在方涵上面现场办公。说困难他不听，他就要彻底解决问题的办法。

经过多方讨论，终于发现塌方的原因并不是基坑施工的质量问题，而是远处密集过往的运输车辆碾轧土层，使土层运动移位造成的。找到了症结后，陈官如决定立即整修道路。这个决定让很多人面露难色，工地上的运输车有多紧张，整修道路，一旦耽误了材料的运输，那可是会影响工期的。陈官如心里有数，他早就研究出了一个妥当的方案，这个方案不会影响运输车辆的正常行驶。这个方案的最大问题就是需要多出力，出力不是问题，鞍山供电公司的职工都是铁打的汉子。就这样，陈官如组织施工队伍在土质松软的路基上又修出了一条道路，在他们夜以继日的突击下，彻底解决了因运输车辆碾轧造成的塌方问题。

施工现场的组织和沟通是考验每个指挥员能力的标尺，陈官如做到了快速反馈和及时协调，这是他的强项，是多年的军旅生涯练就出来的果敢坚毅。同时，陈官如的临危不惧其实是有准备的，这就是他的诀窍。在工程开工前几个月，陈官如就多了个心眼儿，提前与市政等相关单位及设备厂家取得了联系，针对即将施工的线路及技术等措施开展调研分析，从220千伏崔家变电站开始勘察，途经南三环路、万方街、万华街、万和街、湖南街、汇园大道、绿化街、园林大道、卫钢街等交通主干道，又转到中华路、胜利路、建国大道，每一段路陈官如不知走了多少个来回。为了让每一个数据都准确无误，他不间断地在现场核对施工图纸，保证了施工的准确性、时效性。

心里有了底以后，陈官如就提前开始了施工方案的设计，确定了"倒排工期"和"优化施工设备"等创新手段，经过多次推演，这些创新手段在山南、文化工程建设中会大大提高施工效率。事实证明，推演得出来的数据是正确的。工程上马，陈官如还组建了"施工柔性团队"，所谓柔性团队，就是组织工程技术人员提前将预想到的"卡壳问题"全都找出来，一项一项地攻关，制定出详细的解决方案。这样，在施工中就会做到有的放矢，指挥起来就会得心应手。

我请陈官如讲讲施工中最头疼的事，老陈脱口而出——地下管网。就是这个地下管网施工让他伤透了脑筋。由于主城区的地下管网历史久远错综复杂，往往打开了基坑，面对着纠缠在一起的管线，却找不出谁是谁家的管网。大量的时间都浪费在这里。有一次，施工方在排迁时将一条市政管线碰触断裂，施工现场发生了意外，如不立即采取措施，后果不堪设想。陈官如立即启动应急预案，联系并协助市政管线单位组织抢修。由于抢修及时，仅3个小时就修复了管线。有人不解地问陈官如，危机时刻，你怎么比市政的人还明白？陈官如笑了笑，没有过多解释。他心里清楚，这一切都归功于事先的精心准备。

截至我的采访结束，山南、文化工程施工已经60多天，这60多天里，陈官如协调、解决现场工程遇阻问题达百余项。在采访陈官如时，我记住了他让我印象深刻的一句话，这句话不是套话，这句话很朴实，说得很有水平。陈官如说："工期就是企业的效益，质量就是企业的生命线，我们是站在企业效益和生命线上的人，公司信任我们，我们有责任把企业干得更好。"陈官如每天想的就是质量，每天考虑最多的就是工期，两者有矛盾对立的一面，时时刻刻考验着陈官如。

我正在进入采访佳境的时候，陈官如又接到了一个紧急电话，他猛地站了起来，我知道一定是遇到情况了。我连忙说，请你再说几句吧。陈官如想了想，一边往包里放材料，一边说："我是一名党员，曾经是一名军人，公司领导信任我，我得把活干好了。对得起人民群众，对得起自己，看着大家安心用电，我晚上才睡得安心。"说完，陈官如匆匆地与我告辞。

望着他挺拔的背影，我忽然想起了一个剪影——铁人的剪影。

2021年3月18日，鞍山首条地下电力隧道工程"鞍山号"盾构机顺利始发，标志着山南、文化系列工程全面启动。甲方项目经理赵晨在现场紧张地忙碌着，都忘记了擦一把额头上的汗水。有位摄影记者把这个画面定格了，我们看到了头戴安全帽、满脸是汗水、精神抖擞的铁人形象。

面对我的采访，赵晨实实在在地说，对于干这项工程，他的心里只有两个字可以表达，那就是"兴奋"。能不兴奋吗？山南、文化系列工程是鞍山供电公司有史以来最大的项目，作为鞍山供电公司的一员，这辈子能有幸参与到这样的大工程确实是件骄傲的事。

自从工程上马，赵晨就带着300多人的队伍进入施工现场。不说干活，就是每时每刻处理施工中出现的问题，就把他拖得精疲力竭。虽然赵晨对我守口如瓶，但是，我能在现场找到很多的知情者采访。人们告诉我，这项大工程可把经理赵晨给累坏了，工人们可以三班倒，赵晨哪天不在工地干个十几个小时？大家都劝他要适当休息，就是铁打的人也受不了这样的工作强度。

有了这些个"材料"，我就不断地询问赵晨，希望他能说说工作中的艰辛。赵晨想了想，嗓音嘶哑地说："要说累是真累，每天不知什么时候能躺下，有时浑身酸痛睡不着，就劝自己赶紧睡，明天还得早起。刚闭上眼，脑子里突然又出现了一件事。"赵晨是笑着说的，我却听得很沉重。这就是我们鞍山供电公司的领头羊，这就是我们鞍山供电公司的铁人。

说起自己的辛苦，赵晨只是这几句话，说起大家的辛苦，他的话一下子就多了起来。这几天，正赶上鞍山地区持续高温，听说有的工地已经出现大面积中暑情况，有的单位减员严重。赵晨这边虽然早有预案，可他还是不放心，今年的暑热不同以往，他这个当家的不能掉以轻心。暑期到来之前，公司就做好了防暑降温准备，各班组都要拿出防暑降温的具体措施，除了预备药物，还要准备各种冰镇饮料。赵晨去查了几次，各班组都挺重视，他还是不放心，施工人员的身体健康是第一位的，赶工期不是要大家拼命，这是底线。他再次强调，要各单位尽量避免高温时间段施工，宁可耽误一些时间，也要保障施工人员的休息。截至我采访的这一天，赵晨率领的施工队没有一个人中暑。

在这之前，我曾在鞍山住了一段时间，出行时我也经常遇到一个个施工地点。我还曾近距离观察过施工现场，没想到，创作这篇作品时当时的偶然观摩竟然派上了用场。施工人员确实挺苦的，每个人都晒得很黑，尤其是今年夏天，鞍山地区的温度奇高，就连我这样的并不是在室外工作的人也都几次中暑，想想工地上的工人吧。即便如此，工人们还是热情高涨。赵晨跟我讲，工地上有各种各样的防暑降温点子，其中，工人们想到了一种冰镇绿豆水，据说效果很好，也深受大家的欢迎。我还认真地把方子抄了下来，准备拿到我们单位试试。

如果说高温是野外作业的大敌，那么，降雨又怎么形容呢？只能说，降雨更让人焦心。有时，刚挖出方涵，里面就灌满了雨水。这还不算严重，前一阵子鞍山地区一连多日的大雨，到处是积水，到处是塌陷，施工秩序陷入了混乱。土建队伍的主要武器——大型铲车和盾构机等机械进不了现场，整个施工效率就大打折扣。效率低下也不能等雨停，工期就是死命令。赵晨带领工人利用仅有的小型设备上阵，有的地方连小型设备都上不去，他们就靠人力挖掘。挖出来的土运不出去，赵晨又想办法，他的口头语就是"办法总比困难多"。就这样，他们不等不靠，硬是靠着人挑肩扛，一点点向前推进。

采访中，每当听到这样的描述，在我的眼前就会出现一组雕像——铁人的雕像。

王博慧看起来是一个非常稳重的人，我采访他的时候，他话不多，往往就是"嗯"或者"是的"，但是他的面容很坚毅。王博慧是工程的项目经理，说起困难，王博慧认为最难的是面对动迁户。可以说，工程中遇到的任何难题都难不倒他，偏偏就是动迁的事让他头疼。动迁本来不属于他的工作范畴，也不属于鞍山市供电公司的工作。但是，施工到了这个地方，不属于也属于了。根据规划，小区部分居民实施搬迁。市里已经组织安置方案和净地。然而，当施工队伍进入该领域的时候，预料不到的事情出现了，部分居民会突然冲出来堵住车辆，甚至每辆挖掘机的前面都要躺下一个人阻挠施工。王博慧这边急着赶工期，一个小时都不舍得耽误，那边一堵就是大半天。市里成立了现场执法队伍，专门来做保护性施工。执法人员晓之以理动之以情，劝说这个又劝说那个。这一拨刚安置好，又来一拨。让王博慧印象最深的是一家四口，闹了两个月，后来，这家男人还爬到了30多米的施工塔上威胁施工人员。提起这段经历，王博慧感叹不已，他说，他最担心的是出什么差错，一旦因意外而伤了人可了不得了。

唐家联网工程最难的工程是施工中的一次临时停电，当时，搞了几次推演，上级只给王博慧四天四夜的施工时间。我并不清楚停电意味着什么，停多长时间的电，什么时候停电，这里有一整套完整的数据，需要科学分析，把损失减少到最小，不是供电公司随随便便想停多久就停多久的事。这里有一笔实打实的经济账，供电公司停电损失有一笔账，社会各界的停电损失也是一笔账。为了这次施工顺利，市供电公司工程指挥机关前移，直接到了施工现场指挥。王博慧一直在推算，一个步骤一个步骤演习，最终，拿出了可行性报告。为了万无一失，他组织进行了10次沙盘演练。每一个环节都想清楚了，每一个点都要做到备案，然后精确到每分钟。这是一个比毅力比能力比团结协作的时候，哪个环节都不能出一点儿差错。一旦耽误了送电，辖区将损失惨重。王博慧把设计出的施工文件装订成册，带在身边，400页的施工图纸，他都能倒背如流。王博慧带着干部挨个环节勘察，现场观看演示操作，一个环节一个环节对接。

决战的时刻终于到了，工地上500名作业人员全都准备好了，准时拉闸后，王博慧一声令下，每个人都开始忙碌起来，个个环节都忙而不乱。让我们看看四天中他们都做了些什么吧：四天中，工人们拆掉了12座基塔；四天中，他们拆掉了1500米的线路。四天中，王博慧在工地上像风一样地来回地跑，一个点一个点地督战。快，再快，加快！他的吼声在工地上空传扬。快，再快，加快！工人们的吼声在工地上传扬。

当我写到这一刻，眼前就出现了一组雕像——铁人的雕像。

断电施工要求精确，要以分钟为代价，不在现场，谁能知道作业人员的难处？在一次施工的关键时候，基塔架到30米高的时候，忽然，上面传来了一个噩耗，其中一个关键部件没有加工挂点孔。这是一个意外，是生产厂家的疏忽。然而，这对工程来说可是要了命的巨大差错。按照事先设计，再过6个小时就要准时送电。这个部件安装不上，送电是不可能的。王博慧拿起电话，几乎是在吼：

242

"快，联系厂家，立即接通厂家电话！快！"鞍山供电公司工程指挥部的应急机制启动了，从工地到机关全都行动起来。几分钟后，接通了在苏州的生产厂家，对方听到这个情况后，连连道歉。但是，远水解不了近渴，怎么解决？王博慧突然喊了一嗓子："有了。"他把零部件放在车上，发动汽车冲了出去。

王博慧一边开车，一边紧张地打着电话，和40公里外的一个加工厂通话。他的车子到了，加工厂那边已经做好了紧急加工准备。在双方的密切配合下，加工厂将零部件加工好，王博慧又驾车返回。车子还没停稳，翘首以盼的人们就喊："王经理回来了，王经理回来了。"

王博慧扛着零件跑向了塔基，他们在推闸供电前终于安装完毕，在计划时间内完成了全面的施工任务。电闸推上的时候，王博慧浑身酸软，默默地坐在地上，和工友们望着灯火闪烁的鞍山，每个人都心潮澎湃，每个人都感慨万千。

三　铁人的担当意识

采访期间，我听到了这样一个消息——当代雷锋郭明义来到山南、文化系列工程建设现场，慰问了一线工人。在山南、文化变电站和盾构电缆隧道施工现场，大家聆听了郭明义现场上的一堂生动的党课。郭明义带领国网鞍山供电公司党员干部回顾了中国共产党的百年奋斗路，鼓励大家要继承先烈的精神力量，为祖国建设出大力。现场党员干部深受鼓舞，感觉浑身都充满了力量。

山南、文化系列工程和唐家联网工程是鞍山市供电公司前所未有的大工程，为了更好地发挥党支部战斗堡垒和党员先锋模范作用，鞍山市供电公司成立了山南、文化输变电工程临时党支部，扎实推进"党建+基建"，组建5个党员保障组，全力保障施工进度和按期投运目标，把山南、文化系列工程打造成联系群众的桥梁纽带、惠民利民的"红色名片"。据我了解，这一系列的党建工作在项目施工中发挥了特殊的作用，是完成特大工程任务的最坚实的保障。

宁辽逸副总经理在接受采访时说，作为央企，目光不能单纯盯着市场，还要有担任意识和引领意识，在这方面，鞍山市供电公司做得非常到位。大石桥有全国最大的镁矿，镁矿开采后的残余废料严重污染当地环境。政府也在为此发愁，一刀砍掉？当地的经济承担不起由此造成的后果。睁一只眼闭一只眼？那就要祸及子孙。鞍山市供电公司了解了地方政府的困难后，主动挑起了大梁，经过多次调研，他们找到了一举多得的好办法，一下子就解决了这个老大难的问题。一方面，他们鼓励当地企业将废料二次加工，制造出电力绝缘材料，由鞍山市供电公司统购。这可是天上掉下来的大好事，企业哪有不愿意干的？同时，鞍山市供电公司有个先决条件，凡是想与市供电公司合作的企业，都必须要有强烈的环保意识，必须要更新环保设备，务必环保达标。对主动达到环保要求的企业，鞍山市供电公司在用电方面将给予适当的补贴。对于环保不过关的企业要采取限电措施，限制其继续生产。就这样，大石桥一带的污染企业加快了环保设备的更新换代，多年的老大难问题有了解决的路径。

不知不觉，采访到了尾声，此时，天已经黑了下来。鞍山市供电公司综合二室主任王玲打电话让我们先到一家饭店，她要请我们吃顿便饭，顺便听听我们的采访反馈。半路上，王玲主任又打来电话，抱歉地说她要回家为两个孩子做顿饭，稍微晚一些和我们会合，让我们先吃饭。这让我们多少有些不安，也感受到了一个女同志，尤其是一个单位负责人的不易。一个小时以后，王玲主任赶到了。她抱歉地说只能陪我们坐一会儿，半个小时以后还要回公司开一个十万火急的会议。沉默了一会儿，王玲主任说，河南出现了特大灾情，鞍山市供电公司准备立即出动驰援。

这一刻，我的脑子里突然就涌现了一组雕像——铁人的雕像。

点燃一盏灯

——记鞍山市千山区人民法院行政审判庭庭长滕启刚

冯金彦

时间在那一刻凝固。

2021年6月4日6时47分，57岁员额法官滕启刚的生命烛光悄然熄灭，他的名字像一片叶子飘落在地上，月光也落在了地上，急驶而来的救护车，也没有能够把他的名字捡起来。

那一刻，一个名字很重。

一份思念很重。

一

这个世界上，没有谁去规定，一个人究竟要活多长。一个人的一生是一个过程，像一支蜡烛从燃烧到熄灭。但是，滕启刚的离去，让人惋惜，让一座城疼痛，即使在他离去了四个多月之后，他的精神依旧温暖着一支蓬勃的队伍，他留下的物品还在等待熟悉的脚步声。

电脑里，文字还在。

关于6月5日世界环境日的宣传方案，省高法调研课题的立项报告还在电脑的页面上。这是他最后的文案，也是他留给世界最后的文字，是他在生命的最后一个下午，最后一个工作日，连续开了两次庭之后，拖着疲倦写就的。30年来，他撰写的党建材料、总结、论文、心得，仅仅电脑里就留下47万字，47万字宝贵的资料记录了滕启刚的思索与奋进，是他的生命留下的深深足迹。

轻轻地，他走了，但是精神永远在。

　　幽默风趣的您，严肃认真的您，积极向上的您，热爱生活的您，为了公正"斤斤计较"的您，您是我们心中永远的"滕叔"……

这是同事在微信上给他的留言。

办公室里，放大镜还在。

一个放大镜是一个故事，也是一份情怀。

2019年5月的一天，王某因行车与任某发生了冲突，动手打了人。事发地点偏僻，没有证人，道路上监控距现场太远，难以辨别实际情况。于是，公安机关没有处罚王某。任某不服公安部门的处理，一纸诉状把公安机关告到了法院。

那段监控是唯一的证据。

民警难以辨别，法官也一样。滕启刚却有自己的办法，他买来一个八倍放大镜，对着视频一帧一帧细致查看。几分钟的视频，他愣是细细看了三个多小时，终于捕捉到王某的一个抬手动作。那一秒，铁证如山，法院判决公安机关重新做出决定，对打人者给予行政处罚。

一副碎了很久也没换的旧眼镜，还摆在一堆案卷上。

一盒胖大海润喉药和一瓶速效救心丸，依然摆放在千山区人民法院行政审判法庭滕启刚原来的办公桌上，为了调解纠纷，滕启刚一劝就是小半天，嗓子哑了也不在意。滕启刚的心脏总是不舒服。细心的同事们就为他准备了两套药，一套摆放在他的办公室，一套摆放在法庭。

简陋的家里，工具箱还在。

走进滕启刚家，门口靠墙的铁皮箱与木架上，摆放着滕启刚积攒的近百件工具和几百个零件。这些工具与零件，有些是滕启刚买来的，有些是别人不要的，还有些甚至是他捡回来的。

滕启刚担任庭长到任的第一件事是自己动手修缮法庭。妻子看他双休日买材料，下班后忙装修，不免有些抱怨："公家的事情，雇人干就完了。"

滕启刚却说："公家的钱也是钱，每一分钱都得花在刀刃上。"尽管满心不愿意，但因为心疼丈夫，妻子只能陪他干，法庭大门刷油漆、安装挡板玻璃都是夫妻俩一起干的，远远望去，两个人就是两个装修的工人。

一边办案，一边还张罗法庭装修，忙得没有时间去看父亲，80岁的老父亲怪罪一向孝顺的老儿子怎么总也见不着面。滕启刚用车把父亲接到了法庭，看到千山法庭被儿子收拾得整洁利落，老人理解了儿子。

法庭新了，他的办公室用品却还是旧的，用纸壳自制的"打印机挡板"，捡来的沙发坐垫制成的座椅靠背、废旧光盘制成的卷宗支架。

一件旧的法官袍还在。

滕启刚去世后，妻子把旧法官袍珍藏起来，望着这件熟悉的衣服，她的泪水夺眶而出，往事历历在目。

滕启刚珍视一个法官的一切荣誉，也珍视一个法官的仪表，无论什么时候，他的法官袍总是干干净净。院里发新法官袍，回家后他站在镜子前试穿好久，然后精心折叠放好。平时，滕启刚只穿旧法官袍，除了重要的场合，他不舍得穿新法官袍。他开玩笑对同事说，新法官袍等他"走"的那天再穿。

睹物思人，一件件物品上，同事和亲人仍然能够感知到爱与善良。

二

法官的一件案子，也许就是当事人的一生，在守护司法公正的这条生命线上，容不得半点儿马虎。

这是滕启刚的誓言，从1996年至今，滕启刚共审理案件1958件，审结1932件，结案率达98.67%，每一件案子都承受得住时间与历史的敲打。

誓言无声。

2019年，最高人民法院再审撤销二审有罪判决，改判民营企业家赵明利无罪，这件事一时轰动全国。

人们却不知道，23年前，一审时准确区分经济纠纷和诈骗犯罪，并做出无罪判决的就是滕启刚。

事情似乎并不复杂。

20世纪90年代，鞍山民营企业家赵明利与某公司有长期业务往来，因为4次提货未付款，涉嫌诈骗罪被提起公诉。作为案件一审的主审法官，滕启刚经过开庭审理，对案件证据仔细梳理，认为赵明利没有诈骗的故意和诈骗行为，构成诈骗罪的证据不足，一审做出无罪判决，二审做出了有罪的判决。

23年之后，最高人民法院就二审判决给出的改判理由，与滕启刚的观点基本一致。

誓言无悔。

一家污水处理厂是市政府向市民承诺的重点工程，中标的辽宁某商贸公司从外省7家公司购进了多台污水处理设备，由于资金短缺，有的货款仅支付了20%，7家公司起诉至法院，要求商贸公司立即支付528万元货款。向商贸公司送达完起诉状，回法庭的路上，滕启刚思索着怎么样既保证市重点工程顺利推进，又保证7家企业兑现债权，这个案子，如果按照判决程序，完成时间最快也得好几个月。

回到法庭，滕启刚用电话与各企业反复沟通，最后终于找到了原、被告共赢的一个方案。货款很快如期支付，原告撤回起诉，7家企业纷纷表示：整个案件的处理中，连滕启刚的面儿都没有见到，只用手机与滕启刚取得联系，就把这么大数额的案件解决了。

意外与惊喜，展示的是鞍山的形象。

誓言无痕。

一家国有矿产公司，因为矿山发水造成村民大片土地和果树被淹，双方就赔偿问题没有达成一致意见，村民们便拥到法庭来。

滕启刚带人到现场挨家了解情况、固定证据，但是具体损失数额，只能通过专业的鉴定评估才能最终确定，多数村民拿不出评估费，滕启刚就认真地做矿产公司的工作，让他们先行垫付了评估费。

勘验过程中，滕启刚不顾污染物对皮肤的伤害，踏进10多厘米厚的污染层，在烈日下，一棵一棵勘查受损果树，不停地提示鉴定人员，这里污染物更厚一些，那里需要再测量……

一天下来，滕启刚全身的衣服都湿透了。最终村民获得了合理赔偿，判决后没有一个当事人上诉。

榜样是一种力量。

千山区人民法院千山法庭副庭长赵恒起13年前还是一名律师，因为一件民事案见到滕启刚。

立案时，滕启刚对他说："这个老李呀，家里那么困难请什么律师呀，我都说帮他调解了。"说完，滕启刚立即让赵恒起联系双方当事人到法庭，一段耐心的调解后，仇人似的两家人握手言和。

案子结束了，让赵恒起想不到的是，滕启刚找到他，对他说："老李家太困难了，这案子也没立，你把律师费给他退了行不行？"话不多，却给赵恒起以心灵的冲击，于是，他因为对一个法官的敬仰到对法律事业的向往，也成了一名法官。

在滕启刚眼中，没有小事，在滕启刚心中，也没有不重要的工作。他以生命启示我们，一个人的一生，并不在于舞台的大与小，位置的高与低，关键是演好自己的角色。一个人只有真正把人民放在了心里，人民才能把他举得很高很高。

三

案结事清。

对于滕启刚，办案只是手段，重要的是解决问题，案件结了，问题没有解决的审判是不完美的。

于是，调解成为他工作的重点。

对于不同的问题，滕启刚采用不同的办法，在工作中总结出"滕式调解法"：办理家庭纠纷，运用"亲情融化法"；矛盾复杂，依托各类组织运用"外力协助法"；涉及利益分配，运用"换位思考法"；纠纷激烈，运用"背靠背法"。

这些年，他不是在法庭，就是在村里，如果没有在法庭和村里看到他，他一定在法庭通向村里的路上。

仅仅2009年，时任千山法庭庭长的滕启刚主审案件219件，其中有210件是以调解和撤诉的方式结案。这一年，全庭共审理案件1075件。

这是一件家庭纠纷的案子。

2020年，一对再婚的夫妻，两个人共同拥有的养鸡场被政府征收。令妻子想不到的是，丈夫竟瞒着她偷偷与行政机关签了征收补偿协议，私自领取了补偿款。为讨回补偿款，妻子一纸诉状将行政机关告上法庭，案情清晰，滕启刚及时做出了判决，确认行政协议无效。

按照法定程序，法官的工作已经结束了，滕启刚却认为，案件是因为家庭内部财产分配存在严重分歧引起的，案子结了，家庭矛盾仍没有化解。他决定把征收补偿款的分配纳入行政争议调处中心进行调解，他找来了夫妻俩，耐心细致地做释法明理的工作，二人达成一致意见，重新签订了补偿协议，670多万元的征收补偿款得到妥善分配。夫妇俩也没有因为这件案子产生情感的裂痕，如今，恩爱如初。

这是一件赡养老人的案子。

老人无助的目光，让滕启刚心疼。时值寒冬，乡间道路冰滑崎岖，滕启刚一个人踏着冰雪到老人的子女家一户一户去走访，摆事实，讲道理，以身示教，讲自己工作再怎么繁忙，也要每天给父亲做晚饭，讲自己背着病重的母亲上班半年多，悉心照料……以理服人，以情感人，引导老人的子女们感悟亲情。耐心的调解最终赢得了老人子女的尊重和信服，使他们能够轮流赡养母亲。

这是一件荒唐事。

千山镇谷首峪村张大妈老伴的坟头突然多出了一个坟尖。下错葬、埋错坟，在农村是犯大忌的事。张大妈赶紧跑到刚刚办过白事的老王家，问他家大儿子："是不是把你妈的骨灰埋到了我家老伴的坟里。"王家大儿子说死不肯承认，两家人闹到了法庭。

滕启刚也很挠头，他从来没有处理过这类问题，既没有明确的法律规定可以遵循，也没有类似的判例加以参考。但滕启刚认为，既然人民有需求，法官就不能躲。滕启刚找到王家大儿子，面对他的矢口否认，滕启刚不批评也不指责，坐下来心平气和给他讲道理，从风俗习惯到儿女孝道，从法律规定到邻里情感，最终打开了他的心结，说出了真话，他怕惹上官司才不承认是自家埋错了坟。

滕启刚语重心长地说："如果你把自己亲妈的骨灰永远地葬在别人家的坟里，这件事传出去，不但无法面对乡邻，也无法面对后人。"一番话，点醒了王家大儿子。扣解开了，两家的矛盾就化解了。

滕启刚常说，人们打官司有时打的就是一口气，如果能够耐心地多做一点儿让他们顺气的工作，矛盾就化解了，邻里就和谐了。为了做"顺气"的工作，他的足迹遍布辖区，最熟悉的是乡间小路，最愿打交道的是邻里乡亲，于田间地头厘清鸡毛蒜皮事，在村口炕头掰透婆婆妈妈理。正是有了滕启刚的真心付出，才有了当事人吵着而来笑着而去的结果。

这是一件集体与个人利益碰撞的案子。

村委会准备起诉某村民返还土地，该村民无偿使用村里公有土地种植蔬菜和栽植果树20多年，村里准备在此地块修建公益场所，他不仅不腾退，还向村里索要损失3万元。此时，该村民刚刚做完心脏大手术，情绪波动不得。村里、镇上多次沟通仍不见效果。滕启刚到村民家做疏导工作，滕启刚说："我来不是因为村里告你，我也是农村出来的，现在还住在谢房身村，你不用把我当法官，就当懂点儿法律的村里人，帮你出出主意。"一番话拉近了距离，几次登门诚恳交流后，问题得到了顺利解决。

这类的案子并不少。滕启刚开展了为村委会解决实际问题活动，遇到村委会起诉本村村民的案件先不正式立案，做好案前情况了解，对于容易产生村民不服或者消极因素严重的或者村民有严重疾病不利于诉讼解决的案件，他下村去到被诉村民家做情况调查，去邻家了解情况，分析谁是谁非。了解被诉村民家里时遇有消极因素存在，他一定做"暖心运动"，不放过任何化解的机会。

办案难，调解更是不容易。需要一次次在当事人之间行走，一次次在法与情之间行走。调解一个案件要比判决多费两三倍的时间和精力，为了彻底化解矛盾，滕启刚甘愿付出。他审理了民事案件886件，调解率近70%，最高一年竟达到了95%！

这些年，滕启刚办案数量并不是最多的，因为他把问题化解放在了立案之前，如知时节的好雨润物无声。

调解在前，回访在后。案子结束之后，滕启刚注重案件回访。2011年3月，滕启刚集中对95件案件进行了回访，收集到当事人对法院工作的意见和建议65条，促进68%以上案件当事人对法院的审判工作有了进一步了解和理解，90%的当事人对法院的判决自动履行了判决，3件准备信访的案件在第一时间得到有效化解。

大爱无言。

数字一定是枯燥的，枯燥的数字后面却是生命的鲜活，却是平凡中孕育的崇高。

四

一个人的思想也像一件精美的瓷器，如果不能经常擦拭，也会落满灰尘。

滕启刚经常擦拭自己，使得自己从一个门外汉成为一个专家。

滕启刚并不是法律科班出身，1991年，他以一名教师的身份考进千山区法院，面前的工作亲切而陌生，怀着对审判事业的热爱，他刻苦精研业务，从刑事审判庭书记员和内勤做起，历任助审员、审判员。做书记员和助审员的5年间，1700多个日子，为了尽快提升专业知识，滕启刚利用业余时间，先后在职攻读了法律专业大专和本科并获得了相应学历。

滕启刚善于总结。他把常用的、最新的法条、案例摘录下来，贴在一个个册子上，利用碎片时间随时翻看，反复琢磨。这个习惯，他坚持了30年。在全国行政审判业务交流微信群里，有一半的信息，都是滕启刚在请教问题。他每年都有一个"自查报告"，记载着当年被发回重审案件的原因和改进举措，有反思，也有坚持。

滕启刚善于专研。2013年，滕启刚受伤，左手手筋断裂。当时正值院里办案信息化改革，材料和文书要使用电脑来完成。滕启刚在三根手指不能动的情况下，苦练打字。平时，滕启刚只要有一点儿时间就学习，从新出台的法律法规到办公应用软件，再到办案系统操作，他总是第一时间学习掌握。他熟悉各种办公软件、办案系统的操作，喜欢在闲暇之余跟年轻人探讨电脑知识。院里举办民法典知识竞赛，滕启刚晚上戴着老花镜窝在炕上学到深夜，一点儿也不服老。

滕启刚善于创新。2018年，滕启刚带领行政庭，设立"千山法院行政庭"的微信服务号，将服务号的二维码贴在诉讼服务中心的大厅窗口处，前来诉讼的、有智能手机的当事人只要立案条件成熟，准许立案后一扫微信二维码，立即成为案件的原告当事人，行政庭的微信上即有了原告的信息，书记员按照起诉状反映的信息查询被告的手机号码或电话号码，要求其添加"千山法院行政庭"的微信号，获取相关的诉讼材料和资料，然后书记员进行截图、打印、卷、备注说明，实现了当事人当日起诉，当日得到回复，被告当日得到起诉状等相关诉讼文书。

在审判委员会的会议上，精通刑事、民事、行政三大部类审判业务的滕启刚，像一面镜子，是汇报法官难以逾越的一关，大家既怕他又敬他。因为他总能够提前深入研究案情，准确找到适用的法律规定，直言不讳地指出汇报中的问题和瑕疵。

在同事眼中，滕启刚是一部行走的法律辞典。

五

每年立春这天，滕启刚都要把教过的学生请到家吃春饼，滕启刚说一年之计在于春，一年的开头要开好。两大桌人，滕启刚亲自掌勺，酸菜粉、炒肉……一盘盘热乎乎的东北菜配着春饼。

30年了，从未间断，成为一个习惯，一个规矩。

从海城师范毕业之后，滕启刚做了8年的老师，3年教小学，5年教中学。当时，滕启刚的年龄不大，与最大的学生只差5岁，他与学生之间有一种情感的共鸣。

1984年，读初二的于娇是班里年纪最小的一个学生。滕启刚担任班级英语老师后，于娇成为英语课代表。滕启刚新颖的教学方式很快吸引了于娇，她从没想到英语课堂还可以如此生动有趣。滕启刚调离学校后，他自制的单词卡、画片都被同学们争相收藏，视若珍宝。

很多年之后，于娇因为儿子考技校的事烦闷不已，滕启刚劝她："孩子想学东西是好事，做家长的得支持他，无论干什么，只要能认真踏实地干，都得鼓励。"滕启刚的点拨，让于娇终于想通，积极帮儿子谋划升学。

学生金永伟一直珍藏着对滕老师的美好记忆。

34年前，他转学到滕启刚执教的崔家屯中心小学。遇到滕启刚之前，金永伟成绩不好加上家境贫寒，使他形成了自卑与倔强的性格，金永伟整日跟那些"不学好"的人混在一起。

那时候，他也不理解，老师老看着他干啥呢？

滕启刚当时任全科老师，金永伟一来，就被他"盯"上了。金永伟早已对学业失去信心，即使在滕启刚眼皮子底下也不肯老实。一放学，滕启刚就把学习成绩倒数的几个学生拽到他家补课，不去也不行，硬拉去。金永伟回忆，晚上学饿了，滕老师还给他们做饭吃，一分钱不收还倒搭。

金永伟家住得远，滕启刚就骑着自己那辆自行车送他回家，一路上和他唠个不停。金永伟脚上的鞋破了个洞，这样细小的事，滕启刚也注意到了，就用自己的工资给他买了一双鞋。是一双小白鞋，30多年之后，他还记得那双鞋，记得那双鞋洁白的色彩。捣蛋的孩子没有因为批评掉泪，却因为一双鞋流下了眼泪。滴水穿石，金永伟内心的坚硬裂开了一道缝隙，飘进一丝光亮，一个关于警察的梦想开始一点儿一点儿在金永伟的内心萌动，并且渐渐长大。

金永伟说，如果不是滕老师，他不知道自己现在会走什么样的路，更别说当警察。

不只是金永伟，对每一个学生，滕启刚都是珍爱都是疼爱。在每一个学生理想与事业选择的十字路口，滕启刚的关爱始终像一盏路灯一样亮着，照亮学生的诗与远方。

远方并不远。

六

滕启刚的家是简朴的，生活是简朴的。

千山区大孤山街道谢房身村，一座小小的平房、一小块菜地，就是一名法官住了10年的地方。

滕启刚的家是简朴的，家风也是纯朴的。他的乐观、善良与真诚也源自纯朴的家风。小时候，父亲的教诲就一直伴随着他，无论是做事情还是做人，父亲都是他的榜样。到法院工作之后，父亲更是把他叫到身边，嘱咐他好好做事，好好做人。

他一直坚守着对父亲的承诺，对爱的承诺，对责任的承诺，一诺千金。

对妻子，他关爱与呵护。

33年前，滕启刚与爱人相识相爱相知，当时他是一名小学老师，爱人是一名幼儿园老师。原本美好的生活，并没有行进在预定的轨道，妻子李淑华工作的幼儿园改制，她下岗了。此刻，年轻的妻子离开自己的岗位，离开自己熟悉的生活，有许多困惑与不安。滕启刚更加体贴与安慰妻子。妻子会拌小菜，滕启刚动员她自谋职业，开起"李家小菜坊"。他买了一辆三轮车，自己动手做个棚子又搭上板子，改制成一辆食品车。每天夜里，他帮妻子洗菜、拌菜、试吃。

自此，市场上多了一个销售小菜的小贩。从教师到小贩，不只是职业的转变，还有情感的转变。夕阳下，妻子匆匆的身影却支撑着滕启刚的从容与坚定。

30多年了，李淑华一直珍藏着一件的确良连衣裙。那次，滕启刚看见亲戚家的人穿了一件非常漂亮的裙子，就去买了布料，自己动手给爱人做了一件裙子。

滕启刚心灵手巧，电工、水暖工、木工的活都会干，十八般武艺样样精通，连家里的房子也是他装修的。

对儿子，滕启刚充满理解与包容。

儿子滕海宁贪玩，学习成绩不好。但在体育上有天分，8岁时，滕启刚就送他进鞍山市体校进行中长跑训练。有人不理解："孩子这么小就让他搞体育，能有什么前途？

滕启刚不辩解也不放弃，每天早上陪孩子跑步，后来改骑自行车、摩托车，风一程，雨一程，一直坚持陪着孩子跑。

儿子14岁生日，滕启刚送给孩子一份法律的礼物，他郑重地对孩子说："你14岁了，到了承担法律责任的年龄，你可以学习不好，可以调皮，但是你绝对不可以触犯法律的底线，从今天开始，你要对8项行为负起法律责任……"

儿子被选拔到省队之后训练强度更大，每天都要跑30公里。滕海宁说，唯一一次他想要放弃，父亲对他说："这条路是你自己选的，你是个男子汉不能当逃兵。"

于是，儿子非常努力。2011年和2014年，他分别在世界大学生运动会和仁川亚运会男子800米决赛中获得亚军，赢得了中国男子中长跑项目在世界大赛上的首枚奖牌。清华大学毕业后，滕海宁到南京理工大学任教，为国家培养了一批优秀的田径运动员，自己也多次获得优秀教师的称号。

滕海宁说，在他心中，爸爸是"100分"的爸爸，他把最珍贵的品质都教给了他，因为他的坚持和毅力，把在许多老师和家长眼里和优秀不沾边的、没有任何希望的孩子培养成了有用人才。

家风是温暖的风，但是也需要呵护。

工作的这些年，特别是到法院工作之后，滕启刚努力让自己干干净净。他知道，一个人，如果灵魂脏了，用多少眼泪也擦不干净。他也要求所有的家人都干干净净，他反复告诫妻子，绝不许收当事人送来的任何礼品和财物。

滕启刚有个远房亲戚，因为抢劫被抓起来了，亲属找到他让帮忙说情，被他断然拒绝了，后来那个亲戚被判了10多年，两家人也从此断了往来。

滕启刚离去之后，妻子常常去两个人走过的地方看看。家附近的七号桥，滕启刚亲手做了冰车带她到那里滑冰，还摔了好几个跟头；千山古道关，元旦她和启刚去爬千山，在古道关大门那儿，见妻子累得打不起精神，滕启刚即兴为她跳了一段藏族舞；派出所前的小广场，她经常和滕启刚一起在那里打羽毛球；院子里的菜园子，即使已经侍弄得挺好了，她还是忍不住每天都要进去转一转，看看蔬菜长得怎么样，哪儿又长出来杂草了，因为这些都是春天里启刚一棵一棵栽下的，每一棵蓬勃的禾苗都像是亲人的思念。

直到现在，妻子仍舍不得关停滕启刚的手机，她也经常接到当事人的来电或是问候信息。每当熟悉的铃声响起，妻子觉得滕启刚仿佛还在陪伴着她。

七

无论何时，集体利益高于我的个人利益，一切服从组织需要，党叫干啥就干啥。

这是滕启刚真诚的表白。

法院的许多人都听过滕启刚激动讲述入党那天的情形。

1995年11月的一天，寒冬里的鞍山一片洁白，走在通往区委大院的路上，滕启刚的泪不由自主流下来了，零下20多摄氏度，他一点儿都不觉得冷。

晚上回家，他让妻子包了一锅饺子庆祝，他告诉妻子，今天是他生命中最重要的一个日子。抑制不住内心的喜悦，他一一给家里人打电话，告诉他们自己成为一名共产党员。生日他常常忘记，但是入党的这个日子，他却铭刻在心上，每一年都要和妻子庆祝一下。

他是一名共产党员，然后才是一名法官，这是滕启刚的红色情怀。

滕启刚生前写下一篇文章《这就是我的"忠诚"》，其中有一段真诚的文字："刚刚考进法院，那时我才从教育行业转行过来，还不是一名共产党员，我一门心思想入党。心里每天都在问自己，我能不能在法院入党啊？这地方人才济济，我得什么时候能入上党啊？……"

朴素的文字中，沉淀着炽热的情感。

他把对自己的严格要求融会在每一个细小的工作与生活的细节上，在每一个不同的位置上都体现一个共产党员的先进性。

于是，我们听到：

2011年6月的一天，滕启刚在公园湖边散步，宁静的湖边突然传来呼救声，循声望去，离岸20多米处，有一女子溺水。

滕启刚的水性并不好，但他一句话没说，甩掉鞋子跳下水去救人。女子救上岸了，滕启刚忙着和大家一起抢救，控水，直到女子舒缓过来，直到110、120赶到。

目击群众和赶到场的警察、医护人员追问他的名字。

滕启刚只说了句"共产党员没有见死不救的"就与妻子悄然离去，一生，他都是这样的性格。现场的一个群众认出了他，才把他的名字告诉了警察。

于是，我们看到：

法院的锅炉工生病了，为了让同事们和当事人不挨冻，他去单位烧锅炉。天不亮，滕启刚就骑着车子去单位。夜色很静，他孤独的身影被路灯的光亮拉得很长，不熟悉的人从他的身边走过，不会相信这是一个法官，他看上去像一个农民，村里的人也常常这样评价他。等到单位同事上班的时候，锅炉已经正常运行，房间暖暖的。

除夕夜，人们在尽享亲情，而滕启刚担心管道冻裂，一个人冒雪来到法庭烧锅炉，他一次次往锅炉里添煤块，煤烟熏得他直咳嗽。

连续有3个春节，启刚都是在法庭值班，妻子去给他送饺子的时候，看他一个人孤零零地守着空荡荡的法庭。面对妻子的心疼与不舍，他快乐地对妻子说："你看见过法官烧锅炉，庭长烧锅炉吗？今天，给你看看。"

于是，我们感受到：

滕启刚审理一起性侵案件，一个泪流满面的父亲哭诉15岁的女儿被工友性侵。判决之后，滕启刚去了孩子父亲工地宿舍，环境很恶劣，无论对孩子的心灵和身体的恢复都非常不利。滕启刚决定把孩子接回家照顾一段时间，因为自己家里有一个男孩，细心的滕启刚把她安置在自己的二嫂家。

滕启刚对二嫂说："这孩子太可怜了，不能让她再住工棚了，让她在你这儿住一段时间，让你女儿多陪陪她，就说是你娘家的亲戚，千万不要和别人说她的情况，不要刺激到她，不然她就没命了。"

女孩又瘦又小，浑身一股刺鼻的味道，到了新环境，孩子不说话，见人直躲。滕启刚每天下班都绕道来看看孩子，孩子只有看到滕启刚才会咧嘴笑一下。三个月后，滕启刚带着女孩的爸爸一起来接孩子，女孩舍不得走，跟在爸爸的身后，走着走着突然回头跪在滕启刚面前，孩子用最质朴的感情，最隆重的礼节，感谢滕爸爸。

张雪的丈夫出轨，执意要和她离婚。张雪无力挽留婚姻，又未能争得小女儿的抚养权，面对破碎的家庭，情绪极度低落。祸不单行，"一股火"之后，张雪被查出患有胃癌。

滕启刚得知后，主动上门开导她，让她直面困难，乐观生活，帮她寻医问药。渐渐地，张雪重拾对生活的信心："有癌症也不怕，我能多活一年就要快乐地生活一年。"从此，张雪把滕启刚当成生活中的"一束光"。

滕启刚的生日，她要送一个蛋糕，告诉滕启刚自己又活了一年。9年过去了，张雪送去了9个生日蛋糕，燃烧的蜡烛是另一种语言，告诉滕启刚，她活得很好。

64岁的李某是20世纪80年代从辽阳迁到当地的外来户，他性格孤僻倔强，妻子离开了他，女儿也不与他来往。他心情不好时，村里人都绕着他走。

滕启刚的父亲在务农时和李某相识，看他可怜，经常关怀和照顾他，处得就像爷儿俩。滕启刚的父亲去世后，李某身边连个说话的人都没有，滕启刚就主动找上门，一口一个大哥地叫。李某觉得人家是法官，自己是个"土把式"，不好意思多接触，没想到，滕启刚撸胳膊挽袖子地帮他种菜，来时手提东西，走时满鞋的泥。

逢年过节，滕启刚骑着电动车，把冒着热气的饺子送到李某家，看着他吃上才走，李某把滕启刚当成了亲人。李某脾气暴躁，但只要滕启刚一到，几句话就能使他情绪平复。李某生活拮据，符合申请低保户的条件，滕启刚想帮他向村里申请低保，可李某不干，要去大孤山市场卖菜谋生。于是，滕启刚给他打印了一张塑封的 A4 纸，言辞诚恳，向买主说明李某家的实际情况，靠卖菜生活不易，请求大家别糊弄他，他家的菜不打药。

熟悉滕启刚的同事都知道，他办公桌的抽屉里有一个红色绒面的小方盒，里面装着党徽，以前开会参加活动戴党徽的人很少，但滕启刚每次参加活动都要佩戴党徽，他会站在镜子前反复端详看是否把党徽戴正。

一路走来，滕启刚也始终被关爱与鞭策着：他被中共辽宁省委宣传部、辽宁省精神文明办追授辽宁时代楷模称号，曾经荣获全国法院优秀直播法官、辽宁省人民满意政法干警、鞍山市法院系统"办案标兵""调解能手"等荣誉30项，荣立个人三等功3次，带领团队荣立集体三等功3次。中共鞍山市委追授他优秀共产党员称号，中共鞍山市政法队伍教育整顿领导小组追授他新时代鞍山政法英模称号，中共鞍山市委宣传部追授他鞍山好人·时代楷模称号，辽宁省高级人民法院追记个人一等功。

点燃一盏灯，照亮一大片。

滕启刚像一根火柴，不仅燃烧了自己，而且点亮了别人，他生命的价值，就在于让每一个从他身边走过的生命更有价值。

一个人是这样。

一座英雄的城市也是这样。

大地珍珠

钟素艳

全国劳动模范。这样的人生高度，需要怎样的热爱和跋涉才能够抵达？

一个农民，脚上沾着泥土，头上顶着星辰，右手抚一颗红心，左手捧一串葡萄，阡陌中走了40年。他走过曲折坎坷，走过泥泞困惑，从东北一个地图上看不到的村落，一直走到人民大会堂的领奖台上！

他就是辽峰葡萄之父——赵铁英。

庄稼地里的葡萄园

土地是农民的衣食父母。农民一辈子依赖土地，春播秋收，弓身刨出的是他们的吃穿用度。改革开放前，北方农民用尽几代人的力气，也没过上富裕的生活。可那时，年轻的赵铁英知道，农民的好日子就藏在土地之中。能不能过上好日子，关键在于手中有没有打开宝藏的金钥匙——农业科技。

1951年，赵铁英出生在辽阳市灯塔市柳条寨镇大新庄村一个知识分子家庭。父亲在新中国成立初期进修于吉林师范大学，母亲毕业于辽阳保育学校。家庭书香的熏陶，使赵铁英从小就养成了读书的好习惯，学习成绩一直名列前茅。可是，1968年停止高考折断了他求学的翅膀。学校停课后，他一边在家里读书，一边等着复课。父亲有很多书，哲学的、文学的、科普的、生产技术的……少年的赵铁英钻在书堆里不出来，他一本接一本读，爱不释手，废寝忘食。渐渐地，他成了村子里"不合群"的孩子。左邻右舍的孩子三五结队下河摸鱼，上山抓蚂蚱，房前屋后捉迷藏、打雪仗玩得不亦乐乎，他们不再去喊这个"书呆子"了。

赵铁英家院子里有一架葡萄，是父亲从大连农科所要来的新品种康贝尔，与农村常见的"小黑粒"不同，它藤蔓粗壮，叶子茂盛，串串葡萄就像一串串黑色的珍珠，果粒酸甜可口，是那个年代贫瘠味蕾的最大慰藉。绿意盎然的葡萄架也是一家人纳凉的好地方，更是赵铁英读书的好去处。

闲暇时，赵铁英跟父亲学会了剪枝、下架、保暖过冬等葡萄栽培的基础知识，这些缘于兴趣的粗浅实践，正是他日后甜蜜事业不经意的开端。

两年后，复课无望。18岁的赵铁英放下书包，拿起镰刀，成了生产队的一名社员，走向田野，走向庄稼地，走向一生离不开的黑土地。从此，开启了他农民生涯的序幕……

赵铁英每天到生产队出工，从春到秋，播种、除草、灭虫、收割、打场、卖粮、沤粪、起肥……有干不完的农活。由于年纪小，他还不是一个成熟的劳动力，只能挣到半个工分。

父母为他的前途担忧，不免面露忧郁，唉声叹气。他却乐观地说："做农民又能怎么样？是金子，埋在土里也会发光！"

说这话时，赵铁英底气十足，可静下心来，他又不知道自己该做什么，从哪儿做起。他想起《红岩》中的江姐、许云峰。一个人，有了理想，就要做到底。一代人有一代人的使命。在和平年代的广大农村，对农业生产有贡献，就是对国家有贡献。

年轻的赵铁英时常站在田埂上。眼前是静静流淌的辽沙河，身后是正在拔节的庄稼地，远处是房舍低矮的村庄。他体验到了面朝黄土背朝天的辛劳，而收成怎么样主要还是看老天爷的脸。要想在农村创出一番事业，必须做一名有知识的新型农民。

于是，他自学河北农业大学教材，念了两年广播电视大学。他在干中学，学中干，不管怎么忙，一刻也没有停止学习农业科技。

1975年，村里成立农业科技试验示范队，他任队长兼农业技术员，这期间，他积累了很多农业生产经验，在制种、生产资料选用、农业技术知识推广方面成为十里八村农民的老师。向他取经的人越来越多，打听行情的，问种地的，论养殖的，请教瓜果梨桃掰杈剪枝的，好像他这儿总有淘不完的生产秘诀……

科学种田，农作物产量提高了，但与经济作物相比，收益仍显微薄。

当改革开放的春风吹遍神州大地，赵铁英在房前屋后种了一亩巨峰葡萄。用小时候父亲传授的经验，精心侍弄，第二年就有了不错的收成。当年每斤玉米能卖8分钱，水稻能卖1角1分，而葡萄能卖7角钱。他头天晚上剪下葡萄，第二天一大早用自行车驮着两大筐葡萄到集市上去卖，一下子卖了20多元钱。这样的高收益，坚定了他做好葡萄种植的信心。

在当地，赵铁英敢为人先，那颗不安分的心总是促使他尝试新鲜事物。1994年，村里召开土地承包村民大会，公布了发包地块，但没有人搭茬儿。而对于赵铁英，这就是久旱后的甘霖。他要发展葡萄种植，正愁没有土地，无法扩大栽植面积。他站了起来说："我来承包！"

赵铁英率先承包了10亩责任田，史无前例地将庄稼地变成了葡萄园。

赵铁英在大地上栽植的不仅仅是10亩巨峰葡萄，不仅仅是农作物的改变，更是种下了他甜蜜事业的希望和理想，种下了传统农业转型的萌芽！

很快，过去的庄稼地，竖起了成趟的水泥柱，扯丝搭架，挖沟栽苗。在一片广袤的玉米地中间，这个葡萄园成了田野里的特殊存在。乡亲们都在观望，不知道它的命运如何。

有了施展才能的舞台，赵铁英也像秧苗一样长在了大地上，长在了葡萄园中。在他披星戴月的汗水滴落和殷切盼望中，枝藤上叶片绿油油爬满棚架，长势喜人。

大家都知道，葡萄与玉米相比，价格要高出近10倍。但是经济账好算，要实现并不是容易的事。

第二年，辽阳遭受了百年不遇的大洪水。7月的一天，天气闷热，乌云密布，雷声滚滚，紧接着，大雨瓢泼而至，天像被捅漏一般了。

哗哗的大雨连下了好几天，沙河坝上，抗洪的人们加班加点地抢险，可是河水上涨速度惊人——大坝上游决堤了。洪水发出咆哮的吼声，半米高的水头铺天盖地而来，洪水淹没了村庄、田园。辽沙河地区一片汪洋，水面上只能看到尖尖的屋脊和小草一样的树梢。赵铁英的葡萄园浸泡在大水之中，天水相连。洪水退去后，赵铁英用科学的方法及时补救，可葡萄园仍然留下了难以消除的后遗症：葡萄秧棵多病，长势不好，果串形状欠佳，甜度不够，直接导致葡萄滞销。

第三年，葡萄架爬满枝藤，长势良好，收成可期，赵铁英喜上眉梢。可是，受周边旱田使用的除草剂等农药的污染，园中很快出现了叶片打卷、起斑点、发黄、裂果、掉粒的现象，严重影响了葡萄的产量和质量。这一年，又没赚到钱。

赵铁英是个不服输的人，他陷入沉思：天灾是不可抗力，任谁都没有办法。但栽植中的问题，就是管理不当的人为问题。他认识到自己的不足，意识到葡萄产业的发展需要科学管理，防灾减损。

他坚信，只要不放弃，就有创造奇迹的可能。

从此，他的身影经常出现在省内农作物专业院校、科研场所中。他多次到沈阳农业大学、省农科院、熊岳农专、兴城果树研究所，向专家请教，学习葡萄种植的国内外新技术。同时，他订阅了《辽宁农民报》《新农业》《北方果树》等报纸杂志，认真研读，学理论，学经验。哪里有先进的经验，他就到哪里去学习。他的家里，炕上地下桌子上，最多的东西就是关于土地、土壤、植物、果树的专业书籍和资料。

每当夜幕降临，整个村子沉沉睡去时，赵铁英家的灯还亮着，窗上映出的是他彻夜攻读身影……书本就是他的学科老师，土地就是他广阔的实验室。他就这样夜以继日、脚踏实地将书本里的知识应用到实践中去，一步步奔向自己奋斗的目标。

赵铁英坚持规范栽植，科学管理。几年下来，他栽种的巨峰葡萄果穗形状好颜色好、果粒味道好口感好，产量高，亩产达到4000多斤，他发财了！

赵铁英出了名，手头上也有了积蓄，日子过得红红火火。紧接着，亲戚朋友、邻里屯亲、三里五村的人都来跟他学种葡萄了。

在赵铁英的带领下，大新庄村几乎家家都有了葡萄园。农民依靠发展葡萄产业赚了钱，生活得到了极大改善。赵铁英也从农民技术员升级为高级农技师、高级农艺师。

如何让葡萄产值最大化，赵铁英到各地交流学到了好小法。葡萄是秋天的应季水果，在架上每斤能卖到1.5元，如果储存到春节，每斤就能卖到2.8元。1997年，他盖起了冷库，当年收入11万元。在当时，这简直就是天文数字呀。

赵铁英没有满足现状，而是大胆探索与实践，他要在葡萄有产量的基础上提高质量。这一试验的理论来源就是他年轻时读过的《达尔文主义》的进化论，精髓就是遗传与变异。

他在自己家葡萄园进行实地栽培实验，引进30多个葡萄品种进行提纯扶壮，优胜劣汰。赵铁英说："生命的本质在于探索，从栽培施肥到田间管理，实践中得出来的结果才最有说服力。"

赵铁英在土地上劳作，他就是一个农民。可他不是普通的农民，崇尚科学、敢于探索就是他人生的经纬线。几年下来，葡萄园管理得越来越好，赵铁英获益匪浅，奇迹般美好的未来也在这编织中一点点地清晰起来了……

一棵变异株成就一个新品牌

任何事情的成功都不是一蹴而就的，更不是妙手偶得的，它来自执着坚守，来自科学遵循，更来自对细节的精准思考和把握判断。

1999年的一天，赵铁英照例在园子里查看葡萄长势，收集实验数据。一株外形特殊的葡萄令他如获至宝，停下了脚步。它长势旺盛、叶片大，果粒大甜度好、口感好，与其他植株相比呈现出明显的个性特征。多年学习的理论知识和种植经验告诉他，这是一株巨峰的芽变变异植株。

正是这棵独特的变异株，在日后漫长的研发中，演变成为一个新品牌，成就了赵铁英一番大事业。

无比兴奋的赵铁英开始建档立卡，繁育培植巨峰的变异株。他反复对比试验，观察综合性状，并进行科学防病……这个新品种从巨峰中优选而来，除了具备母系巨峰高产抗性强的特点外，还具备母株没有的优势，它比巨峰果粒大、含糖量高、果肉硬、颜色蓝黑，外形美观，成熟期挂树时间长，鲜果耐储存，大大提高了经济收益……

一年接一年的研究实验，赵铁英摸索出了科学的栽培方法，证明了这个新品种是优质的、可靠的、可大面积栽植的。

赵铁英对新品种充满信心，他挥起铁镐砍除了整个园子里生长旺盛的葡萄秧，开始大面积栽种自己培育的新品种。果农们不能理解赵铁英的做法，他葡萄种得好赚钱多，在村子里没有人比得上，怎么能说改良就把好好的葡萄秧都毁掉了呢？先不说他自己培育出的新品种能不能行，单是秧苗重新种植栽培就需要生长时间，这段时间不产生效益不赚钱，即使有获利的希望，也要等到3年后，而且到时候结果会怎么样，只有天知道！但是，赵铁英就是这么个人，敢为人先，主意定了，向来是坚定不移的。面对果农们的质疑，他若无其事地笑着说："生命的本质在于探索，不前进就是后退。我这么做，不只为了赚钱，我要创出属于我们自己的品牌！"

新品种结果那年，平均株产2.8公斤，亩产1300公斤；第二年株产4.7公斤，亩产2300公斤；第三年亩产3000公斤以上。由此，这棵珍贵的变异株由一棵发展为几棵，由几亩发展为几十亩。

这样的收成令人欢欣鼓舞，但来得实在不容易。

2002年，葡萄虽然长势旺盛，果穗挂满藤架，但出现了大小粒现象。赵铁英知道，要生产出优质的农产品，只有优良的品种是远远不够的，还要有配套的生产措施和生产标准。赵铁英开始研究配套栽植管理技术，同时把目光瞄向了国际市场。赵铁英经过分析研究，开始了无核化生产。

日月轮回，风雨无阻。赵铁英在反反复复地实验，曲曲折折地进步。8年时间，他的皱纹增长了，头发减少了，终于研制出新品种的无核化栽培技术。对葡萄栽植的地势、棚架、树势、光照、土壤、水肥等环节都有明确的要求，对结果树实行"四早两重一接力"、对优质果实行套袋防尘等管理办法。

这期间，辽阳农业局、林业局非常重视，多次到园区视察，鼓励、帮助赵铁英申请鉴定。2007年9月，赵铁英正式向辽宁省种子管理局提出新品种鉴定申请。省种子管理局组织沈阳农业大学、辽宁省农业科学院等有关专家对赵铁英培育的葡萄新品种进行了鉴定，专家组一致通过，辽宁省非主要农作物品种备案办公室正式备案，认为该品种综合性状和品质优于巨峰品种。建议加大推广力度，扩大栽培面积。因产于辽宁，出于巨峰，新品种被正式命名为辽峰葡萄。赵铁英成为辽宁省内以普通农民身份成为葡萄培育的第一人。此时，赵铁英种植自己培育的新品种已扩大至30亩。

为了保证产品质量，提高产品信誉度，2008年，赵铁英以人品保产品，注册了"赵铁英·辽峰"品牌商标，2008年在省种子管理局注册后，在中国葡萄育种办公室登记。

2009年，辽峰葡萄荣获无公害认证。同年在辽宁国际农博会举办的"新大地杯"擂台赛上，辽峰以各项指标综合评比第一的成绩夺得新大地杯；2010年10月，在郑州第八届中国国际农产品交易会上，辽峰得到国内外消费者一致好评。近年来，省、市每年办农展，辽峰葡萄的销售量及销售价格均名列前茅。2012年辽峰葡萄实现富硒栽培，2014年开始采用全程可追溯生产管理模式。辽峰通过辽宁省种子管理局专家组的品种鉴定和品牌注册后，果农们换掉原有品种改种辽峰。辽峰的幼苗，开始在灯塔大地生根蔓延。

柳条寨镇的"袁隆平"

小小的葡萄渐渐成为助民增收、振兴乡村的大产业。辽峰葡萄在灯塔市的栽植面积已经超过12600亩，年产量达2万吨，产值达4亿余元，从业人员超过1.2万人。

赵铁英带领乡亲们赚钱致富，果农们亲切地称他是柳条寨镇的"袁隆平"。

但是他没有躺在自己的功劳簿上沾沾自喜，而是想做得更好，名利不是他的终极目的。

"好的标准无止境，探索就无止境。"他能悟出这一点，那次意外的"打击"功不可没。

2011年令他难忘。那一年秋天，中国农学会葡萄分会在陕西渭南举办年会，评选优质葡萄品种。赵铁英带着他的辽峰葡萄兴致勃勃地去了，对拿名次他满怀信心。

全国各地数十种葡萄竞相亮相，品种全，颜色多，颗颗果粒饱满晶莹，令人垂涎，那是葡萄的饕餮盛宴。这次参会，赵铁英特意多带了几箱葡萄给与会者品尝。大家对辽峰葡萄的穗形、颜色、硬度、口感、味道、糖酸度等啧啧称赞，赵铁英看着自己培育的辽峰葡萄受到好评，心舒畅极了，笑容一直挂在脸上。

可是，最后的评选结果让他的心一沉，自信的眼神、喜悦的笑容瞬间凝固了——辽峰葡萄榜上无名！他有点儿蒙了！一时搞不明白：人人都说辽峰葡萄好，它却不在评选名单之上。

这个打击，给他火热的心浇了一盆凉水。虽然能否上榜并不影响葡萄的产量、销量和收益，但是，他是个较真的人，他要弄清楚受欢迎的辽峰葡萄到底哪里有问题。就因为辽峰是农民自己培育的，没有光环、没有品牌效应吗？他下定决心要使辽峰葡萄得到社会的认可。于是，他走访全国多个优质葡萄产区，深入调研，查找原因。

经过一系列调查研究，他发现葡萄在各个产地都有其品种的标准，美国、日本、以色列、荷兰等国家的葡萄都有最严格的标准。他找到了落榜的根源："我们的葡萄品种虽好，却没有标准化的生产管理，导致果品缺少竞争力。"经过深思熟虑，赵铁英给辽峰葡萄的发展定了个新方向——提质增效。

这么多年来，赵铁英深入研究辽峰品质习性，科学管理，葡萄的产量高质量好，大家都赚了不少钱，还怎么提质增效呢？在赵铁英的葡萄园里，果农们面面相觑，但他们都相信赵铁英有了好办法。

"第一步，就从控产开始。三等企业出产品，二等企业出品牌，一等企业出标准。我们要做一等企业，才有市场竞争力。"

听到赵铁英这么说，果农们立即嚷嚷开了："产量哪能减？减产，收入不就降低吗？"

他说："我经过考察研究认为，葡萄要取胜，靠的是优质与品牌，而不是产量。所以，辽峰葡萄要限产，通过标准化生产提高品质。"

赵铁英引进标准化生产管理理念，开始带领团队在核心基地做控产栽培实验。一串葡萄生长要经历施肥、定枝、抹芽、疏果等多个阶段，其中最为重要的就是疏果这一阶段。要把间距太近、生长稀疏和串形不好的葡萄统统剪掉，保证每株秧苗充分获取阳光、水分和养料，保证葡萄优质生长。

一年下来，赵铁英总结出了辽峰生产的最佳标准：沃土栽培，控产无核化栽培，数字化管理。无核化鲜果果粒均匀，颜色黑紫，甘甜多汁，甜而不腻，每穗50粒、粒重15克、穗重750克，含糖为20%以上，每亩葡萄的产量控制在2500斤左右。标准化培育生产出的辽峰葡萄在质量提升的同时价格也随之升高，每公斤比普通葡萄多卖出10多元，不仅得到了当地人的喜爱，也赢得珠三角、长三角等地水果经销商的青睐，经济效益大幅提高。

果农们过去种葡萄是以量取胜，价格不高。后来跟着赵铁英按照标准生产，又实行冷棚、暖棚栽培，通过打时间差获得更大收益。经过多年上市推广，辽峰葡萄已经赢得了广泛的市场认可。2007年辽峰批发价每斤只比普通巨峰多卖5角钱，2008年每斤多卖1元钱，2009年是巨峰的2倍多，2010年是巨峰的3倍，2011年卖到每斤8～10元，到2017年，珠三角、长三角、北京市到辽峰基地收购优质果，批发价12～15元每斤，是巨峰批发价的3～5倍。近几年，沈阳高档超市优质果零售最高达28元一斤，沈阳、鞍山、大连普兰店采摘园售价高达30元每斤。

"控产提质增效"试验大获成功，果农们纷纷竖起大拇指：赵铁英真是神了！就跟着他干吧，不会错！他们纷纷和赵铁英学起标准化生产。

有了标准就严格执行，赵铁英一点儿也不含糊、不通融，确保每一粒葡萄都达到标准。

辽峰成熟晚，比其他品种晚上市一个月，主要是甜度还没达标，只有甜度达到了20度以上，才能进行采摘。

有一年，在中秋节前夕，几辆车驶入赵铁英的葡萄基地，几位经销商想抢先采购到正宗的辽峰葡萄。可是，赵铁英让远道而来的客户空车而归了。

"我知道你们都是我的客户，理应尽快为你们供货，可是，肉眼看我们的葡萄已经成熟了，但我这里是有标准的，糖分没上来，口感不好。没到成熟期不能采摘，即使给再好的价钱也绝不开园。我们必须给客户提供最优质的葡萄。"

8月份，有人订了5000箱葡萄，价值50多万元。因为甜度颜色没有达到理想的标准，在取货日的前一周，他就把订单全部劝退了。其实，如果他用点儿催熟剂，葡萄很快就会达到标准，但他没有那么做。为这个事，老伴一个月没跟他说话，说到手的钱你都不知道挣。

虽然客户们没有采购到葡萄，但他们对赵铁英更加有信心，都成了回头客。

2015年，灯塔市提出建设667公顷辽峰葡萄精品工程，依托现代农业综合示范区，做大做强辽峰葡萄品牌，一个以"辽峰"命名的特色小镇随之兴起。

小镇位于灯塔市古城街道，地处国家级现代农业综合示范区核心位置，立足辽峰葡萄独特资源优势，大力发展水果、花卉种植，实现了农业生产标准化、智能化，已成为辽阳现代农业发展的高地和投资的沃土。以小镇为中心形成灯塔市辽峰葡萄10公里长街。

辽宁省省长来果园调研，听了汇报，实地考察后，看到了辽峰葡萄发展的远景。省长建议建立一个辽峰示范基地，大规模栽种自己培育的品种。赵铁英决定带这个头。

一天晚饭时，家人围坐桌旁。赵铁英放下筷子，向家人说了建立示范基地的想法。他话音刚落，就遭到了全家人的反对。

老伴说，咱家葡萄园一年能挣百十来万，生活足够就够了。都60多岁了，还折腾啥？

孩子们也不同意，建示范园，要扩大规模，要大量投资。钱不是问题，关键是赵铁英年纪大了，身体健康要紧。

赵铁英看着老伴和孩子，不容辩驳地说："你们都别说了，都别拦着我。年纪大不是问题，袁隆平年纪大不大，不还在搞试验？他就是我的榜样。人活着就得干事！我要把辽峰做得更好，不是挣多少钱的事，我要的是人生价值。虽然我们现在有了自己的品牌，但是不能满足于此，还要提升品牌影响力，打响自主品牌。"

说干就干。第一步，也是最重要的一步，就是流转土地。选好合适的地块后，他挨家挨户商谈租地事宜。面对赵铁英的出价，有人欣然接受，有人还要抬高一些，他不得不一次又一次和农户商议。5月9日，400亩土地流转完成。6月份开始施工，挖沟、施底肥、栽种葡萄秧……忙到第二年，投资700万元的辽峰葡萄基地终于建成。该园区被评为省级标准示范园，是国家化肥农药"双减"试点单位。站在葡萄园中，看着一眼望不到头的葡萄架，赵铁英身心的疲惫都化作了欣慰的笑容。

2019年，以辽峰葡萄为主的灯塔葡萄成功获得国家农产品地理标志认证。辽峰葡萄已经成为灯塔市特色农业的一张王牌，鲜果远销到上海、北京、广州、哈尔滨、长春等全国城市，在全国各地也有较大面积栽培，并获得良好收益，成为辽阳农业的一张"金名片"。

时间的指针走过了40年，赵铁英研究和推广葡萄栽植40年，巨峰变异株从一棵发展到基地的500亩用了14年。这期间，每一次挫折、阵痛、思考、改革都是向好发展的步步台阶。

274

被风吹倒的不是好庄稼

　　世上没有任何成功是一帆风顺的，赵铁英的葡萄事业也是如此。他在土地上辛苦劳作了几十年，像一棵庄稼扎根在大地上。风吹雨打下，连片的倒伏屡见不鲜，只有坚持挺立的才有收获的秋天。赵铁英从1994年开始从事葡萄规模化生产，经历了1995年水灾、1998年滞销、2004年以后旱田除草剂的危害，而这些相对2015年的灾难都不值得一提。

　　2015年，基地中400亩葡萄开始进入盛果期。晴空下，平展展的大地上，一望无际的葡萄园生机蓬勃。赵铁英心胸开阔，心情疏朗，他的目光仿佛穿越季节，看到了秋天的丰硕。

　　可是，天有不测风云，人有旦夕祸福。这一年，是考验赵铁英意志的一年，天灾人祸都落到了他的头上。

　　5月的一天傍晚，太阳落山，天逐渐黑下来，赵铁英的妻妹和妻妹夫下班后，和往常一样骑着三轮摩托车回家了。

　　忙碌了一天的赵铁英正在吃晚饭，突然听到有人大喊："不好了，出事了，出大事了！"

　　他放下饭碗跑出去，得知妻妹夫妻俩回家路上遇车祸双双身亡……

　　噩耗如巨雷轰顶，痛失可靠的亲属、助手，赵铁英顿感天崩地裂。事后好长时间，赵铁英心里的疼痛都无法平息。他甚至多次自责：如果不让他们在葡萄园工作是不是就不会出事，如果不那么晚下班是不是就不会出事……

　　7月，园中葡萄果穗成形，长势喜人，可是一场雹灾粉碎了他的希望。7月2日这天，风雨大作，核桃大的冰雹从天而降，摔碎了的冰雹雪一样给大地铺上了一层白色，其间夹杂着各种植物的叶子。赵铁英跑进园中，绿意盎然的葡萄园只剩下光光的水泥柱子和葡萄藤子。风雨冰雹蝗虫一般把葡萄园扫荡一空，叶子、果粒碎落一地。眼看心血荡然无存，他欲哭无泪，胸中堵满块垒。葡萄没有了，可银行贷款的利息却一天天增长。灾后摘除伤料，用人工600多个，工资6万余元，当年没有鲜果商品，只有剪粒出售，400亩葡萄几近绝收！

65岁的赵铁英在精神、资金的强压下，着急上火，嗓子长了肿块，说不出话，医生怀疑赵铁英喉咙里长了恶性肿瘤，必须立即手术。手术切掉了赵铁英的右侧声带，他的嗓子再也不能正常发音了。赵铁英是个京剧爱好者，平日里偶尔会唱两段京戏。现在，他说话都很艰难，字正腔圆地唱京剧就更是奢望了。

第二年，又因雨水大，葡萄叶子上长斑点儿，葡萄着色慢、掉粒，种种弊病在灾后接踵而来。

自然灾害是无情的，而惨痛的教训，让赵铁英认识到了防范意识的欠缺，也给他带来了葡萄种植管理的新课题。如何防范自然风险、减少葡萄疾病、提高葡萄品质、确保丰产丰收，成了当务之急。

"看起来，葡萄培植管理，又要做大'手术'了，靠天等吃绝不会长出理想的葡萄。"葡萄栽培管理的改革方案，是赵铁英日思夜想的焦点。

尼采说："生存即是痛苦，痛苦是生命的兴奋剂，创造源。"

赵铁英就是一位执着赶路的人，无论白昼黑夜，无论严寒酷暑，无论泥泞坎坷，他紧握高标准的尺子，一路向前，不可阻挡⋯⋯

赵铁英带领团队不断外出考察学习先进经验，在基地内做避雨栽培试验。2018年秋，他又投资700多万元为葡萄建造避雨棚，将露地栽培全部改造升级为设施栽培。这是葡萄栽培管理的又一次更新变革，有效避免了冰雹的危害、除草剂等农药的污染，抑制了病虫害，提高了葡萄产量、品质和商品性。同时，设施葡萄栽培能使葡萄提前或延后上市，避开葡萄上市高峰期，提高种植户收入。据测算，设施栽培的辽峰葡萄每亩收入可达3万～4万元。

果农们的义务讲师

"一花独放不是春，万紫千红春满园。"赵铁英说："一个好的品种，如果只是发明者自己会做，别的人望而生畏，那么这个东西再好也是短命的，最终会被淘汰。"

从乡亲们跟着赵铁英种葡萄那天起，他就成了果农们的义务讲师。

赵铁英家每天人来人往，都是向他请教葡萄栽植和管理技术的。无论多忙，他都热情接待，不厌其烦地给予讲解。随着咨询的人越来越多，赵铁英开设了培训班，定期为本村的果农传授经验，帮助果农解决遇到的困难。

2000年，由他和镇政府共同组织成立了灯塔市柳条寨镇葡萄协会，他担任会长。每年的春夏秋三季，他经常深入果农的葡萄园，一个环节一个环节地现场指导。为方便广大种植户更好地掌握技术，赵铁英利用休息时间，把自己的经验编写成葡萄生产作业历，无偿印发给种植户，对什么时候施肥、浇水、防病等都做了详细的说明。

辽峰葡萄大面积推广后，十里八村甚至其他乡镇的果农也成了他服务的对象。葡萄生产季节忙碌之后，冬闲时节，他就下到各村和其他葡萄栽培乡镇进行专业义务培训，讲授葡萄栽培技术及病虫害防治方法，把科学技术送到种植户的家里炕头，培训人数数以万计……乡村的小路上，时常能看到这个古稀老人骑着电动车一路奔行的身影，他的足迹踏遍了灯塔的山山水水，全镇所有的葡萄生产村以及周边的单庄子、大河南、邵二台等几个乡镇，每个葡萄园都留下了他辛劳的汗水和智慧。有时，他还被聘请到全国各地做技术指导。

十几年来，他坚持学科技用科技，致力于葡萄生产，率先掌握葡萄生产管理新技术，积累很多经验，摸索出整套种植管理方法，成为当地知名的葡萄生产专家。

时至晚年，赵铁英加入灯塔市老科协，成为常务理事。在省、市老科协领导倡议下，在辽峰葡萄基地建立农家科普大院，多次举办学习班，亲自为果农授课，并接待省内外参观学习者，解答各种问题上千人次。他技术过硬，为人谦和，结合实践经验，深入浅出地传授葡萄栽培及冷贮技术，不保守、不保留，听课者获益匪浅。由于他手术后嗓音沙哑，尽管背着扬声器费力地讲解，清晰度仍然很低。大部分果农缺乏葡萄栽培技术，管理也不够科学，于是赵铁英把他的宝贵经验印成辽峰葡萄栽培要点小册子，免费分发给果农。其中包括辽峰的生物性特征、物候期、园地的建立、定植当年的幼苗管理、水肥管理、枝蔓管理、病虫害防治、结果树管理、无核化栽培的具体办法、新梢生长期和开花前的管理、无核剂的使用时间和方法、花后果穗管理、坐果后至软化前的管理、果实着色期到采收的管理、冬剪及下架防寒措施、设施栽培，等等，细致入微，简直就是一本葡萄栽植管理攻略大全。众多果农拿着小册子，像得到了至宝。小册子让他们少走弯路，在最短的时间内取得良好收益。2018年，基地科普大院被辽阳市老科协评为辽阳市农家科普示范大院。每年都有全国各地的葡萄生产者来基地参观学习，从中汲取养分。赵铁英的葡萄示范园区内设有葡萄培训基地。赵铁英用心指导葡萄标准化生产，每年都有葡萄生产者来基地参观学习，辽峰葡萄也因此从辽阳推广到全国各地。

作为一名老党员，赵铁英在党的领导下成长，他的葡萄事业也是在党的好政策下得以大踏步前进。他把内心里对党的感恩化作实际行动，在成立的葡萄合作社党支部，赵铁英多次以老党员身份根据自身经历上党课，讲党的光辉历程，讲党的全心全意为人民服务的宗旨，讲如何做到不忘初心牢记使命……在2020年疫情期间，赵铁英带领党支部发挥了坚强的战斗堡垒作用。在政府号召复工复产的时候，赵铁英所带领的葡萄庄园在做好防护的同时，率先复工，为其他农户树立了榜样。另外，在疫情管控期间，他自己出资慰问防疫人员。在家乡，哪里有困难，哪里就有他的身影。

他无偿为困难户赠送苗木，免收苗款多达几十万元；村路不好走，他出资出人修补路面；村民有困难，他更是有求必应……

柳条寨镇大新庄村的王泽常年生病，家徒四壁，赵铁英了解情况后，将其爱人安排在基地上班，又为夫妻俩无偿提供了辽峰葡萄苗，手把手教授栽植管理方法。几年下来，王泽一家不但脱了贫，还过上了美滋滋的日子。

去年镇里扩大集体经济，因为葡萄园效益不太好，决定重新承包。村民彭友怀承包了这50亩地，可是他对葡萄行业知之甚少。赵铁英帮助他建了40个标准化葡萄大棚，几乎每天都到他的棚子里指导栽培技术。现在，50亩葡萄长势良好，珍珠般的葡萄挂满棚架……

辽峰葡萄成为灯塔市农产品地理标志产品，享誉全国，惠及千万农民，仅柳条镇葡萄产业就发展到万亩以上。赵铁英因此先后被评为全国劳动模范、全国科普惠农兴农带头人、省市优秀共产党员。

如今，辽峰小镇10公里葡萄观光采摘长街已经初步形成，成为鲜果飘香的风情小镇。

永不停歇的脚步

一个普通的农民，用心研究农业科技，精心培育自主品牌，从一棵到十棵、百棵、千棵、万棵，从一亩、十亩、百亩、千亩到千万里之外到处都有辽峰葡萄。他不仅种植出了一个品牌，更种出了一道属于中国大地的亮丽风景。

赵铁英荣获了全国劳动模范的称号。从北京领奖回来时，他的家里来了很多果农，他们不停地问这问那，看他的奖牌和证书，看着它们沉甸甸地在大家的手中传递，脸上都洋溢着幸福和骄傲。

展室的墙壁上摆满了奖杯和牌匾，记载着他的荣誉和辽峰葡萄的荣誉，也记载着他在田间走过的每一步：

全国劳动模范、全国科普惠农兴村带头人、辽宁省普通农民葡萄培育第一人、辽峰葡萄无公害认证第一人、辽阳市农村优秀实用人才、优秀共产党员、最美乡村科技工作者、辽阳市五一劳动奖章、辽阳市科技创新突出贡献人才。辽宁省农业职业技术学院高级农技师、葡萄选育与生产技能大师。

2009年9月辽峰葡萄获第六届辽宁（沈阳）国际农业博览会金奖，同年11月获辽宁省果树学会优质果鉴评会金奖，被评为辽宁省双金奖葡萄。

2010年、2011年连续两年获得辽宁省名优产品及辽阳市金牌商品称号。

2012年被辽宁省政府指定为省政府招待水果。

2013年获辽宁省名优产品及辽阳市金牌商品称号。

2014年荣获全国优质葡萄评比优质大奖，辽宁省第二届名优特优水果推介暨标准果园创建成果展示会特别大奖。

2015年葡萄合作社被辽宁省评为省重点示范社。

2016年6月葡萄基地认定为辽阳市农产品现代流通体系建设生产基地。

2016年11月在辽宁省果树学会第三届辽宁省优质果品评选活动中获金奖。

2016年12月获辽阳市旅游特色商品称号。

2017年获第二届辽峰葡萄节葡萄大赛金奖。

2018年在中国沈阳农博会上获金奖。

2018年在中国北镇果树学会上获金奖。

2019年被辽宁省农博会评为百强农产品及博览会金奖。

2020年在全国葡萄重庆展会上获得金奖。

…………

知之者不如好之者，好之者不如乐之者。

如今，辽峰葡萄已经誉满省内外，赵铁英可以欣慰地安享晚年了。但是他说："既然认准了一件事，就要把它做得更好。更好是没有止境的。在种植葡萄这项产业中，我虽然已经花费了几十年工夫去钻研，但仍然还有许多问题需要解决。"

古稀之年壮心不已。

望着丰收在望的葡萄大棚，赵铁英和果农说起了未来的计划："提质增效是永远没有终点的，和先进地区相比，我们的栽培环境还需不断改进，我们的生产标准还需进一步提高。但是竞争不是我们的选项，我们的选项是超越。眼下，有两样事情需我们尽快去做，一是打造名优产品，得到世界的认可；二是站在科技的前沿，超越自己，尝试智能化管理。使用机器人代替人工在葡萄园操作，打药、剪枝、除草、修串……如果成功的话，计算机的精确性和速度是人类本身不可以比拟的。我和有关部门一起合作，做实验就在这里。眼下会有一些亏空，但前景非常可观……"

果农问他："当遇到困难或者几乎彻底失败了，有没有想过改行的念头。"

他说：没有，做什么需要有兴趣。要想把一件事情做好，就要爱它、懂它，了解得越细微懂得就越多，事情就会变得越来越简单。人的一生，其实就是在不断地解决问题。认准目标，做就做到底，不能有半点儿畏惧，大不了从头再来。"

赵铁英的葡萄产业基地紧邻公路，却看不见一棵葡萄树，整个葡萄架完全与外界隔绝，葡萄架上面是半圆式避雨塑料棚，四周是能够掀起和放下去的保温避雨塑料装置。这些一眼望不到边的白皑皑的葡萄棚，在阳光下泛着刺眼的光。棚与棚拱相连，似大海涌起的波浪，一直漫延至目极之处。

基地大院里是一座钢制结构的二层楼房，简单大方。楼里功能齐全，走廊四面都是房间，有党支部、会议厅、接待室、展室、实验室，科普大讲堂等等。墙上有几块牌匾，其中一块特别引人注目：灯塔市"辽峰源"文学创作基地。应该说，文学是他的启蒙老师，保尔·柯察金、江姐、许云峰，他们对理想的追求，对信念的坚守，早已成为他人生的榜样，潜移默化地成就他的坚忍不拔的意志品质，是他奋进路上的精神力量！

他指着牌匾说："我喜欢文学。作家用笔记录历史，传播正能量，很了不起，我特别欢迎作家朋友到我这里来开展活动。

"我今年70有余，当上了劳模，自然就成了大家的榜样，备感责任重大，劳模就是要带领大家过上美好的生活。种葡萄的路还很长，追求高标准，不断创新，才能走得更远……袁隆平九旬高龄仍砥砺前行，我赵铁英是个普通农民，比起前辈们，我的路刚刚开始……"

辽峰葡萄种植基地，葡藤爬满棚架，一串串葡萄垂挂藤间，果穗整齐，果粒晶莹饱满。那黑紫的颜色多像闪烁的黑色珍珠，它们密密匝匝攒在一起，聚积成了果农的希望和幸福。

而一旁满脸笑容的赵铁英，不就是其中最大最闪亮的那一颗吗？

生命之光

臧思佳

2021年7月1日上午，庆祝中国共产党成立100周年大会在北京天安门广场隆重举行，大会现场各界代表7万余人以盛大仪式欢庆中国共产党百年华诞。作为这7万分之一，来自国家综合性消防救援队伍的张岩在天安门广场现场聆听到习近平总书记"向人民解放军指战员、武警部队官兵、公安干警和消防救援队伍指战员，向全体社会主义劳动者，向统一战线广大成员，致以崇高的敬意"的讲话，那一声问候，那来自习近平总书记的"消防救援队伍指战员"9个字，每个字都精准地落到张岩心坎上，如一束明亮的阳光，照亮了那个并不晴朗的上午，他看到自己身着的火焰蓝之上，漫天绽放盛大的中国红的焰火，红透苍穹。

习近平总书记的鼓舞、观众们的掌声，荡漾在北京7月的微风里，共振着记忆里一面队旗的飘扬。

3年前，2018年11月9日，人民大会堂北大厅，习近平总书记亲手向国家综合性消防救援队伍授旗并致训词。中国消防救援队队旗是上红下蓝，红色代表党和国家，蓝色代表消防救援队伍。从那一天起，消防指战员的着装也从橄榄绿换成了火焰蓝。

3年后，张岩不仅身着火焰蓝坐在天安门广场，还于6月28日在人民大会堂，在全国"两优一先"表彰大会上，捧回了全国先进基层党组织证书。

　　3年，从迎风展旗到将旗帜插在新征程的第一座里程碑上，时间，在一杆水枪里，有了形状和重量。

　　那个时刻抱紧证书的张岩，巴不得立即将国家综合性消防救援队伍成立后火焰蓝获得的第一张中国红，捧到他心中名副其实的全国先进基层党组织——启工消防救援站的兄弟们面前，因为这是属于集体中的每一个人，属于中国消防每一个基层党组织的光芒，它反射着中国消防人对党忠诚、纪律严明、赴汤蹈火、竭诚为民的生命之光。

　　有他们，中国有力量；有他们，中国有希望。

红门蓝焰，浴火重生

　　火焰的温度决定火焰的颜色，火焰是一种反应，低温的时候是红外线，随着温度的上升，火焰从红色橙色（3000摄氏度）到黄色白色（4000摄氏度）、青色蓝色（5000摄氏度～6000摄氏度）、紫色（7000摄氏度以上），再到最后看不见的紫外线（几万摄氏度），颜色在不断地改变。

　　从3000摄氏度的红门，升腾到5000摄氏度的蓝焰，火焰在火焰的洗礼中重生。

　　从中国红，到火焰蓝，天空在天空的目光中再度张开翅膀。

　　这是一簇永远迸发着生命力和蕴藏着无数层次的火焰，它的坚硬与柔软、温暖与炽热，只有真诚靠近它的人，才能一瓣一瓣地将其掰开，抵达焰心。

　　然后你会发现，焰心是不发光的。那里也有着普通人的喜怒哀乐、悲欢离合……

我就是这样走进位于辽宁省沈阳市铁西区的启工消防救援站的。接待我的蓝久芳副处长热情地回答了我的第一个疑问——"'启工'两个字的由来。"原来消防救援站最初都是根据街道的名称来命名的，这样看到名称就能准确定位救援站的位置，建在启工街的自然被命名为启工消防救援站，这是从实践中来，为实战而定。于是"实战"两个字成了我对这个还未踏足的采访单位的第一印象，我开始好奇在这个"实干兴邦"的时代，他们是怎样实践的。

　　根据以往采访经验，集团最高领导都要预约采访时间，然而来到消防，从确定采访日程到与对接人初次见面，再到第二天早8点，启工消防救援站的王思博副站长准时接应，说了同一句话："您要采访的都在。"我追问："那时间安排上呢？""我们24小时上班，"王副站长爽快地说下去，"您要采访的都在，只要不出警，想采访谁，45秒到位，出警的话……"他没往下说，我的关注点也放在了大家都在这个有利条件上。他说的果然准，比如我们从参观新训队训练到参观一楼装备研修室的时候，指引我参观的班长吕点点扭了一下门把手，发现是锁着的，便立即打电话给管理员。我觉得人不在就不用麻烦了，他笃定地说马上就能拿钥匙来，果然一打电话，几乎是接通电话听到那声"喂"的同时，一个男孩子抱着一个包裹跑步冲进了视线，果然大家都在。

　　然而让我真正体验到"45秒"神速的却是在接下来的聊天中。我看这个班长虽然稚气未脱，但培训起学员来有板有眼，便一边参观一边跟他聊起来。他是1998年出生的，才23岁，不过他介绍说在他培训的新训队的新队员最小的18岁，最大的是去年的一个新队员28岁了，但无论年龄大小，感觉对他们还是像父母对孩子一样爱，"毕竟人家来到咱们消防队伍，得教人家救人和自救的真本事。"看着这孩子讲话这般爽快，又有着国家综合性消防救援队伍转隶的前身公安消防部队的战士身上具备的军人气质，我便觉得亲切，跟他聊起家常。原来他是黑龙江人，老爸在他出生的时候看他"才那么一点儿"就取名"点点"，没想到如今小小年纪却给那么多比他年长的队员当起了"家长"。聊天中随处可见这个东北汉子身上体现出的北方人的豁达与随性，但并不缺乏灵动与机智。我们来到会客室，想借着轻松的氛围了解转隶后的消防救援队伍在吸纳新队员时跟以往征集新兵标准的差异，这是消防队伍职业化之后从纳新源头开始的转变嘛，然而刚开了个头儿，一阵急促的警报响了起来，几乎是同时传来人声："全队出动……4S店着火。"我还没有从谈话氛围中反应过来，笔在采访本上停下同时抬头的瞬间，对面沙发上的人不见了，吕点点已经冲到了门口，刹住脚步回头对我说："老师我得出警了，回来再给您介绍。"我下意识地说："快去吧。"我确信他肯定没有听到我说话，因为我听到了楼梯里虽然嘈杂却是同样高频率的脚步声一同响起，当这声音渐渐到达楼下时，马上从院子里传来车辆启动的声音、对讲机的声音、紧张有序的登车关门声音……几乎是同时，第一辆鲜红的消防车如同黑暗里划着火柴的火焰一般冲出了院门。迅速、精准、有序，目睹出警的过程，让作为旁观者的我几乎要屏住呼吸才能跟上他们的节奏，我来不及去掐算到底他们从警铃响起到第一辆车出站所用的时间是不是秒表里的45秒，但这"噔噔噔"跑过的频率已经成了我心里无形的计时器，记载着他们每一次出警的雷霆效率，记载了他们帮被困人员与死神赛跑的赶超弯道，也记录了他们在"水深火热"里锻造的青春年华。

等我从紧张中平静下来，才算明白王副站长早晨欲言又止的是什么了，原来是"出警的话，采访就要被打断了"。在启工消防救援站，只要警报响起，无论是消防员还是指挥员，不管是在吃饭还是在睡觉，都要第一时间冲到楼下去，根据任务类型选择不同的车辆和人员赶赴现场。在后续的深入了解中，指导员张岩详细介绍了他们的业务，他们按照任务现场类型的不同，针对辖区主城区13.7平方公里的灭火救援和484平方公里的水域救援任务，加上近年高层建筑越来越多，高层发生火灾的频率和救援难度也日益增加的实际情况，紧跟时代节拍，关注时代课题，回答时代之问，时刻严格自我要求，用新的成绩来回应新时期新要求，他们有针对性地进行编组编程，现设有业务能力过硬的高层灭火专业队和水域救援专业队，将分类专业化，将技能精细化。张指导员一边介绍，一边带我穿过新办公楼二楼通往马路对面的老楼的"星光大道"过街天桥，去往史馆所在的老营区。

说是老营区，其实其中的史馆筹建于2017年12月，并不久远，2019年10月全面建成开放参观，是全国唯一利用原有整体营房改建而成的消防中队级队史馆，是普及消防知识、促进消防业界交流的重要平台，也是开展爱国主义教育，"可观、可游、可学"的消防先进典型地标。而在这之前，这座史馆其实就是当时救援站的官兵们工作生活的地方，到二楼时张指导员还特意指出了当年他居住过的宿舍，如今按照当年的原貌陈列着一些军被、绿水盆，水盆里放着叠成跟被子一样豆腐块的白毛巾，还有4张床下牙缸里牙刷毛都朝向门口方向的4支牙刷，好像橄榄绿只是冬眠在北方的冬雪之下，春风起时还能生机勃勃地抽芽……

二楼主要再现了1965年中队成立以来不同时期的工作生活缩影，在一楼的玻璃橱窗里，我看到《我们是怎样深入开展重点单位"五熟悉"工作的——沈阳市公安消防支队启工中队》中"学习生产知识，指导战术研究"这一点里有这样一段话："过去我们对硬化油的生产工艺不了解，1973年在扑救沈阳油脂化学厂硬化油车间烯烃工段的一次火灾中错用了灭火剂，高温塔因遇水骤然降温而变了形。后来我们在'五熟悉'和战术研究中，请教工人师傅，弄清了该工段的生产工艺过程。生产硬化油的原料主要是蜡……熟悉了这个生产工艺过程之后，我们对扑救油脂化学类火灾应采取什么措施，基本做到了心中有数。"落款时间是1982年6月3日。在这份文件的旁边还有一份蓝色墨水钢笔手写的"1982年基本功竞赛成绩单"：第一名胡晓宏112分，第二名侯春富110分……这份在我还没出生的时候就记录下来的成绩单如今保存完好地躺在橱窗里，见证着启工走过的悠久历史、总结的经验教训，也许名单上的人员现在已经当了爷爷，每日含饴弄孙，也许油脂化学厂硬化油车间等众多危险的化工厂也在曾有"东方鲁尔"之称的沈阳市铁西区退出历史舞台，如今的铁西区也由"中国重工业的摇篮"沧桑蝶变，但这"炸药桶上的消防队"却把56年来的优良传统保留了下来，并将铭刻在史馆一楼熠熠生辉的"唯旗誓夺、英勇善战、一心为民、永不褪色"的队魂发扬光大。队魂刻在墙上，根植心中，融进行动。敢打必胜的启工人奋进前行，铿锵有力地喊出"刀山火海面前，我们不上谁上"，秉承着勇攀高峰的执着追求和攻坚克难的责任担当，在构建"全灾种""大应急"的"国家队""主力军"中当先锋、打头阵，一代一代将启工人共同的灵魂传承下去。

在一楼，炙烤变形的红色头盔、对讲机融化后被手指按下的手印、火场融化的石头、烧成炭的木材……无不向我展示着启工消防救援站自1965年组建以来发生的一个个出生入死的瞬间。56年时间，启工消防救援站忠实履行党和人民赋予的神圣职责，共成功扑救火灾4万余起，抢险救援6750余起，抢救遇险群众6830余人次，挽回经济损失19亿余元。先后培养了39名支队级干部，9名总队级干部，一位成为共和国将军，54名指战员考学提干，392人次光荣立功。

我还沿着这些老物件铺成的时光隧道回望曾经的烟火时，史馆大厅传来一阵坚定有力的脚步声，轻快又不失稳健。朝门口方向望去，迎面走来了一位身着白衬衫、戴着无框眼镜的领导。张指导员介绍说这是沈阳市消防救援支队政治部毕海主任，毕主任见到我首先敬了一个标准的军礼，这让同是军人出身的我备感亲切和感动。他没有谈高屋建瓴的理论，而是跟我讲起那些从公安消防部队转隶到如今消防救援队伍的一些老士官，这让我想到在新老办公楼之间架起的空中"星光大道"，那两旁悬挂着一些身着军装的老照片，原来这就是毕主任口中念念不忘的老士官，他们有的文化程度不高，有的不善言辞，但都有着扎实的救援基本功和丰富的救援经验，无论从实战角度还是文化角度，都是如今转隶后的消防队伍的一笔宝贵财富。刚才天桥上一见，如今听毕主任一说，这些"小人物"身上的"大光辉"不正是文学常用的表现手段吗？毕主任果然是一位懂文化、重文化，能为弘扬消防救援职业文化开好头、起好步，留下历史的印记，对历史负责的好领导。有这样的文化带头人，消防职业文化的振兴指日可待！

我们在1980年全国第一个"模范消防中队"锦旗、2012国务院和中央军委"英勇善战的消防铁军"、公安部"英勇善战的消防中队"这3面锦旗前合影。在我们站立的右侧，就是半个多世纪前的消防前辈们在化工园区高耸的烟囱和化工罐之间的烟火里手握水枪扑救的老照片。

火场浓烟滚烫遮天蔽日，水底污浊冰冷眼前漆黑，无论是火场救援还是水域救援，被困的人们都在黑暗中摸索着方向，探寻着希望，祈盼天降神兵，劈开这浓烟，斩断这流水，露出一道缝隙让在"水深火热"的黑暗里挣扎的他们看到一线"生命之光"。

红门蓝焰，世纪变迁。

那红，是取太阳赤色的纤维一缕，编织成苍穹之下生生不息。

那蓝，是掬大海蓝色的涛声一米，站起还苍生万物一线生机。

天地纸笔，寸心青史

消防人，以天地为纸笔，以水枪划分行，写过历史，写着现在，写到未来，用微薄寸心抒写生命青史。每一次救援，都是个体生命的延续，都是人类历史的改写。他们不是历史的撰稿者，却是史卷的修补者。

年龄小经历多，岗位小任务重。用吕点点的话来说就是"在火场，每个人都是核心"。当吕点点完成上午的救援任务再出现在我面前的时候，湿透的背心在后背印出一个巨大的倒三角，头上倔强生长的寸头上顶着还没擦干净的汗珠，短裤露出的膝盖和小腿上一块一块或深或浅的伤疤随处可见，他们从不把靴子磨出水泡、腿上划出口子这些当作受伤，至于青一块紫一块的痕迹，在他们眼里似乎已经成了身处火场时的保护色。

吕点点出生就伴随着红色基因，他出生于黑龙江省建三江垦区，是我国"最早迎接太阳的垦区"，有"东方第一稻"和"中国绿色米都"之誉，前身为黑龙江生产建设兵团第六师。1957年，王震将军带领 10 万转业官兵，开进了这片没有地名的亘古荒原，拉开了北大荒开发的序幕。吕点点入伍前一天在当地武装部开会，一个又黑又壮的北方军官一张圆脸上瞪着一双圆眼，中气十足的嗓音通过麦克风传出来震耳欲聋，也吼进了吕点点心里："我们家这边不允许有任何人后退！"接过王震将军奋斗的接力棒，接过中国军人的接力棒，是小小的点点心中大大的信念。他这两年给新训队员当班长就像当父母，渐渐更懂得了自己父母的爱。

爱，是一个可持续性动词，长辈传给晚辈，班长传给新人。感恩也是，在后来的采访中，队员们无一例外地都提到过自己的老班长，有时还未谋面就先听说了他们的故事。

高层救火，就是见证老班长作用的时刻。2019年12月2日，沈阳市浑南区的 SR 国际新城小区 A 座 102 号楼突发大火，尽管针对近年高层建筑日渐增多的情况，启工消防救援站逐步转型为高层专业队，到达现场后看到火舌从底层外墙到顶楼，大楼像一支巨型的火炬握在大地的手中燃烧，前来增援的 3 台执勤车辆和 15 名指战员还是被震撼了。"先设阵地登顶控火，再向下转移，消灭关键起火点！"随着一声指令，指战员冲进浓烟之中。

浓烟，像飓风将至时的乌云，只不过不是在万米之上的天空，而是近在眼前，不是向远方散去，而是以压倒一切的架势向地面逼迫而来，缓慢地、黏稠地蠕动着，像一床巨大而破败的棉被，裸露着黑心的棉花，朝你包裹而来，棉丝细密如无数蛛网层层叠加，而你越想抽丝剥茧它越缠得更紧，怒目圆睁地眼睁睁看着你耗尽最后的氧气，似乎你窒息的痛苦是它续命的能量；又像看到海啸时的海浪从海面拔地而起，而你还站在沙滩上，回头时，浪尖已抢先来到你头顶上方覆盖住了阳光，下一秒就将在你头上倾倒排山倒海的力量，每个人的头皮都因紧绷而酥麻着。然而，浓烟像偷窥进人心里一样，似乎人越恐惧，它越嚣张，用持续而缓慢的脚步一点儿一点儿向人们靠近，让人们在惊悚中看到死神的步伐，听到死神的声音，浓烟烈火中的每一声噼啪都像死神在吞噬生命时嘴角的呫哑和喉结的蠕动，它贪婪地伸着火舌，享受被征服的饕餮盛宴，而消防员们要做的就是虎口夺食！从1楼跑到25楼，12名队员肩负超过50公斤的器材，用12分钟便在狭小空间铺出一条由底层至顶层的输水干线。他们用水枪撬开它紧紧撕咬住生命的牙齿，用水带盘踞它企图颠覆的大地，用冰水扑灭它被贪欲灼烧得呼之欲出的目光。在扑救刚小见成效时，却发现24层因存放着大量油画及办公用品等易燃物，让这一层的火灾荷载几乎是其他楼层的两倍，此刻在外墙呼啸的火焰已向楼内翻卷，现场能见度已不足10厘米，落地窗已烧空，顶棚在不断掉落，天崩地裂般的恐惧与绝望袭来。指战员们一次次将战斗服打湿，一步步顺着墙壁摸索强攻、近战，终于在生死鏖战8小时后，将企图吞噬这栋大厦的烟火神形俱毁于天地之间。

我曾经问过几位指战员，在火场害怕吗？他们这样告诉我："这是我们的事，我们不去干谁去干？"

"我们消防都不去救，谁去救？我们消防都不去冲，谁去冲？"

"国家用你的时候，你就得能顶上。是有危险，但是你不去谁去？国家组建这个消防救援队为什么呢？不就是为了老百姓嘛，如果老百姓遇到危险，哪怕用自己生命去换……"

这些朴实的话语也许用词不够精准，也许概括不够宏观，也许理论不够高屋建瓴，却是我听到的最动听的声音。

　　每次灭火之后，指战员们也会发一些宣传防火小知识的传单，再给街坊邻居们分析这户起火的原因，让大家引以为戒。居民看到指战员们疲惫地走出大厦，换来整栋大厦无一人伤亡，都感动得为指战员鼓掌叫好。有的人提前准备好矿泉水守在路边，踮起脚等待指战员从火场安全归来，每看到一个指战员就立即拧开一瓶水，送到指战员的嘴边，让他们第一时间能润一润嗓子，仿佛缓解指战员嗓子里的干燥就像扑救大火一样让他们急切；有的阿姨在家里包好了包子、饺子，蒸熟了红薯，用老式饭盒装着，用毛巾裹着，抱在怀里，站在雪地上，想让这些比自家儿子还年幼的20来岁的娃娃，能在一整天没吃饭的救援之后吃上口热饭；还有同龄的年轻人，买了奶茶和汉堡，见到从火场出来的指战员就往他们手上塞，就连消防车上有时都能发现被群众从窗口送进来的饮料和干粮……

　　每次遇到这种情形，指战员不管是一天滴水未进还是一夜一眼未合，都觉得满身的疲惫瞬间烟消云散了。什么叫为人民服务？让人民平安，让人民满意，不就是用行动来为人民服务吗？

　　其实在救援现场，大家看到的是出生入死的指战员，还有一个角色是大家不容易注意到的，就是每次救援都离不开的指挥员。

　　我曾看到有人评价启工消防救援站站长池涛"把火场指挥变成一种艺术"，看到对他精准预判火情、现场指挥若定的事迹记载，也对这种"把指挥当成艺术"的说法深以为然并对出差晚归的池涛充满了期待。然而，见面我就提出了这个"艺术"话题之后，笑容随和的池涛立即变得严肃谨慎起来，说："火场，那是人命关天的地方，怎么能当艺术来发挥呢？"他说，在火场他"是最冷静的一个，但内心并不淡定"，心里再有压力也要在指战员面前沉着下来，"你都慌了，手下兄弟们怎么办？"比起在火场外面指挥，池涛宁愿是冲进火场里面的那个，在外面更着急，而且灭完了火，这场战役还没有结束，要等人员归位、消防车入库才能松一口气。任何一次出警都要有指挥员，因为任何出警都是有危险的，哪怕是捅马蜂窝也存在安全风险，安全绳也要扎好。

"我拉出去多少兄弟，就要带回来多少。"从启工中队到启工消防救援站，这第十四任站长肩上"树旗容易守旗难"的压力与动力共存，但从他的热爱和信心中看得出，他还要在火场指挥这似是而非的艺术中探索很久。

有些事情要深思熟虑之后做决定，有些人却可以凭借本心执着初心。

赵本永，是第一个让感受到职业化的消防人并没有把消防只当作职业，而是在做人。好像他们生来就是消防人，即使不在这个岗位上，他们也是中国好人。

赵本永一看就是个"直男"，胳膊直，腿直，身板直。浑身上下好像没有任何多余的东西可以抖落，没有任何一个毛孔可以随意开合，身子本身就像一把刻度精准的尺子，哪个窗台距离哪个平台有多远，他一伸胳膊就能量出双手能不能像鹰钩一样抓住；哪层楼梯距离哪个楼层有多高，他一伸长腿就能测出自己跳到上面多大风险，并且只要救援需要，他的长胳膊长腿就能由器官瞬间变成最称手的武器运用自如破除万难，真是个瘦版的变形金刚！直到听他讲完一些故事，我才知道他绝非"钢铁直男"。

2017年刚过完元旦，人们沉浸在辞旧迎新的喜悦中，规划着马上到来的春节长假怎么度过时，有人还在为生存奔波。为了多捡几个塑料饮料瓶卖废品，一位老大娘和女儿来到冰冻的河面涉险，只因这里的垃圾多。往往意外就在风平浪静中发生，冰冻如镜面的河面，在垃圾聚集的地方却很薄弱，老人朝着那一堆空瓶走去，也是向着死神走去，没来得及反应，脚下一滑，人已经踩落薄冰掉进河水里。女儿在几步之外下意识地去拉，但冰面溃败的速度快过人的反应速度，一瞬间冰面张开的大口已经将她们吞在口中，并捉弄着想逃出冰窟的母女。路过的好心人报了警，赵本永和队友们赶到的时候，贪婪的冰面已经将母女中的女儿吞入腹中，冰水上，只剩老人手抓着她之前捡的一捆垃圾漂浮着，她耗尽了体力和体温，已经无法挣扎，一条细绳在她手腕和漂浮的垃圾之间，长长短短地维系着这个恐惧的生命。车辆距离她们落水地点有七八百米，这段距离的冰面冰冻程度如何、会不会踩空落水，无人知晓。来不及多想，赵本永和潜伴背着器材破冰潜到水里，一边把垃圾推到两侧，一边把老人托举出水，以最快的速度背她上岸，再返回水中打捞女儿。在赵本永背上的老人不停地啊啊喊着大家听不出内容的话，也许是因为浸泡在冰水中的寒冷，也许是受伤的疼痛，更可能是在呼喊着已经沉没在水底的女儿的名字……赵本永一边背着她跑向路边即将到来的救护车，一面用嘶吼般的声音告诉老人："大娘，挺住哇，你闺女救上来还等着你呢，你挺住哇……"救护车的鸣笛声越来越近，抢救的器材声响起来，医生护士紧张地穿梭在赵本永眼前。这晃动的白色、旷野的白雪，在他眼前被破碎的冰面割裂又重组……他感到一阵眩晕。在返程的车里，他听到救护车传来消息，老人和女儿都没有救过来，一行热泪滑过他还没有恢复体温的身体，鼻尖上的泪水，眼前的雾气，满世界的白色混沌一片久久无法散去……

老人没了，赵本永把所有问题抛向自己，觉得所有的责任都是自己的，他说："一辈子会责怪自己，如果当时自己能做得更好，可能她就会活下来。"虽然我们都知道，他尽力了。

有了这次经历，第二次出这种现场，赵本永的内心变得复杂起来，2020年元月，在丁香湖救落水老大爷的时候，踏上消防车关上车门他就告诉司机"下车的时候把空调打到最热"，他似乎不是去救人，而是去抢人！他要把这个大爷，也把3年前的遗憾一并抢回来。单杠梯、救护绳索……一下车赵本永就按照在车里已经盘算过的预案迅速行动，不忘关紧车门前再次叮嘱司机"空调开到最热呀"，这句几乎是喊出来的，就像他跑向落水大爷几乎是用冲的，利落地捆绑，麻利地出水，赵本永把大爷抱在怀里，似乎这不是一个陌生的被救助者，而是自己苦命的老父亲……瞬间的情感爆发出来，他嘶哑地喊着："开车门，座放倒……"小心翼翼把冻成一团的老人放在铺倒的后座上，他拿起提前准备好的剪刀把老人身上已经冻成冰坨的衣服剪开。有过北方生活经历的人都懂，冬天手触碰到外面的门把手会被粘住，如果手上有水，那金属的东西更是碰不得，但赵本永顾不了那么多，每剪开一件老人冰冻的衣服，他的双手就会被撕痛一次，似乎是同时，他把自己身上的衣服也扒了个精光，在队员们还没反应过来的时候，他用自己温暖的身体紧紧抱住蜷缩的老人……老人冻僵的身体开始抖动，他也被突如其来的寒冷袭击得瑟瑟发抖，仍用颤抖的声音大声地对大爷喊着："挺住哇，挺住……"仿佛时间又回到3年前。冻僵的老人发不出太大声音，但眼珠一直盯着赵本永的眼睛在看，他知道，这个娃，是在救他命哩……

车窗外，救护车的警笛响起来，车顶闪烁的红光照进消防车的驾驶室，红润了驾驶室里这素不相识却胜似亲父子的两人冻得没了血色的脸颊。把老人抬进救护车的时候，身体已经开始舒展的老人喉咙里似乎发出了一点儿声音，赵本永不知道那句似有似无的话是不是大爷想跟他说点儿什么。这么多年过去了，他看过了太多生死，却没有因此麻木，反而对生命更加敏感。生命那样美好，把每一个生命尽量地保留在人间，这不仅仅是一份事业或使命，更是一种幸福和救赎，这足以充实生命本身，无须任何一句感谢。

以生命托举生命，以生命慰藉生命。生，是恩赐；命，在手掌。

每一个男孩子都有一个成为英雄的梦想，但在危难面前每个人都无能为力，王思博说他至今都记得那种目睹骨肉分离时的无力感。2020年，指战员们永远忘不了从沙坑积水形成的人工湖中救出3个孩子的一幕，那个沙坑因为是人工挖掘，侧壁很陡峭，报警人称前几分钟还看着几个小孩在那玩耍，转眼就看不到人了。王思博和队友们赶到现场时，家长们也都赶到了。中国人有句老话叫"活要见人，死要见尸"。虽然根据以往经验，这种情况下生还的希望很小，但他们仍为了渺茫的希望急切地穿好装备潜入水中，每摸到一个孩子都巴不得立即带出水面，但是按照潜水操作标准，应该每隔5米有3分钟停留，要不断观测指北针、压力表、水位表，可是真的手里拽着人的时候，谁也想不到，就算想到了也都会尽量快地将人带上去，不管他还有没有生还希望。有时深夜打捞落水儿童时，下半夜照明已经很微弱，加上长时间不能精准定位，按照救援规则需要上岸休息进食调整，但上岸后看到家长会跪下央求把自己娃娃打捞上来，那时候喉咙里就像被什么东西堵着了一样难受，放下盒饭，重新穿上潜水服继续打捞……

上天并没有因为他们父母的哭天抢地和指战员们的连夜奋战而发慈悲之心，一个一个的孩子尸体逐渐被打捞上岸。他们把在自己怀里尚有余温的孩子抱到岸上，好像孩子们只是贪玩睡着了，放在地上却得到医务人员那句"已经没有生命体征了……"岸上哭到虚脱的父母看到孩子，连滚带爬地摸过来，跪着去抓医生的脚，咚咚咚地磕着头，求他们转过身来"再给看一看，再给救一救吧，万一能活呢……"那些浑身尘土、披头散发的妈妈抱住自己娃娃的尸体坐在泥水里，不停地摇哇、晃啊、喊哪，好像能把孩子晃动、哭活、喊醒……无论旁边人说什么她们都听不到，不撒手地紧紧抱着，就像娃娃小时候，她们坐在温暖的土炕上抱着娃要叫醒喂一口她熬了一小时的热粥。没有人有权利打扰母亲和孩子最后的团圆……

指战员们摘下头盔，默默地向孩子们行礼默哀。

每个与小偷打交道的警察都希望，天下无贼。

每个与死神进行拉锯战的消防员都希望，永远没有人被困。

那位死前仍口齿不清地呼唤女儿的拾荒老母亲，请放心地去吧，女儿的尸体已经打捞上来，你不在世了，你的孩子也没有在冰水里继续受冻，我们已经把消防车的大灯打开，送你们母女上路，照亮生命最后一程的光。

那位丁香湖上获救的老爷爷，春天丁香花开的时候再来湖边走走吧，只是别再靠湖水太近了，你看那丁香小小的紫色花蕊在春风里努力地跟上节奏摆呀摆，别辜负余生的任何一瓣春天，别黯淡了任何一束生命的光。

亲爱的小孩，这人间你来过，短暂欣赏了一圈，就回到天堂了吧？虽然你只做了爸爸妈妈七八年的孩子，但爸爸妈妈会用一生去做你的爸爸妈妈。你会在妈妈的回忆和想象里长高、长大、过生日、升学……

在爱里，每个人都留下了生命之光。

云来花开，生命有光

万物生长，生生不息，每一个生灵都是世间奇妙的杰作，每一份情感都是不能被辜负的宝藏。一朵云来山门开，一朵花开香醉海，云有词，花有诗，每个过客都在这个美丽星球上努力地活着，抓牢每一次生的机会，握紧每一束生的光线，如果你累了，把你的手，给我……

为了擎起生命的重托，他们在人们看不到的背后，靠着笨方法、硬练习，一点点打磨着真本领。

说到训练不得不提到"启工三鹏"，指的是王坤朋、王海鹏、孙鹏这几位业务过硬的老班长。王坤朋已经离队，无缘得见。王海鹏依然活力热情，看着就像个业务能手，他给我讲了很多平时的训练科目，但因为太过繁多和专业，任谁看了都会觉得眼花缭乱，我就介绍一种大家能跟自身经验有所对比的吧。在电梯停运时我们都有爬楼梯上楼的经历，如果恰巧买了点儿蔬菜水果回来，爬一趟楼梯要累得气喘吁吁，而消防有一种实训科目叫"楼层进攻操"，提着50

公斤的重物爬到4楼，再拿起煤气罐冲回1楼，团队成员接力如此往返多次，用时短的小组取胜。而个人赛中"负重上30楼"则是"魔鬼训练"中的"魔鬼项目"，但魔高一尺道高一丈，队员们竟主动要求变30层为32层，变负重35公斤为45公斤，将直径为65毫米的水带换成80毫米的水带……一爬就是一整天。

"平时训练严一分，战时胜算多几成。"孙鹏作为启工历史上消防状元第十人，更是靠着不怕苦不怕疼的精神，练到双肩韧带撕裂、习惯性脱臼，医生让他手术，他死活不肯，硬是绑着厚厚的护具带伤上阵，还曾经脚踝里打着3枚钢钉斩获全国火焰蓝比武楼层内攻操第三名。

孙鹏还是个粗中有细好研究的人，在老营区训练场的一角有一个不起眼的钢架桌子，上面是一些散落的灯泡碎片和一些铁丝，张指导员介绍说，为了解救被卡住身体的被困人员，指战员们经常需要在不伤害到被困人员的情况下精准破拆，比如夹断紧紧卡在手指上的戒指等，于是孙鹏常常一个人来到训练场的角落拿着十几公斤重的破拆用钳，在一个灯泡上切断一根铁丝，通过这样反反复复的练习，确保在救援时万无一失，这也是开篇提到的一切从实战出发的见证。

孙鹏说他快要离开消防队伍了，我问他："如果回忆这么多年的救援经历，让你印象最深刻的是哪一次呢？"后来，我想如果让我重回当天的对话，我不会再问他这个问题，他是个外表看上去大大咧咧，内心却比别的队员更柔软敏感的一个人。

他最放不下的是2019年年底的一次居民楼灭火，虽然这在身经百战的救援经历中来说并不算"大场面"。那个小区消防车进不去，孙鹏和王坤朋作为当时启工体能最好的两个指战员，背上装备在消防车停下后先期跑步奔往火场。根据邻居提供线索，6楼还有个爷爷带着孙子孙女在家里没有下来，两人立即上楼搜救，到4楼起火点的时候，火焰已经从住户门里往楼道喷火，他们在外面把已经发烫变形的铁门关上继续上行。当时的烟雾和热浪把人逼迫得举步维艰，与其说冲上去，不如说双手双脚并用地爬上去，只爬了几个阶梯就在4楼半的平台上摸到了小女孩，立即抱起来往楼下送，再返回去发现了小男孩，最后找到了爷爷，他们都集中在5楼到4楼半的楼梯上，救护车赶到前，孙鹏和赶来的队员们紧急为他们做心肺复苏，但医务人员赶来时还是判定两个孩子已经没有了生命体征。"我把他扛下来的时候，身体还是暖的呢。"他想跟两个孩子说："孩子，叔叔尽力了，你们走好……"

孙鹏在讲述这件事的时候，一直重复着一些细节，还没讲到结局，他的眼泪就开始在眼眶打转，他反复强调那栋楼的楼梯是什么样子的，如果爷爷没有带着两个孩子往楼道走，而是躲在家里会怎样，他似乎一直在努力地回避却又努力地回忆，我不忍心再问下去，生怕这空气中某一阵声波的振动会触碰到孙鹏至今依然敏感的神经，在他疼痛的旧伤上再深剜一刀……他在沙发上挪动了一下位置，从果盘里拿出一颗枣，整颗嚼在嘴里，他的喉结上下大幅度地蠕动了两下，然后把头向右转去，问他的好战友王海鹏："你来说说，有什么好故事……"似乎要把这份始终压在心头的疼痛也扔出去，但是我知道，他也许是要背负一辈子了。我也强忍着要溢出来的泪水，配合地转移起话题来，好像每个人眼里的泪水都是一道闸门，一旦溃堤，便会冲毁屋子里所有人的心墙，于是每个人都变得小心翼翼起来。

不知道是不是因为看过了太多可怜的孩子，他们在"立足岗位学雷锋"中资助了很多艰难求生的孩子。

王雅雯就是被资助的学生之一。启工消防救援站与王雅雯一同当选当年"感动沈阳"人物，在颁奖现场了解到这位"全国孝心少年"，当别的孩子还赖在被窝不肯起床的时候，她每天天不亮就已经起床，为瘫痪在床的继母和奶奶做好一天的饭菜；学校要交费的时候，她总是最晚一个交，她不忍心跟冬天卖酸菜、夏天卖凉皮的父亲多要一元钱。启工消防救援站得知这些情况后，主动联系了王雅雯和她学校的班主任，学校要交的费用，指战员们就直接送到学校去，建议学生阅读的课外书籍，指战员们就默默买来送到她家里，既不让小雅雯有交费压力，也维护了孩子的自尊，不让她为难。这就像指战员们在居民楼灭火一样"能用一盆水扑灭的火，绝不用火枪阵地"，就是能用少量水就能扑灭的火，绝对不用水枪大量喷水，因为着火的家庭不但自己家受了火灾的损失，而且大火殃及邻居的损失都要受灾家庭赔偿，如果再因救火淹了邻居家，岂不是更让受灾家庭的经济负担雪上加霜？所以细心的指战员们一直这样用最合适的方式帮助着小雅雯。今年夏天，8月份特别闷热，小雅雯用爸爸的手机给张指导员发来了一条语音微信："张岩哥哥，我爸和我妈自己在家做了凉皮，最近天气有点儿热，明天给你送几十张，然后再拿点儿黄瓜……"对于这个家庭来说那些黄瓜可能就是好几天的收入了，张指导员听着这朴实的话语、稚嫩的童音，又感动又不想给这个家庭再增添麻烦，婉拒了。张指导员想过，如果这个孩子家住得近，就把食堂开放，让孩子中午晚上来这和大家同一桌吃个饭，至少在孩子长身体的时候能吃些有营养的，在他们家里吃点儿肉都难，已经高一的孩子，胳膊腿却细得像个小学生……

还有一位通过和清乐围棋学校金谷校区成为共建单位联系的帮扶对象，上初中的贫困学生韩语莘，也让张指导员念在心上。春节要到的时候，张指导员想着为站里帮助了两年的韩语莘买件新衣服，便打电话问班主任，给韩语莘买一身运动服要多大尺码合适。班主任告诉张指导员"孩子说要XXL的"，张指导员虽然对女装不了解，但也记得那个瘦小孩子的样子，怎么能穿得下XXL呢？他担心孩子不了解尺码，便耐心地又问了一遍班主任，真的是要XXL号的吗？班主任叹了一口气，转述孩子的话"买个大点儿的，我和我妈都能穿……"张指导员当天就按照孩子的意思，买了一套XXL的粉色上衣、黑色裤子的运动服送到了学校，能跟妈妈同穿一件新衣服，这种幸福大概才是最让小语莘快乐的春节礼物……

对于指战员们来说，有时幸福突如其来。比如去年秋天没有署名就用美团外卖送到门岗的"秋天的第一杯奶茶"。比如2020年8月的一天，一辆出租车停在启工门前，一个小男孩下车奔向岗亭，隔着铁栅栏将一个信封扔到岗亭里，深深地鞠了一躬后，便钻进车里离开了。信是这样写的："消防员大哥哥，今年夏天，灾情不断，沈阳也遭遇到了台风和洪水，看到消防员在危难时刻挺身而出，用血肉之躯保家卫国，我深受感动，难掩激动和对你们的敬意……没有肩上的披风，你们依然是我心中的英雄！"随信还有2000元钱现金，指战员们通过监控寻找了很久也没有找到孩子，最后将钱捐给了中华慈善总会。启工消防救援站作为消防救援队伍唯一代表，被中宣部命名为第六批全国学雷锋活动示范点，他们将自己运转成了爱心传送带上一个不停转动的齿轮。爱心不会终止，只会越转动越壮大。

对国有大爱，对外有博爱，但提及自己的家庭，自己身后那个小小的爱人，指战员们都是满心愧疚。

2020年秋天，李宇航如愿以偿地调入最向往的启工消防救援站。在这里的第一个冬天接到了群众不慎坠入辽河冰面的报警。冬日辽河，情况复杂，救援难度巨大，就在救援工作终于有了巨大进展之时，他却突然接到讯息，刚出生两个月的女儿被奶水呛到，爱人因为缺乏经验，手忙脚乱不知如何处置，急得在电话里直哭。一边是马上就可能走回人间的陌生人，一边是向鬼门关迈进一条腿的两个月的亲生女儿。他一边让爱人把孩子送进医大二院抢救，一边放下电话，向前来关心的队友说没事，立即潜入冰冷的辽河水中打捞落水者，滚烫的泪水一滴一滴融入河水。冰，一块一块地裂开；水，一道一道地剥开。终于，他们找到了落水人员，遗憾的是经医生检查已经没有了生命体征，他手中的被救人的体温一点点地冷下去，医院ICU病房里传来消息，电话另一端并没有听到孩子充满活力和希望的哭声，一切，安静了下来，似乎全世界都安静了下来，辽河的河水并没有因为几个潜水员的隔靴搔痒而从冬眠中醒来，依然绷着毫无表情和体温的脸，漠视着世间的悲欢离合……李宇航站在宽阔的辽河岸边的枯草之中，远处的战友远远地望着这个需要暂时冷静和独处的兄弟，像一颗渺小又无助的小黑点儿，随着枯草的摆动摇晃在人间，仿佛大自然把人、车、水、火全部都冻僵了一般……终于，李宇航的手机响了，一听到妻子在电话那端虽然带着哭腔却不停地重复着的"活了活了"，李宇航瞬间蹲在地上，碾着脚下的冰雪，泪如雨下，女儿终于从死亡线上挣扎了回来。李宇航回想两个月前妻子大着肚子从内蒙古来到沈阳生孩子，可自己并没有赶上生产，只是第二天下午才跑去看望了一个多小时，就又返回救援站值班，连医院的护士都看不下去了，集体声讨这个"不负责"的丈夫，好在同是内蒙古锡林浩特消防救援支队的消防员的妻子理解他，帮他解释才让他从医院"逃"了出来；他想到自己的父母为了给儿子减轻负担，在结婚生子前后没日没夜地为他这个小家忙活着；他想到太多太多……但站起身，回头看到队友们就站在他身后关切地看着他，看到远处火红的消防车还在那里等着他，他的自责又转化成了义无反顾，拍拍身上的冰雪，搂着队员们的肩膀，返回车里。还有下一场任务在等着他。

可有的人是走着走着，就走到了要说再见的时候。

那个轻伤不下火线的孙鹏，那个救过小黑狗的孙鹏，那个告别过太多人的孙鹏，如今也要跟大家告别了。他18岁入伍，最青春的8年一直在启工度过。"这个地方让我成长，让我学会了一个男人的担当，这是个有红色传统的地方""无论我到哪儿，永远都是启工人""启工的荣誉是一代代人扛下来的，我们要守住这面旗"……他说了很多让我无法改动一字的话语，这些话语也将被他离队之后他带过的班里年轻的指战员们说上好多年。就像在离队交接仪式上，孙鹏将那把绑着大红花的光荣的水枪交给下一届的队友，那句"接水枪"一出口，眼泪就下来了……"这把水枪跟了我8年，今天我把它交给你，愿你带着荣誉和使命，继续为消防事业奋斗！王海鹏，请接枪！"

一杆水枪，一接一收之间，交接的是"希望我的队友以后出警都能平安归来"的心愿，交接的是"祝愿老班长一路顺风前程似锦"的祝福，也是走进启工便相伴一生的启工队魂。

启工，就像一座大熔炉，进门的是矿石，出炉的是好钢。不管这支队伍的性质如何变化，消防人身上军人的素养和品质不会变，为人民服务的初心不会变，有了这颗坚定的心，便能铸造成钢铁般的意志，用到国家需要的每一个角落。

聚是一团火，散是满天星，启工人无论走到哪里，都像种子一样把优良作风带到四面八方，荣立过一次一等功、两次三等功的程彬彬退伍后，仍不忘启工对自己的培养，每每跟昔日的战友聊天，总是说当年那些在启工的日子虽然短却成就了他的一生，他将启工队魂作为自己精神的支柱，将启工战友作为自己坚强的后盾，用启工队魂指引自己前进的道路。他扎根农村当上了河南省孟州市马桥村的村支书，不到3年就带领乡亲们植树致富让马桥村成功脱贫，2019年以来连续3年被评为孟州市优秀党务工作者。

我相信，孙鹏也可以在离队后走得更好。还有那些他放不下的队友们：有17年救援经验的张立新，锲而不舍备战消防救援学院入学考试的王文浩，还有高层能拿水枪、水域有潜水证能下潜、救援能安全驾驶并熟练操作消防车控制板的陈彬等驾驶员……

在老家，跟亲兄弟一起生活不过几年光景，在启工，这些兄弟在一起同吃同住同出生入死一晃就是10多年。未来，在更久的时间里，启工人在继承优良传统的同时，也将兄弟并肩共同担负起时代对国家消防救援队伍提出的新使命，展现新担当，锻造救民助民的过硬本领，创新便民利民的服务举措，争当亲民爱民的雷锋传人。个人在启工中成长，启工也在大家的努力中成长。

启工老营区靠近启工街的一侧，种着3棵山楂树，每年初秋小院被映得通红；山楂树旁边是一棵因为建史馆而被孙鹏等指战员亲手移植了3次位置的松树，如今依然枝叶繁茂；松柏之下，面积不大的草坪上，简单的一块石头上刻下了不简单的"忠"字，这松、这石，便是启工的"忠诚树"和"忠诚石"，新来的新队员、离队的老队员，第一张和最后一张照片都要在这里拍摄，"一心为忠，二心为患"，这不仅仅是一组字谜，更是可以让走过启工的人一生不至于迷失自我的"指南石"和"正义松"。那天下午，孙鹏顶着小雨，来到"忠诚石"前，留下了最后一张启工记忆。

初秋的微风终究还是吹红了山楂的脸，吹红了离人的眼。

"又到了山楂树红了的季节了，带我的走了，我带的也走了，这次到我了……"

我也将在这个雨夜，告别噙着雨水的红山楂，告别这些可爱的启工人。

刚走到大厅，那个曾经不到45秒就从我身边冲出院子的小班长吕点点听说我要走，咚咚咚从楼上跑下来，他要来送我哩。

真是个有情有义的孩子，不，他们都是有情有义的真汉子！他们不是我仅用年龄就能限制住的"孩子"，他们是5000摄氏度的蓝焰，是浴火重生的雄鹰，在从公安消防部队转隶为国家综合性消防救援队伍的3年里，蜕变出超群的本领、钢铁的意志、坚定的信念，还有一双精准搜救的充满灵气与智慧的火眼金睛。雄鹰掠过天空，精准的目光搜救着大地；队旗划过天空，消防员把它插在了心里。这就是中国男子汉该有的样子，这就是3年前习近平总书记亲手向国家综合性消防救援队伍授旗时的训词里说的"对党忠诚、纪律严明、赴汤蹈火、竭诚为民，在人民群众最需要的时候冲锋在前，救民于水火，助民于危难，给人民以力量，为维护人民群众生命财产安全而英勇奋斗"的国家消防救援队伍该有的样子。

有的人活成一座岛，有的人活成一条河，消防人把自己活成一束光。

　　"愿中国青年都摆脱冷气，只是向上走，不必听自暴自弃者流的话。"如鲁迅所愿，"有一分热，发一分光，就令萤火一般，也可以在黑暗里发一点光，不必等候炬火。此后如竟没有炬火，我便是唯一的光。"